高启诗评注

—— 刘召明　评注 ——

全国百佳图书出版单位
时代出版传媒股份有限公司
黄　山　书　社

图书在版编目(CIP)数据

高启诗评注 / 刘召明评注. —合肥:黄山书社,
2021.1
ISBN 978-7-5461-9497-4

Ⅰ.①高… Ⅱ.①刘… Ⅲ.①高启(1336-1374)-
诗歌欣赏 Ⅳ.①I207.227.48

中国版本图书馆 CIP 数据核字(2021)第 002126 号

高启诗评注 刘召明 评注

出 品 人 贾兴权
责任编辑 徐娟娟 马奔奔
责任印制 李 磊
装帧设计 李 昕
出版发行 时代出版传媒股份有限公司(http://www.press-mart.com)
黄山书社(http://www.hspress.cn)
地址邮编 安徽省合肥市蜀山区翡翠路 1118 号出版传媒广场 7 层 230071
印 刷 安徽联众印刷有限公司
版 次 2021 年 8 月第 1 版
印 次 2021 年 8 月第 1 次印刷
开 本 700mm×1000mm 1/16
字 数 400 千字
印 张 26.75
书 号 ISBN 978-7-5461-9497-4
定 价 79.00 元

服务热线 0551-63533706
销售热线 0551-63533761
官方直营书店(https://hsss.tmall.com)

目　　录

五言律诗

七言绝句

五言绝句

五言排律

六言律诗

长短句

七言古诗

五言古诗

拟乐府诗

导　言

高启是明代诗坛成就最高的诗人。《四库全书总目提要》说:“启天才高逸,实据明一代诗人之上。”陈田《明诗纪事》也评价他:“诸体并工,天才绝特,允为明三百年诗人称首,不止冠绝一时也。”悠悠三百载,诗人何其多。能在历史的淘洗中脱颖而出、雄踞一代诗坛之首,应当说,高启的诗歌成就必定达到了相当的高度。但遗憾的是,他在后世受到的关注与其成就并不相符,相关研究亦较薄弱,主要原因在于人们对其了解、重视不够。

一

高启(1336—1374),字季迪,号青丘子,又号槎轩、吹台,也曾自署青丘退史。元顺帝至元二年(1336),高启出生于吴县(今苏州)北郭。祖父名本凝,父名一元,字顺翁,生二子一女,长子咨,次子启。高启娶青丘巨室周仲达之女,生三女一子。至正十八年(1358)前后,高启移家青丘,随岳父而居。

元末天下大乱,群雄并起,方国珍、刘福通、徐寿辉、郭子兴、朱元璋、张士诚等割据政权征战杀伐,分裂天下。苏州因处在战争的犬牙交错边缘,相对安宁,这为吴中诗人提供了难得的庇护之所,吴中也幸而成为元末诗坛最为繁荣的地区。其中顾瑛筑有玉山草堂,池馆声伎,甲于天下。由他主持的玉山雅集,有近四百人往来唱和,诗酒风流,映照当世。而由高启主持的北郭诗社，前后也有数十人参与唱和，亦成一代文坛彬彬盛举。高启作为北郭诗社的核心与领袖，“朝夕诸君间，或辩理诘义以资其学，或赓歌酬诗以通其志，或鼓琴瑟以宣堙滞之怀，或陈几筵以合宴乐之好，虽遭丧乱之方殷，处隐约之既久，而优游怡愉，莫不自有所得也”（高启《送唐处敬序》）。高启移居青丘以后，依然往来于青丘、北郭间，保持与诗友们的密切联系。

隐居青丘期间，高启闲居无事，终日苦吟，“酣畅歌咏，以适其趣”（《高青丘集》附录周立语），进入了诗歌创作的迷狂状态，被朋友们称为“诗淫”。在《青丘子歌（并序）》中，他以豪放不羁的浪漫情怀、磅礴跌宕的凌云健笔，展现了痴迷吟诗而特立独行、神采飞扬的诗人自我形象：

> 青丘子，臞而清，本是五云阁下之仙卿。何年降谪在世间，向人不道姓与名。蹑屩厌远游，荷锄懒躬耕。有剑任锈涩，有书任纵横。不肯折腰为五斗米，不肯掉舌下七十城。但好觅诗句，自吟自酬赓。田间曳杖复带索，旁人不识笑且轻，谓是鲁迂儒、楚狂生。青丘子，闻之不介意，吟声出吻不绝咿咿鸣。朝吟忘其饥，暮吟散不平。当其苦吟时，兀兀如被酲。头发不暇栉，家事不及营。儿啼不知怜，客至不果迎。不忧回也空，不慕猗氏盈。不惭被宽褐，不羡垂华缨。不问龙虎苦战斗，不管乌兔忙奔倾。向水际独坐，林中独行。斫元气，搜元精，造化万物难隐情。冥茫八极游心兵，坐令无象作有声。微如破悬虱，壮若屠长鲸，清同吸沆瀣，险比排峥嵘。霭霭晴云披，轧轧冻草萌。高攀天根探月窟，犀照牛渚万怪呈。妙意俄同鬼神会，佳景每与江山争。星虹助光气，烟露滋华英，听音谐《韶》乐，咀味得大羹。世间无物为我娱，自出金石相轰铿。江边茅屋风雨晴，闭门睡足诗初成。叩壶自高歌，不顾俗耳惊。欲呼君山老父携诸仙所弄之长笛，和我此歌吹月明。但愁欻忽波浪起，鸟兽骇叫山摇崩。天帝闻之怒，下遣白鹤迎。不容在世作狡狯，复结飞佩还瑶京。

这首诗豪情干云，想象丰富，纵横自如，笔底生风，兼具李白之仙风、李贺之鬼才。可以看出，隐居后的高启已完全沉迷于逍遥世外、物我两忘的艺术境界。

至正十八年（1358）冬，高启出游吴越，作《吴越纪游十五首》。这次吴越之游的目的，高启未在诗中提及，目前尚不得而知。通过这些诗歌，我们知道他去过萧山、绍兴、杭州、德清、海宁等地。旅途中，他曾目睹“潮声若万骑，怒夺海门入”的钱塘潮（《宿汤氏江楼，夜起观潮》），曾去过“绝壁两岸开，行舟过其间”的硖石山，还曾拜谒过奉祀张巡、许远的双庙，登临过杭州凤凰山、海宁海昌楼。旅途中，高启曾有过为风雪所阻而被迫滞留的等待：“仰看浮云驰，东路阻归计。长叹复何言，吾生信多滞。”（《舟次敢山阻风累日，登近岸荒冈僧舍》）也有过因兵乱将至而仓皇奔走的狼狈：“又闻有邻兵，仓卒岂敢留！促还出西门，天寒绝行辀。”（《闻长枪兵至，出越城，夜投龛山》）还有过客居他乡闻知女病的焦心：“岁尽归期尚杳然，不知汝病复谁怜？隔邻儿女灯前笑，客舍愁中正独眠。”（《客夜闻女病》）在路过奉口时，高启写下了著名的《过奉口战场》：

> 路回荒山开，如出古塞门。惊沙四边起，寒日惨欲昏。上有饥鸢声，下有枯蓬根。白骨横马前，贵贱宁复论？不知将军谁，此地昔战奔。我欲问路人，前行尽空村。登高望废垒，鬼结愁云屯。当时十万师，覆没能几存。应有独老翁，来此哭子孙。年来未休兵，强弱事并吞。功名竟谁成，杀人遍乾坤。愧无拯乱术，伫立空伤魂。

这首诗真实描写了德清奉口战场的萧条荒凉，反映了元末社会的动荡纷乱，表现了诗人悲悯苍生、控诉战争的真挚情怀。此次吴越之游后，高启曾于至正十九年（1359）第二次出游吴越。

从至正十六年（1356）二月到至正二十七年（1367）九月，张士诚统治苏州达十一年之久。张士诚虽出身于盐贩，但他“好士，筑景贤楼，士无贤不肖，舆马居室，多厌其心，亦往往趋焉”（《明史纪事本末》）。当时士人纷纷依附张氏政权，尤其是“诸侨寓贫无籍者争趋之”（《明史》）。高启好友如余尧臣、杨基、徐贲、张宪、周砥等都曾仕于张士诚。他们中有的是在张士诚称吴王前就加入张士诚集团，有的则在其称王后退出，个人命运多少受到张士诚政权的影响。

高启与张士诚政权的核心人物饶介往来密切。饶介为元末著名文人、书法家，自翰林出佥江浙廉访司事，累升淮南行省参政。饶介生性“倜傥豪放，一时俊流……皆与交”（《列朝诗集小传》）。高启也以其年少才高受到饶介的欣赏，成为其座上常客。高启积极参与饶介组织的诗社活动，并与之游赏山水，诗酒唱和，写下了《陪临川公游天池三十韵》《赠醉樵》《游灵岩记》等诗文。

那么高启是否出仕过张士诚政权？时间多久？根据目前的资料，笔者以为，高启曾经做过张士诚丞相府的“记室”，时间不足一年，高启便辞去了。作于至正二十一年（1361）春的《赠薛相士》云：

> 我少喜功名，轻事勇且狂。顾影每自奇，磊落七尺长。要将二三策，为君致时康。公卿可俯拾，岂数尚书郎？回头几何年，突兀渐老苍。始图竟无成，艰险嗟备尝。归来省昨非，我耕妇自桑。击木野田间，高歌诵虞唐。薛生远拿舟，访我南渚旁。自言解相人，视余难久藏。脑后骨已隆，眉间气初黄。我起前谢生，弛弓懒复张。请看近时人，跃马富贵场。非才冒权宠，须臾竟披猖。鼎食复鼎烹，主父世共伤。安居保常分，为计岂不良？愿生毋多言，妄念吾已忘。

自此诗得知，高启在求取功名的路途上，屡遭挫折，备尝艰辛，故几年间“突兀渐老苍”，并决定隐居青丘，过夫耕妻桑的生活。同时，高启也对在张士诚处得志猖狂的时人表示不屑，对他们乍得富贵、不可一世的行径多有讽刺:“请看近时人,跃马富贵场。非才冒权宠,须臾竟披猖。”由此可知,到至正二十一年(1361)春作此诗为止,高启没有在张士诚那里担任过任何职务,而且心高气傲,愤愤不平。其后,高启在客居城西授蒙。但据作于次年秋的《代送饶参政还省序》,他却与饶介一起“共事”:“今公能从容其间,泛应曲当,使临至重而不惊,处至烦而不扰,故虽以某之陋,获与公共事,而亦得以寡过矣。且接尊俎之余谈,乐图书之清暇,翱翔天府,以极一时之盛,则公之才,岂独上赖之哉?某亦赖之矣。今年秋,公得解所领职,还署省事,窃以尝有协恭之好,于其去,能无言乎?故论次其说为序。”饶介原为淮南行省参政,后受张士诚邀请担任咨议参军。此序作于饶介辞去参军、继续担任行省参政之时。据此序,饶介任参军时,在张士诚处应对自如,深受重用与信任,高启“获与公共事”,有“协恭之好”,而且仰赖于饶介。由此可知,高启进入张士诚丞相府,担任了职务,并与饶介共事。从“乐图书之清暇,翱翔天府”这样的话来看,高启的职务当是记室,职责是掌管图书典藏。不久高启辞去记室之职,并移居娄江寓馆授蒙。至于辞去记室的原因,很可能是不适应,不习惯,如《迁娄江寓馆》所说:“岂忘大厦居,弗称非所安。”由此我们推知,高启担任记室的时间应该就在至正二十二年(1362)春夏至秋冬之际,时间不足一年。另外,徐贲、张羽等人诗中称之为“高记室”,也可确定高启担任过张士诚丞相府的“记室”之职。

以至正二十三年(1363)九月张士诚自称“吴王”为界,高启对张士诚政权的态度前殷而后疏,前热而后冷。之前高启在《送张贡士祥会试京师》《游天平山记》等诗文中对张士诚及其统治颂扬褒奖,对其施行仁政表达感恩戴德之情。但张士诚僭称“吴王”后,高启诗文中未再出现歌颂张士诚的文字,相反出现了对张士诚政治统治的批评或讽刺。其原因在于高启奉元为正统的政治立场与情感认同。这是之前研究者尚未注意到的问题,也是我们理解高启与张士诚政权关系的关键。

至正二十六年(1366)十一月,朱元璋大将徐达筑长围攻打苏州。高启被困在城内，次女高书因疾病及受惊吓而死。次年九月，苏州城被朱元璋军攻破，"凡获其官属……及诸将校，杭、湖、嘉兴、松江等府官吏、家属，及外郡流寓之人，凡二十余万，并元宗室神保大王黑汉等皆送建康"（《皇朝平吴录》）。仍仕于张士诚的文人牵连其中，或遭贬谪，或被杀，结局悲惨，高启因在张士诚自称吴王前辞去记室之职而幸免于祸。之后高启移居吴淞江上，北郭盛事遂废。

经历战乱后的高启，面对池苑废弃、好友贬谪、盛事沦落的现实，悲情满怀，感慨遂生。面对陵谷沧桑，叹息"废兴一梦谁能问？回首青山落日阴"（《吴城感旧》）。"昔年荆棘露，又满阖闾宫"（《兵后出郭》）。得知饶介被杀，难忘知遇之恩，"无因奠江上，应负十年知"（《哭临川公》）。收到家兄书信，得知其被谪寿州，"未有万回飞往术，魂销空望楚云秋"（《闻家兄谪寿州》）。思念北郭友人，"欲觅兰亭会中友，几人迁谪未能归？"（《上巳有怀》）《秋日江居写怀七首》《乱后经娄江旧馆》等更是集中表现了这一时期高启的精神迷茫和低落心绪。

朱元璋平定张士诚后，又降服了方国珍、陈友谅，然后命徐达、常遇春率大军北伐中原。至正二十八年（1368）八月，元顺帝出走漠北，标志着元明鼎革完成。隐居江上的高启或许没有想到，他的平静生活很快就要结束了。洪武元年（1368）十一月，朱元璋"命学士詹同等十人，分行十道，旁求隐逸之士"，并下诏编修《元史》。高启作为吴中文人著名领袖，自然在被征召之列。进京修史，对于向往功名富贵的人来说，无疑是千载难逢的机遇。但对于一意避祸、向往自由的高启来说，却是一个痛苦的抉择。高启曾亲见余尧臣、徐贲、杨基等身边好友谪居临濠，也曾惊闻张士诚重臣饶介被杀的悲惨结局。对朱元璋这样一位雄猜好杀的皇帝，高启心怀忧惧，却又别无选择。

洪武二年（1369）二月，高启辞别亲人，告别故乡，踏上了直达龙庭的赴京之旅。仕宦他乡，对于封建士大夫而言，是再正常不过的事。但对于"多安于田里，视去家数舍则有难色"（《送丁至恭河南省亲序》）的高启来说，却有一种前途未卜的迷茫与惶恐。所以，在路途上遇到自京城返回的人时，“欲寄故乡言，先询上京事”（《赴京道中逢还乡友》）。

编修《元史》是高启人生命运的重大转折。在南京，他不仅亲身感受了天下一统、汉仪恢复、国家承平的喜悦，而且也认识了诸多王公将相、名流才公等上层人士，胸襟与眼光自然更加开阔。“观于宗庙朝廷之大，宫室人物之盛，有以壮其心目；观于诸侯玉帛之会，四夷琛贡之集，有以广其识量；而衣冠缙绅之士又多卓荦奇异之材，有以广其见闻，是皆希世之逢而士君子平息之所愿者。”（谢徽《凤台集序》）在《登金陵雨花台望大江》中，高启写道：“我生幸逢圣人起南国，祸乱初平事休息。从今四海永为家，不用长江限南北。”在为沈左司赴陕西上任的赠诗中，高启写道：“重臣分陕去台端，宾从威仪尽汉官。四塞河山归版籍，百年父老见衣冠。函关月落听鸡度，华岳云开立马看。知尔西行定回首，如今江左是长安。”（《送沈左司从汪参政分省陕西，汪由御史中丞出》）表达了对元明易代鼎革、海内一统安定发自内心的喜悦与自豪。

高启还亲历了洪武二年（1369）八月进呈《元史》这一代盛事的荣耀时刻，并与名公大儒在天界寺赏月庆功、引觞酬答，写下了“书成一代存殷鉴，朝列千官备汉仪”（《奉天殿进元史》）、“兴酣贵形忘，谐笑不复拘”（《天界玩月〈有序〉》）等诗句，表达了亲历盛事的豪壮之志与兴奋之情。

在京师期间，高启虽有参与修史的荣耀，有陪谒君王的自豪，也有与同僚唱和的欢愉，但就其内心而言，他对按部就班、等级森严的仕宦生涯是极其厌倦的，内心是痛苦无奈的。作为朝官，他不得不早起整装，踏着霜雪，穿越京城去赴朝：“正冠出门早，杳杳钟初歇。嘶骑踏严霜，惊鸦起残月。逶迤度九陌，窈窕瞻双阙。长卿本疏慢，深愧陪朝谒。”（《晓出趋朝》）然而早到之后，“忘鸣鸡睡熟，倦立马嘶频”（《早出钟山门未开，立候久之》）的候朝经历却让他厌倦无奈。在《早至阙下候朝》中，他写道：“月明立傍御沟桥，半启宫门未放朝。驺吏忽传丞相至，火城如昼晓寒销。”对于一向疏懒安逸、向往自由的高启来说，这种等级森严的专制体制让他倍感压抑。而《京师苦寒》中“朅来京师每晨出，强逐车马朝天阍。归时颜色黯如土，破屋瞑作饥鸢蹲”的狼狈，更让他毫无尊严可言。即便辞官归乡后，这种精神上的惨痛经历也往往挥之难去：“昔年霜街踏官鼓，欲与群儿走争疾。”（《晓睡》）“却忆候东华，朝衣寒似水。”（《睡觉》）这些诗句为我们理解高启后来辞官的人生选择提供了注脚。

如果说高启仕宦生活的痛苦，源自其本性中对闲适与自由的追求，那么他对家乡、亲友的思念则来自仕宦南京的漂泊客居之感。

修史完毕后，高启从天界寺迁往钟山里。虽有乔迁新居之喜，他却道：“谁言新舍好，毕竟未如归。”（《自天界寺移寓钟山里》）在送人入吴的赠答诗中，高启常抒发对家乡的强烈思念之情。如《送葛省郎东归二首（其二）》：“桃叶渡头闻唱歌，孤帆欲发奈愁何！君归是我来时路，山水无多离思多。”送行之后，高启对家乡与友人的思念则更加凄苦悲凉：“别时酒已醒，客去唯空舍。风雪雁声来，寒生石城夜。遥忆渡江船，正泊枫林下。”另外在《送金判官之吴江》《送陈四秀才还吴》《送葛省郎东归二首（其一）》等送行诗中，高启也都表达了难以排遣的思乡之情。

高启对家乡的思念往往与吴中风物相系。在南京期间，他无心赏花：“两年京师不见花。”（《江上看花》）却对故园花非常怀念：“想见故园初到处，窗前梅发又新年。”（《送人之娄江》）“帝城春雨送春残，雨夜愁听客枕寒。莫入乡园使花落，一枝留待我归看。”（《夜闻雨声忆故园花》）《吴中亲旧远寄新酒二首》《京师尝吴粳》《闻人唱吴歌》则表现了品尝家乡特产、听闻吴歌勾起的思乡之情。

另外，无论独处孤坐，还是与朋友相聚，高启总难以摆脱对家乡的思念：“不是羁人是木肠，怕愁不敢易思乡。醉来独灭青灯卧，风雨从教滴夜长。”（《夜雨客中遣怀》）“逢君共把金陵酒，忘却今朝在异乡。”（《寒夜逢杜贤良饮》）《客舍雨中听江卿吹箫》《蛩声》《夜坐天界西轩》《寓天界寺雨中登西阁》《春来》《寺中早秋》《四月朔日休沐雨中》《清明呈馆中诸公》《京师寓廨》《至日夜坐客馆》等诗都表达了他客居京城度日如年的思归之情。

高启的客愁除了对故乡的牵挂外，还包括对亲人的思念。高启与妻子周氏伉俪情深，除高启南游吴越与仕宦南京外，两人未曾长久分离。应召赴京修史是高启一生中具有转折意义的大事。尽管高启一度感到荣耀，但是在他内心深处，亲情始终居于首位。“佳征岂不荣，独念与子辞。”（《召修元史将赴京师别内》）所以，他并没有迫不及待启程赴京，而是踌躇犹豫，流连不舍：“几向江头买去船，自嗟行计日留连。”（《赴京留别乡旧》）“只愁使者频催发，不尽江头话别情。”（《被召将赴京留别亲友》）这些诗作真实反映了高启出发前的心理活动。赴京途中，高启更为离别亲人、家乡而伤感痛苦，于是不停写诗寄情，作有《将赴金陵始出阊门夜泊二首》《晓出城东门闻橹声》《舟次丹阳驿》等。

高启在南京期间，饱受与家人的相思别离之苦，写了大量亲情诗。刚到南京一个月时，高启作《离江馆一月有感》：“忆得离家一月期，天边明月半圆时。遥知此夜闺中望，比着他宵分外悲。”为了抒发对家人的思念之情，高启深夜在天界寺写家书：“谁怜古寺空斋客，独写家书犹未眠。”（《夜写家书》）收到妻子来信后，他的欣喜之情溢于言表：“风从故乡来，吹诗达京县。读之见君心，宁徒见君面。”（《答内寄》）见字如面、倾情倾心的亲切让高启倍加思念妻子。

高启最放心不下的是两个女儿。高启原有三女。次女高书在苏州被围期间，因病受惊吓而死，高启先后写有《悼女》《见花忆亡女书》，言辞悲痛，情致缠绵，令人肝肠欲断，不忍卒读。到南京后，高启更对二女念念不忘：“每忆门前两候归，客中长夜梦魂飞。料应此际犹依母，灯下看缝寄我衣。”（《客中忆二女》）高启曾派家仆到故乡探望：“我仆持尺书，来自我故乡。读书意未了，呼仆问彼详。云我两小女，别来稍已长。大女手掺掺，窗前学缝裳。小女啼哑哑，走索瓜果尝。喜爷有使归，迎门各踉跄。我坐听此言，欲慰意反殇。稍近尚尔思，更远何能忘？”（《仆至得二女消息》）此诗细节逼真，叙事传神，以生活场面表现出对女儿的思念与怜惜之情。

如果说高启对家乡亲人的思念来自客居他乡的孤独与寂寞，那么对朋友的思念更多基于对北郭盛事与故国江山的追忆。历经时世风云动荡，面对人事全非的沧桑巨变，高启凄怆满怀，沉重哀伤，对文采风流辉映一时的诗社往事及吴中故土念念难忘："徐君已归若相见，应言前事一凄凉。客愁欲断翻长笑，人事推迁古难料。"（《京师午日有怀彦正、幼文》）"事去南朝犹有恨，梦归北郭已无凭。"（《衍师见访钟山里第》）"故国自遥难望见，不关春树雨溟濛。"（《雨中登天界西阁》）

客居京华的高启，无时无刻不在等待着辞官归乡的机会。遭遇苦寒时，他在思归："不如早上乞身疏，一蓑归钓江南村。"（《京师苦寒》）乔迁新居时，他在思归："谁言新舍好，毕竟未如归。"（《自天界寺移寓钟山里》）回忆往事时，他在思归："人生贵安逸，壮游亦奚为？何当谢斯役，归守东冈陂。"（《我昔》）"看近清明沉种日，野人何事不归耕？"（《春日忆江上二首》其二）家人来京时，他同样在思归："海鸟那知享钟鼓，野马终惧遭笼靰。江湖浩荡故山远，归梦每逐鸿南飞。"（《喜家人至京》）赠别朋友，他还是流露出了思归之意："为客归宜早，高堂白发生。"（《送谢恭》）由此我们也就不难理解高启在修完《元史》、授翰林院编修，被擢为户部侍郎之时，却选择了辞官归乡。《凫藻集·志梦》载：

> （洪武三年）二十八日暮，出院还舍，有控马驰召余二人，上御阙楼俟焉。既见，奖谕良久，面拜启户部侍郎、玄懿吏部郎中。启以年少未习理财，且不敢骤膺重任，辞去。玄懿亦辞。上即俞允。各赐内帑白金，命左丞相宣国公给牒放还于乡。

朱元璋对高启"奖谕良久"，可见对其编修《元史》及教授诸功臣子弟是十分肯定的。对高启请求辞官，朱元璋不仅没有责备、拒绝，反而赐白金以还。可见，至此为止朱元璋对高启并没有流露出不满和愤怒，洪武七年（1374）高启被腰斩当与拒受户部侍郎无关。

高启死时年仅 39 岁，正值壮年。这是很多人的半生，却是高启的一生。

二

高启之死，是中国古代文人的人生悲剧，也是中国文学史上的一桩疑案，历来关注较多，故有必要在此详细述说。关于高启的死因，目前学术界主要有以下几种观点：

（一）“魏观案牵连”说。即因作郡治上梁文，受魏观案牵连获罪。魏观是朱元璋的重要文臣，曾数次为朱元璋访求遗才。魏观曾任国子监祭酒，后被贬为龙南县令，但很快又被召为礼部主事。洪武五年（1372）魏观出任苏州知府。据《明史·魏观传》记载，魏观任职期间，以明教化、正风俗为治，建黉舍，聘周南老、王行、徐用诚，与教授贡颍之定学仪，王彝、高启、张羽订经史。政化大行，课绩为天下最。高启与魏观是旧交，两人在南京期间就认识。高启曾为魏观赋诗，魏观也很欣赏高启的才华。所以，魏观到任后，对高启尤为礼遇，“旦夕延见，甚欢”（《明史·高启传》），邀请其修订经史。高启感于知己之意，为往来方便，甚至还专门从苏州城南迁居城中夏侯里。

关于魏观案，《明史·魏观传》记载：“初，张士诚以苏州旧治为宫，迁府治于都水行司。观以其地湫隘，还治旧基。又浚锦帆泾，兴水利。或谮观兴既灭之基，帝使御史张度廉其事，遂被诛。”高启与魏观案的牵连，见于《明史·高启传》：“（魏）观以改修府治获谴，帝见启所作《上梁文》，因发怒，腰斩于市。”高启门人吕勉《槎轩集本传》对高启牵连魏观案记载颇详：

> 先是在城诸委巷久淤，舟艇往来不便，役民挑浚甚急，已多敛怨；又以府治乃前元都水屯田司，偏于西，则出武卫之下，即城中共旧治

而新之。吴帅虑其居左，且观由内出，诸帅俯见，弗为礼，衔而密疏之。寻有张度御史来，微行廉其迹，以先生尝为撰上梁文，王彝因浚河获佳砚为作颂，并目为党，俱拿赴京。

洪武八年(1375)二月李志光的《凫藻集本传》也说高启"遂蹇连以没"。由此我们基本可以还原事情的真相:魏观疏浚府治，得罪了苏州武官，被武官以兴既废之旧观、招致民怨而密告朝廷。御史张度巡察，坐实此事。高启以撰上梁文、王彝以作佳砚颂而受牵连被杀。高启的妻小家人并未受到牵连可以佐证高启被杀主要是因受魏观牵连。高启被杀的罪证——《上梁文》没有保存下来，他写的《郡治上梁》诗却得以流传:

郡治新还旧观雄，文梁高举跨晴空。南山久养干云器，东海初生贯日虹。欲与龙庭宣化远，还开燕寝赋诗工。大材今作黄堂用，民庶多归广庇中。

这首诗中，高启出于客套对魏观的文治教化进行颂扬本也无可厚非，但是其中的一些内容还是可能会引起雄猜多疑的朱元璋的反感。如首句中"还"字含有恢复郡治原貌的忌讳，颈联中以郡治比拟"龙庭""燕寝"这些皇帝居住之处，也触犯了大忌。而尾联两句歌咏魏观功德势比天子而功绩盖之，且以文梁气势比皇宫大梁，这些都是应当忌讳的。而高启因上梁文被杀，可以想见其中的内容或较此诗更甚，触犯了大忌。

(二)"因诗获罪"说。即高启写诗讽刺宫室，被朱元璋借魏观案腰斩。这一说法最早见于钱谦益《列朝诗集》甲集卷四《宫女图》诗下的按语:

吴中野史载季迪因此诗得祸，余初以为无稽，及观国初昭示诸录所载李韩公子侄诸小侯爰书及高帝手诏豫章侯罪状，初无隐避之词，则知季迪此诗盖有为而作。讽喻之诗，虽妙绝古今，而因此触高帝之怒，假手于魏守之狱，亦事理之所有也。

《明史·高启传》也认为高启作诗触怒朱元璋在先：

启尝赋诗，有所讽刺，帝嗛之未发也。及归居青丘，授书自给。知府魏观为移其家郡中，旦夕延见，甚欢。观以改修府治获谴，帝见启所作《上梁文》，因发怒，腰斩于市。

但是，朱彝尊《静志居诗话》认为这是好事者传言附会：

世传侍郎贾祸因题《宫女图》，其诗云："女奴扶醉踏苍苔，明月西园侍宴回。小犬隔花空吠影，夜深宫禁有谁来？"孝陵猜忌，情或有之。然集中又有《题画犬》一诗云："独儿初长尾茸茸，行响金铃细草中。莫向瑶阶吠人影，羊车半夜出深宫。"此则不类明初掖庭事，二诗或是刺庚申君（注：元顺帝）而作，好事者因之傅会也。

因诗获罪说，主要是推测高启作诗引起朱元璋不满，而且这种推测是以高启受魏观案牵连为前提的，实际上并没有其他材料佐证朱元璋的不满。如果朱元璋真的为此不满，完全不必待魏观案发而诛高启。因此，此说于理难以服人。

（三）"辞官获罪"说。这一说法因符合了朱元璋的刻薄残酷、雄猜好杀本性而广为接受。（钱伯城、章培恒持此论）事实上，朱元璋对待文人的态度并不是一成不变的。开国初年，朱元璋招贤纳士，求贤若渴，非常希望八方人才辅佐帝业。洪武元年（1368）九月，朱元璋下求贤诏："朕惟天下之广，固非一人所能治，必得天下之贤共理之……今天下甫定，愿与诸儒讲明治道，启沃朕心，以臻至治。岩穴之士，有能以贤辅我以德济民者，有司礼遣之，朕将擢用焉。”（《明太祖实录》）可见，此时朱元璋对士人还是很尊重的。其中洪武二年（1369）诏修《元史》，也可以看作朱元璋笼络、重用人才的一种手段。元末明初，由于士人崇尚隐逸，不乐仕进，即便是拔擢后辞官归乡者也不在少数，如《元史》修成后，二十九人中，除了三人不知所终外，仅有九人接受官职，有十七人请求辞归（贾继用《元明之际江南诗人研究》）。高启即在其中。由于征士的效果不理想，后来朱元璋不得不采取强迫威逼的方式，“取天下之士，网罗捃摭，务无余逸。有司敦迫上道，如捕重囚”（《明史·叶伯巨传》）。洪武三十年（1397）颁行《大明律诰》中，则将“寰中士夫不为君用”列为重罪，“其罪至抄札”。即对强征不至的文人加以抄家查没重罚。可见，高启辞官时，尚无对应罪名。另从高启本人的记载中可以看出，朱元璋对其辞官不仅未发怒，还赐白金放还。可见，“辞官获罪”说难以成立。

（四）“吴人身份”说、“政治斗争牺牲品”说。朱元璋在攻破苏州以后，对依附张士诚政权的士人和苏州富户共二十余万人加以迫害，将其迁徙南京留置，后来将其中部分人谪居临濠，同时，对苏州地区课以重税，可见朱元璋对张士诚治下的苏州十分残酷苛刻。但这与高启本人被杀并没有直接的联系。而且明初被杀的士人中除了苏州人外，还有不少浙东士人。所谓“政治斗争牺牲品”说，更无法立足。因为就目前史料所见，高启不属于任何政治集团或帮派，没有参与任何政治派系之间的斗争。

通过对以上诸说的分析，我们不难看出，高启直接的死因是因作《上梁文》而受魏观案牵连。当然这里还有一个待解的疑问，就是魏观被诛后不久，朱元璋“亦寻悔，命归葬”，为魏观恢复了名誉。但是，他为什么没给高启和王彝平反？其中原因，固然与高启、王彝辞官后的平民身份有关，但更主要的原因恐在于对拒绝合作的文人的痛恨和对士人人格尊严的打击。

朱元璋胸怀宏图，求贤若渴，下诏征贤，为历代开国所未见，以至“隐者之庐殆空”（高启《送徐先生归严陵序》）。在一个不允许“隐逸”的时代，高启辞官归隐,本已不合时宜;而他"退而不隐",成为魏观座上宾客,以与朝廷"不合作"的姿态活跃于苏州官场士林,最终招致朱元璋愤怒而被腰斩。假使高启辞官后,默居江边,不与魏观及苏州官场士林交集,不再次进入朱元璋的视线,即便之前辞官招致朱元璋不满,高启也难罹腰斩之祸。

由于高启案在洪武年间没有得以平反,所以他的学生吕勉不敢提及他与高启的师生关系,甚至不得不隐居以避祸:"乃徙城西之南濠,依族人以居,绝不道诗书,所谓谨于保身也。至永乐中,世尚弥文,礼重贤士,始谓人曰:'吾高槎轩之徒也。'"(张习《青丘诗集书后》)但是吕勉《槎轩集本传》为我们留下了高启押解赴京时的珍贵资料:"众汹惧丧魄,先生独不乱,临行在途,吟哦不绝,有'枫桥北望草斑斑,十去行人九不还''自知清澈原无愧,盍倩长江鉴此心'之句。殁于甲寅之九月也。年甫三十九。"众人魂飞魄散,高启却从容自然,吟哦不绝,这说明他对残忍暴戾的朱元璋没抱任何希望,而且自恃清白,对作《上梁文》、对朱明王朝也无任何愧意——毕竟他没有任何谋反叛逆之举。高启被腰斩于南京后,"人无贵贱贤否老少,咸痛惜之"(张适《哀辞序》)。

三

高启殁于英年,无疑是明代诗坛的一大损失。在短短的三十九年间,其创作有诗集《凤台》《吹台》《江馆》《青丘》《南楼》《缶鸣》《姑苏杂咏》《胜壬》诸集,文集《凫藻集》,词集《扣舷集》。若天假之年,高启的文学创作贡献当不可估量。

综观高启诗歌两千余首,其艺术成就主要见于以下几个方面:

(一)诗兼众体,笔涉纵横。对于高启的诗歌创作成就及其地位,《四库全书总目提要》曾评价说:

启天才高逸,实据明一代诗人之上。其于诗,拟汉魏似汉魏,拟六朝似六朝，拟唐似唐，拟宋似宋，凡古人之所长，无不兼之。振元末纤秾缛丽之习，而返之于古，启实为有力。然行世太早，殒折太速，未能镕铸变化自为一家，故备有古人之格，而反不能名启为何格，此则天实限之，非启过也。

高启堪称有明诗坛三百年第一。其长在众体兼擅，其功在振纤秾缛丽之习，其短在未能自成一家。四库馆臣的评价可谓精当中肯。

高启的诗歌创作兼备众体，凡前代出现过的诗歌体式几乎皆有体现。据清人金檀辑注，今人徐澄宇、沈北宗校点《高青丘集》，高启的诗歌创作体裁有乐府诗、五言古诗、七言古诗、五言律诗、七言律诗、五言绝句、七言绝句，另外还有三言诗、四言诗、六言诗、联句、排律、歌行，等等，体式十分丰富。朱彝尊云："季迪之才，始于兼，故其体备。"（《高青丘集·附录》）兼备众体既是对诗人诗才诗笔的考验，也是衡量一代大家的必要条件之一。

高启不仅工于摹古，众体咸备，而且"诸体兼工"（陈田《明诗纪事》）。他的好友谢徽评价说："季迪之诗，缘情随事，因物赋形，横纵百出，开阖变化，而不拘拘乎一体之长。其体制雅醇，则冠冕委蛇，佩玉而长裾也。"（《缶鸣集后序》）高启诗笔驰骋不羁，从不为一体所囿，而是依据不同的景、事、情，纵横开阖，运用自如。汪端也评价说："青丘诗，众长咸备，学无常师……俊亮之节，醇雅之旨，施于山林、江湖、台阁、边塞，无所不宜，有明一代学古而化、不泥其迹者惟此一人……格律森严，一气熔铸，句中有意，句外有神，足征其功力之深。"（《明三十家诗选》）由于高启诗才富健，胸臆独运，所以其拟古而脱古，学古不泥古，终未死于古人笔下，"特其摹仿古调之中，自有精神意象存乎其间"（《四库全书总目提要》）。以前有人非议高启摹古，视之为明代复古风气之发端，以此归罪高启，实为虚妄之论。若对比前后七子与高启诗作，更能发现高启"宗派唐人而自出新意"的高超过人处。也正由于此，高启以摹古为竞进，借古朴矫缛丽，一扫元末诗坛纤秾积习，为明初诗歌健康发展立标树帜。

高启诗歌笔涉纵横，题材十分广泛。时事沧桑、幽情别绪、写景纪游、台阁酬答、咏史吊古、农人农事、草木虫鱼、飞禽走兽，等等，几乎达到了“无意不可入、无事不可言”的地步。其中有些题材在前人诗集中较为少见，比如流人诗。至正二十七年(1367)苏州城破，朱元璋迁元朝故官、将张士诚旧部流放临濠。其中包括高启的好友徐贲、余尧臣、杨基等人。高启写了《送流人》《喜幼文北归》《答余新郑》《赠杨荥阳》等诗，为我们了解那个时代的历史及流人生活提供了宝贵的史料，具有“诗史”的价值。《喜幼文北归》:“风尘万里损光辉，旧面相逢却讶非。在路定留经处咏，还家犹着去时衣。久留远土虫蛇杂，忽解高罗雁鹄飞。尚念梁园三二客，与君同去不同归。”其中既有好友久别重逢的惊喜，也有对徐贲面貌非昨的惊讶，还有对徐贲混杂“虫蛇”、受尽屈辱的深深痛惜。通过这首诗，我们可以想见徐贲被谪临濠期间的艰辛生活，同时也对当时的流放政策有一定了解。另外高启的《听教坊旧妓郭芳卿弟子陈氏歌》《闻旧教坊人歌》《穆陵行(并序)》《兵后逢张孝廉醇》《吴城感旧》《兵后出郭》《齐云楼》等诗寄寓历史沧桑之感，深沉厚重，堪称史笔。

(二)才情并举，意趣相得。高启才华横溢，富于才气性情。赵翼曾云:“惟高青丘才气超迈，音节响亮，宗派唐人，而自出新意。一涉笔即有博大昌明气象，亦关有明一代文运，论者推为开国诗人第一，信不虚也……独青丘如天半朱霞，映照下界，至今犹光景常新，则其天分不可及也……盖其用力全在使事典切，琢句浑成，而神韵又极高朗，此正是细腻风光。看是平易，实则洗炼功深，观唐以来诗家，有力厚而太过者，有气弱而不及者，惟青丘适得诗境中恰好地步，固不必石破天惊以奇杰取胜也。”(《瓯北诗话》)在赵翼看来，高启的才气才情，乃是天赋天分。其对外界事物感知细腻，对历史人事洞察深微，想象丰富奇特，用典精当恰切，才力雄厚，神韵高朗，这些都来自上天的赋予，故“高青丘后，有明一代，竟无诗人”(同上)。

高启是一位情感丰富、富有深情、追求意趣的诗人。高启非常重视亲情，无论南游吴越，还是仕宦京师，抑或赴京途中，他都以诗记录下对家人的爱与思念。《寄家书》《客夜闻女病》《答内寄》《望家人不至，效西昆体》《喜家人至京》《召修元史将赴京师别内》等诗情感诚挚，真切感人。而《悼女》《见花忆亡女书》二诗则语气哀婉，情致缠绵，令人肝肠欲断，不忍卒读。尤其《悼女》中"凄凄临殁语，的的在生亲"之句，《见花忆亡女书》中"仓皇具薄棺，哭送向远陂。茫茫已难寻，恻恻犹苦悲"之句，与古代最优秀的悼亡文学作品相比毫不逊色。

高启还非常重视友情。他喜好交游，交往范围以江南为主，有才人学士，也有医师僧侣。在《高青丘集》中与友人唱和赠答的诗歌数量非常之多。无论新知故交，顺逆浮沉，也无论高低贵贱，长幼尊卑，高启都一视同仁，倾心相交，"相逢无新旧，言合意自倾"（《答张山人宪》），"人生无处无弟兄"（《送客曲》）。与朋友分别时，他感叹："相逢既不易，相违亦良难"（《送贾凤进士》）。"君来欢不足，君去忧何遽"（《会宿城西客楼送王太史》）！梦到好友时："今夕复何夕？梦我平生友。握手无所言，但道离别久……当年亦如梦，聚散一回首。起坐与谁亲，钟鸣月穿牖"（《梦杨二礼曹》）。对朋友的思念与牵挂令他倍感孤寂与惆怅。但是，高启的交友并非无原则的泛泛之交，对于道不同者他则避而远之。比如至正年间，杨维桢称雄东南，崇尚险怪靡丽诗风，门人数以千计，但是"惟季迪与王彝不屑附和"（汪端《明三十家诗选》）。

高启诗中还有不少描写农人与农事的诗歌。身居吴淞江畔，高启不仅熟悉农村环境与生活，而且深知农人悲欢，怜悯农人疾苦，在诗中描写他们的生活日常，表现他们的喜怒哀乐。《养蚕词》描写了养蚕期间"东家西家罢来往，晴日深窗风雨响"的农村生活，又通过"檐前缲车急作丝，又是夏税相催时"，表现了蚕农丰收在望的喜悦与对催缴租税的隐忧。《牧牛词》表现了牧童"长年牧牛百不忧，但恐输租卖我牛"的微妙心理。《湖州歌送陈太守》中，以湖州乐府民歌的形式，写湖州风土人情、民生疾苦，表现出对百姓的深切同情以及对自己爱莫能助的感慨。这些农事诗都表现了高启关心农人生活、同情百姓疾苦的深厚情怀。

高启是性情中人。他不仅对亲人、友人、农人饱含真情,而且对自然风物、人文古迹也情有独钟。他曾说:"'国风'之作,发于性情之不能已,岂以为务哉!……余不幸而少有是好,含毫伸牍,吟声咿咿不绝于口吻……日与幽人逸士唱和于山巅水涯以遂其所好。"(《缶鸣集序》)望江水东驰,波涛汹欻,烟云杳霭,草木盛衰,鱼鸟翔泳,"凡可以感心而动目者,一发于诗"(《娄江吟稿序》)。即便是面对《吴郡志》,他也能情感于衷:"观其所载山川、台榭、园池、祠墓之处,余向尝得于烟云草莽之间,为之踌躇而瞻眺者,皆历历在目。因其地,想其人,求其盛衰废兴之故,不能无感焉,遂采其著者,各赋诗咏之。"(《姑苏杂咏序》)并作《姑苏杂咏》一百二十三篇。追随他的笔触,我们可以领略大量吴中胜景与人文古迹。

就高启的本性而言,他厌恶功名富贵所带来的精神上的束缚,追求闲适安逸的生活情趣,向往不受拘束的身心自由,所以他在诗歌中所表达的都是自己最真实的情感感受。"他最突出的特点是对自我情感的表达以及对于友人情谊的抒发",(左东岭《20世纪高启与吴中诗派研究》)在《青丘子歌》中,他自诩谪仙,不仅蔑视功名富贵,"不肯折腰为五斗米,不肯掉舌下七十城",而且放浪形骸,特立独行,"不问龙虎苦战斗,不管乌兔忙奔倾。向水际独坐,林中独行"。他毫不介意别人对他的看法,也不关心身边俗务,而是沉迷于自我的精神世界,追求身心的完全自由。高启强调的是"格调、情感、趣味、文采、声律……他认为诗歌的功用在于抒发性情,歌吟自适,也不谈什么厚教化、美人伦之类,与理学家的诗论形成鲜明对照"(廖可斌《明代文学思潮史》)。所以,当他辞官归乡时,一如飞鸟返林、池鱼归渊:"江净涵素空,高帆漾天风。澄波三百里,归兴与无穷。"(《至吴淞江》)他不仅体会到了辞官后的轻松,而且也实实在在体会到了闲适的幸福:"今朝无事役,睡足亦君恩。"(《睡足》)"曙色透窗来,幽人眠未起……却忆候东华,朝衣寒似水。"(《睡觉》)这与他在京师早起候朝的经历形成了鲜明的对比。高启归乡后的诗歌风格大多冲淡、闲适,充满了亲近自然、享受生活的精神意趣。

（三）咏史怀古，识见警敏。高启既是一位才情丰赡、追求意趣的诗人，同时也是一位史才宏富、识见警敏的思想者。谢徽评价他说："疏爽俊迈，警敏绝人，无书不读，而尤邃于群史。"（《缶鸣集后序》）读史不仅让高启洞悉史实、博学多才，更能让他在世事更迁、历史变故中通晓古今演变、人事得失的经验教训。所以，在高启创作的大量咏史怀古诗中，他不仅熟稔历史典故，而且对历史、人物识见警敏，洞察深刻。在《阖闾墓》中，他写道："水银为海接黄泉，一穴曾劳万卒穿。漫设深机防盗贼，难令朽骨化神仙。空山虎去秋风后，废榭乌啼夜月边。地下应知无敌国，何须深葬剑三千！"对吴王阖闾劳民伤财、大建坟墓进行了深刻的揭露和批判，同时对其幻想不朽、葬剑设防进行了辛辣的讽刺与嘲弄，议论精警，识见新颖。《穆陵行（并序）》最后四句"千秋谁解锢南山，世运兴亡覆掌间。起辇谷前马蹄散，白草无人浇麦饭"。通过宋元、元明朝代更迭、世运兴亡，讽刺了元代统治者发掘宋陵而最终落个无人祭奠的悲剧结局，意味深长。

在《明皇秉烛夜游图》中，高启借由灯火通明的兴庆宫，讽刺荒淫逸乐的唐明皇："此时何暇化光明，去照逃亡小家屋？"《题李德新中宗射鹿图》中，他讽刺"人如真龙马如虎"的唐中宗："空夸大羽发无虚，不射妖狐射生鹿……神孙早解习祖艺，不遣衔出宫中花。"《岳王墓》中他一反前人将岳飞之死归咎于秦桧的旧论，讽刺了背后的真凶宋高宗："每忆上方谁请剑？空嗟高庙自藏弓！栖霞岭上今回首，不见诸陵白露中。"沈德潜《明诗别裁集》评之曰："通体责备高宗，居然史笔。"

高启的咏史怀古诗意精而深，辞达而畅，不仅讽古，而且喻今，暗含对当世统治的启示与借鉴。正如他所说："登高望远之情，怀贤吊古之意，与夫抚事览物之作，喜慕哀悼，俯仰千载，有或足以存劝戒而考得失，犹愈于饱食终日而无所用心者也。"（《姑苏杂咏序》）在《登金陵雨花台望大江》中，高启以六朝兴亡说明金陵地形之险、王气之盛实不足恃："前三国，后六朝，草生宫阙何萧萧……从今四海永为家，不用长江限南北。"这首诗表现了诗人深邃的历史洞察力和深沉的忧患意识，寓意深刻，收结巧妙。《吴城感旧》中他以“赵佗空有称尊计，刘表初无弭乱心”，一针见血，揭穿了张士诚胸无大志、徒有其表的真实面目，寄寓统治者勿为一己之私图一时虚名，而当以国事民心为重。

（四）清丽俊雅，飘逸不群。高启诗歌的整体风格表现为清丽俊雅，超逸不群。时人王祎评曰：“季迪之诗，隽逸而清丽。如秋空飞隼，盘旋百折，招之不肯下；又如碧水芙蕖，不假雕饰，翛然尘外，有君子之风焉。”（《高季迪诗序》）周正道评曰：“命意骋辞，如健鹘横空，如快马历块，如春园桃李，如秋汀苹蓼。超逸不群而俊丽可喜，深得诗人之妙。”高启诗风飘逸洒脱，跌宕风华，奔放不羁，如《登金陵雨花台望大江》，感情奔放，气势磅礴，大起大落，层层转折，笔墨酣畅，一气直下，“有博大昌明气象”（赵翼《瓯北诗话》）。其与李白诗风“不惟形似，而且神似”（同上）。如《青丘子歌》淋漓酣畅，飘逸纵横，“风华颖迈”（胡应麟《诗薮》）。再如《送谢恭》诗：“凉风起江海，万树尽秋声。摇落岂堪别，踌躇空复情。帆回京口渡，砧响石头城。为客归宜早，高堂白发生。”王夫之《明诗评选》评之曰：“刻削化尽，大气独昌，正使寻声索色者不得涯际。”另有《听教坊旧妓郭芳卿子弟陈氏歌》《答余新郑》《送张贡士祥会试京师》《京师苦寒》《忆昨行寄吴中诸故人》等叙事性诗篇，驰骋才情，超逸不群，洋洋洒洒，一气呵成。

另外，在一些咏物写景诗句中，也体现了高启清丽飘逸、才情赡美的诗风。如“春回废苑还芳草，人渡空江正落潮”（《送顾军咨归梁溪》）、“远客帆樯秋水外，残兵鼓角夕阳中”（《寄题安庆城楼》）、“烟生远坞闻鸡唱，潮落平沙见蟹行”（《秋日江馆咏怀》）、“宫树远连江树色，寺钟微答禁钟声”（《登天界寺钟楼望京城》）、“雨初过处千山出，人正愁时一雁来”（《倚楼二首〈其二〉》）、“霜后芙蓉落远洲，雁行初过客登楼”（《秋望》）等等。其中前四句“气调才力，不减于唐”（赵翼《瓯北诗话》）。高启还是写梅花的高手。他写过的梅花诗有数十首。其梅花诗清空俊逸，遗貌取神，令人叹为观止。

如《次韵西园公咏梅二首(其一)》:“如何天与出尘姿,不得芳名入《楚辞》?春后春前曾独探,江南江北每相思。微云淡月迷千树,流水空山见一枝。拟折赠君供寂寞,东风无那欲残时。”超凡脱俗,风神摇曳,意境清空,堪见诗人咏梅之功力。王夫之《明诗评选》评曰:“真不愧作梅花诗,古今人搁笔可矣。”再如《梅花九首(其一)》:“琼姿只合在瑶台,谁向江南处处栽?雪满山中高士卧,月明林下美人来。寒依疏影萧萧竹,春掩残香漠漠苔。自去何郎无好咏,东风愁寂几回开?”集中体现了高启清丽俊雅、倜傥不群、幽洁飘逸、才情丰赡的诗歌风格。诚如汪端所评:“才气豪健而不剑拔弩张,辞采秀逸而不字雕句绘。”(汪端《明三十家诗选》)

高启是一位天才的诗人,其天赋才情非诗体诗格所能束缚,也绝非诗歌题材所能左右,故其诗歌艺术出神入化,变幻万端。高启曾说:“诗之要,有曰格、曰意、曰趣而已。格以辩其体,意以达其情,趣以臻其妙也。体不辩则入于邪陋,而师古之义乖;情不达则堕于浮虚,而感人之实浅;妙不臻则流于凡近,而超俗之风微。三者既得,而后典雅、冲淡、豪俊、秾缛、幽婉、奇险之辞变化不一,随所宜而赋焉……故必兼师众长,随事模拟,待其时至心融,浑然自成,始可以名大方而免夫偏执之弊矣。”(《独庵集序》)这段话集中体现了高启的诗歌理论主张,也是他诗歌创作的追求所在。“格”“意”“趣”三字落脚于诗歌创作实践中就是要“师古正体”“情畅感人”“意趣超俗”。从高启的诗歌创作来看,才情飘逸,风格超俗,师古而不囿于古,真正做到了随事模拟,浑然自成,“有明一代诗人,终莫有能及之者”。(赵翼《瓯北诗话》)今人顾实说:“彼乃天成之诗人也,故诗之当为何者,及诗人当为何者,均能自觉。”(顾实《中国文学史大纲》)这或许正是高启踞明代诗坛三百年之首的原因所在。

七言律诗

送沈左司从汪参政分省陕西，汪由御史中丞出[1]

重臣分陕去台端，宾从威仪尽汉官[2]。

四塞河山归版籍，百年父老见衣冠[3]。

函关月落听鸡度，华岳云开立马看[4]。

知尔西行定回首，如今江左是长安[5]。

[注释]

①沈左司：中书省左司郎中沈某，名不详。 汪参政：汪广洋，字朝宗，江苏高邮人，元末进士。 后追随朱元璋起兵，洪武二年（1369）由御史中丞出任陕西参政，洪武十二年（1379）被贬广南，途中被赐死。 分省：指中央官员被派赴不同的省处理政务。 御史中丞：御史台的副长官。

②重臣：朝廷倚重之臣，此处指汪广洋。 时陕西初平，汪广洋受命恢复重建。 分陕：中央官员去地方任职为“分陕”。 典出《公羊传·隐公五年》：“自陕而东者，周公主之；自陕而西者，召公主之。”陕：陕陌，今河南陕县西南。 去：离开。 台端：此处指御史台。“宾从”句：指汪参政僚属、仪仗等尽依汉官威仪。 威仪：典礼制度。《后汉书·光武帝纪》载更始元年（23），刘秀欲北都洛阳，“以光武行司隶校尉，使前整修宫府。 于是置僚属，作文移，从事司察，一如旧章。 时三辅吏士……及见司隶僚属，皆欢喜不自胜。 老吏或垂涕曰：‘不图今日复见汉官威仪！’”

③四塞：此处指陕西为四面皆有天险，可作屏障守御。 见《史记·项羽本纪》记载，客有说项王曰：“关中阻山河四塞，地肥饶，可都以霸。”亦见《史记·苏秦列传》，苏秦说秦惠王曰：“秦四塞之国，被山带渭，东

有关河，西有汉中，南有巴蜀，北有代马，此天府也。”归版籍：接受统治。版籍：版图户籍。百年：元灭南宋统治中国九十七年，接近百年。衣冠：古代士以上的服装，此处指恢复汉人官员衣冠。

④函关：指函谷关，在今河南灵宝市境内，是古代关中与东方交通的要塞。听鸡度：典出《史记·孟尝君列传》，载齐公子孟尝君逃离秦国，夜半至函谷关。“关法鸡鸣而出客。孟尝君恐追至，客之居下座者有能为鸡鸣，而鸡尽鸣，遂发传出”。此处活用此典，希望沈左司一路畅通无阻，从容入陕。华岳：西岳华山，在今陕西省华阴市南。“云开立马看”：立马云中，俯瞰关中形胜。一说借指沈、汪等人旅途思亲之情，并启下联“回首”之意。见《新唐书·狄仁杰传》，狄仁杰赴任并州（今山西太原），而“亲在河阳，仁杰登太行山，反顾，见白云孤飞，谓左右曰：‘吾亲舍其下。’瞻怅久之，云移乃得去”。

⑤“知尔”二句：寓诸人西行将忠心不负朝廷之意。江左：长江下游地区，这里指金陵。长安为汉唐故都，常用以指代首都。

[评析]

该诗作于洪武二年（1369）。汪广洋身为重臣，出任陕西参政，沈左司从行，高启写诗赠沈。

诗送沈氏，首句偏不写沈，而写重臣汪参政分省陕西。反次为主的写法，固然有沈氏不及汪参政位高权重之考量，更是体现诗人以国事为先，大处落墨，对汪参政代表朝廷、肩负使命之由衷敬佩。次句写随从幕宾与典礼尽遵汉唐威仪，巧妙带出沈左司，出齐题面。应当说，首联两句充满重臣威临远域、汉人官仪恢复之自豪情怀。

颔联“四塞河山归版籍，百年父老见衣冠”，意谓陕西四面都有险阻，是天然屏障之地，今一统至大明版图，而百年未见之汉代衣冠威仪亦得以重现天日。此两句分别从空间、时间上营构艺术境界，既有宏阔之空间感，又有沧桑之历史感。颈联两句，诗人巧妙用典，写汪参政、沈氏从容入陕，立马华山，俯视关中。言外之意，作为中央重臣，他们已代表朝廷将四塞之地掌控手中。

“知尔西行定回首，如今江左是长安。”此两句诗音节铿锵，格调沉稳，意境深远，历为后人激赏。汪参政与沈左司等肩负朝廷重任，荣光在身，其路途坎坷及对故乡、亲人之思念在国家大事前，已无足轻重，而“回首”江左，谨记对皇帝忠诚、不辱朝廷使命才是应有之胸怀气度。此两句表现诗人对沈左司等的期许与赞赏。

临别赠言，诗人没有作儿女情长般的别离语，而是以国家大事为先，朝廷使命为重，依行程层层展开，表现了对元明鼎革、海内一统的发自内心的喜悦与自豪。这也是本诗气象雄大、格局空阔的主要原因。沈德潜对此诗颇推崇：“音节气味，格律词华，无不入妙。《青丘集》中为金和玉节。”（《明诗别裁集》）赵翼《瓯北诗话》也认为此诗与其他数首七律“气调才力，不减于唐，而典丽细切更过之，前、后七子所未梦见也”。

清明呈馆中诸公[①]

新烟着柳禁垣斜，杏酪分香俗共夸[②]。
白下有山皆绕郭[③]，清明无客不思家。
卞侯墓上迷芳草，卢女门前映落花[④]。
喜得故人同待诏，拟沽春酒醉京华[⑤]。

［注释］

①本诗作于洪武三年（1370）清明日。馆：指翰林院。

②新烟：清明节前一天为寒食节，旧俗禁烟火，清明节再点烟火，称新烟。禁垣：皇宫的围墙。杏酪：杏仁粥。据《邺中记·附录》："寒食三日，作醴酪，又煮粳米及麦为酪，捣杏仁煮作粥。"分香：生香。见孟浩然《美人分香》："艳色本倾城，分香更有情。"

③白下：古城名，东晋陶侃率军讨苏峻时所筑，故址在今南京市金川门外。郭：外城。

④卞侯：即卞壸(kǔn)，字望之。晋济阴冤句（今山东省曹县西北）人。晋明帝时官至尚书令，后在平定苏峻之乱中战死。葬于冶城，故址在南京朝天宫一带。卢女：指莫愁，湖北石城人，善歌谣。石城，今湖北钟祥，县西有莫愁村。后人误认石城为石头城，传其为金陵人。《江宁府志》记载："三山门外，昔有妓卢莫愁家此，有莫愁湖。"一说洛阳人。见古乐府《河中之水歌》："洛阳女儿名莫愁，十五嫁为卢家妇。"

⑤故人：此处指洪武三年（1370）二月同授翰林编修的史馆同仁，一说专指谢徽。待诏：唐代置翰林待诏，这里指翰林院编修。沽：买酒。京华：指南京。

[评析]

清明为祭祖扫墓节令，故历来与清明相关的诗歌多有凄怆感伤之音，其中杜牧诗“清明时节雨纷纷，路上行人欲断魂”更是将清明之哀推向极致。然而，高启此诗一反常例，以清新欢快的笔触、婉转多姿的情韵，表现清明时节金陵明丽如画的风物，以及愿与故人醉酒京华的欢欣。

诗歌起笔写清明风物与习俗，展现生动活泼、景色宜人的古都之春景。寒食后炊烟亦称“新烟”，一“新”字，别开生面，别有意味。诗人起笔即寓欢意。而“新烟着柳”之“着”字摹写新烟袅袅、偎依新柳之态，风姿摇曳，情态醉人。次句写金陵城内的清明习俗。杏仁美粥，香飘京城，家家户户围桌食粥，增添清明气氛。而金陵城外，天清气朗，青山环绕，景色如新。但对于客居游子而言，他乡景色愈美，思乡之情愈重。一句“清明无客不思家”道出史馆同僚心声，同时亦呼应诗题之意。

颈联中卞侯与莫愁，虽籍非金陵，然而其事迹、传说却与金陵相关，亦可视为“客居”。此二典故既延续前句低沉的思乡基调，又暗合其与史馆同僚客居金陵之寓意，足见诗人用典巧妙。同时卞侯墓上草与卢女门前花，又令人产生迷离徜恍、物是人非之叹。诗至此，历史之沧桑，人事之参差，着实令人感慨。结句又以诸公授官编修之喜将低沉情绪大力拉起，基调转向欢快轻松，并在与同僚饮春酒、醉京华，共度良辰美景中收结，呼应起句欢意。

本诗情感内容丰富，起伏多变，有欢欣，有惆怅，有思念，有期待，悲欣交集，摇曳多姿，情韵婉转，词句清丽，彰显出诗人的深厚笔力与丰厚才情。

京师秋兴次谢太史[1]韵

柳外秋风起御河[2]，京华客子意如何？
伎同南郭知应滥，俸比东方愧已多[3]。
梁寺钟来残月落，汉宫砧断早鸿过[4]。
不材幸得同趋阙，几度珊珊候晓珂[5]。

［注释］

①谢太史：指谢徽。当时高启与谢徽在南京同修《元史》，相知最契。后二人分擢为户部侍郎、吏部郎中，同时辞归不受。

② 御河：专供皇室用的河道。见王之涣《送别》："杨柳东风树，青青夹御河。近来攀折苦，应为别离多。"

③ 伎：通"技"。"伎同"句：用南郭先生滥竽充数典故，见《韩非子·内储说上》。"俸比"句：典出《汉书·东方朔传》，讲东方朔自视甚高，却待诏公车，俸禄微薄。久之，东方朔欺骗受宠的侏儒，戏言皇帝要杀尽他们。皇上召问，东方朔"对曰：'臣朔生亦言，死亦言。侏儒长三尺余，奉一囊粟，钱二百四十。臣朔长九尺余，亦奉一囊粟，钱二百四十。侏儒饱欲死，臣朔饥欲死。臣言可用，幸异其礼；不可用，罢之，无令但索长安米。'上大笑，因使待诏金马门，稍得亲近。"

④梁寺：即萧寺。据《唐国史补》：梁武帝萧衍好佛，"造寺，命萧子云飞白大书'萧'字"。汉宫砧断：自韩翃《同题仙游观》化出："山色遥连秦树晚，砧声近报汉宫秋。"

⑤珊珊：缓慢移动貌。珂：珂色白如玉，相击有声，常作马勒的饰物，此处借指马。

[评析]

此为洪武二年（1369）秋高启与友人谢徽唱和之作。

首联以秋风起兴，以相问收结，表达诗人客居京华漂泊之感。二人虽仕宦朝廷，但皆本性散漫，喜好自由，难有归属之感。“意如何”所含之意不言自明。颔联中二人以南郭先生、东方朔为喻，自嘲本领不够而俸禄丰足，趣味盎然。颈联则以梁寺、汉宫凭吊历史，沧桑之感油然而生；以残月、飞鸿感喟冷秋，凄凉之情溢于言表。此两句将历史变迁与季节转换巧妙联结，渲染愁情，寄寓怀抱，饶有余味。顾起纶《国雅品》评此联：“佳在实境得句，足以嗣响盛唐。”尾联呼应唱和之意，以同趋朝阙、珊珊赴朝收结。“珊珊”二字表明两人仕宦京师之消极散漫心态，同时回应首联“意如何”三字，进而巧妙呼应诗歌首尾。

衍师[1]见访钟山里第

风雨孤舟寄一僧，远烦相觅到金陵。

青衫愧逐尘中马，白拂看麾座上蝇[2]。

事去南朝犹有恨，梦归北郭已无凭[3]。

文章何用虚叨禄，只合从师问上乘[4]。

［注释］

①衍师：即僧道衍（1335—1418），名姚广孝，法名道衍，字斯道，长洲人。北郭诗社成员之一，通儒、道、佛诸家之学，善诗文。元至正十二年（1352）出家为僧，后从灵应观道士席应真习兵家之学。至正二十三年（1363）于径山从遇庵大师潜心于内外典籍之学，成为当时较有名望的高僧。洪武初，以高僧征。后侍燕王朱棣，参与夺位密谋，成为朱棣的重要谋士。明永乐二年（1404）再授为太子少师，复其姓，赐名广孝。高启曾为其《独庵集》作序。

②尘中马：比喻功名利禄。座上蝇：比喻蝇头微利。麾：同“挥”。

③南朝：南朝宋、齐、梁、陈四朝皆建都金陵，此指金陵。北郭：吴县（今苏州）北郭，高启世居之地。元末至正年间，高启与僧道衍、徐贲、杨基、余尧臣等在北郭结社唱和。

④上乘：代指佛家教义，“若顿悟自心，本来清净，元无烦恼，无漏智性，本自具足，与佛无殊。依此而修者，是名最上乘禅”。

[评析]

该诗作于洪武三年（1370）。高启已由天界寺移居钟山里。

首联两句描写僧道衍一叶扁舟、顶风冒雨、不辞劳苦前来访问诗人的情形。“风雨孤舟”四字写僧道衍四海为家、飘然独行，形象传神。“寄”字尤为巧妙。此处不言“来”“到”，偏说“寄”。谁“寄”之？或因冥冥之中的缘分，深有玄妙禅意。次句中“觅”字亦巧妙：一则因京城之大，茫茫人海中访人不易；二则“觅”字更见僧道衍由于思念与友情，访寻朋友之主动与迫切。颔联两句表现诗人孜孜于功名利禄、面对高僧时的羞愧之情。上句言自己“逐”功名，下句写衍师“麾”利禄，态度对比中见出各自境界。

颈联分别咏怀南朝更迭，追忆北郭盛事，寄寓历史沧桑与人生幻灭，为诗中佳句。王安石《桂枝香·金陵怀古》：“六朝旧事随流水。”高启当时在金陵，更能切身体会南朝四代兴亡幻灭，而北郭盛事，亦随朝代更迭、人事变更而恍如隔世。“旧事重谈真若梦”（高启《喜张太常谒告归途见访，雨中留宿话旧》）。如今诗友飘零沦落，昔日盛事了无踪迹，怎不给人世事如戏、人生如梦之感？可惜的是连做梦都无法回到北郭。故此两句情感沧桑，语气沉痛，无奈与空幻之感令人扼腕伤悼。尾联两句表达对衍师的尊敬与崇拜之情。在大师面前，高启感受到一己灵魂的渺小与卑微，悟得放弃功名、一心向佛、追求上乘境界才是正道。

本诗情感深沉真挚，语调稳重平和，节奏顿挫有力，读来令人沉思慨叹，掩卷难忘。

寄题安庆城楼[1]

层构初成百战终，凭高应喜楚氛空[2]。
山随粉堞[3]连云起，江引清淮与海通。
远客帆樯秋水外，残兵鼓角夕阳中。
时清莫问英雄事，回首长烟灭去鸿[4]。

[注释]

①安庆：位于安徽西南部，长江北岸，自古为兵家必争之地，也是元军、陈友谅、朱元璋割据征战的中心城市之一。元至元二十一年（1361），安庆被朱元璋军攻下。该诗写于明洪武三年（1370），安庆城楼修建之后。因诗人并未到过安庆，故曰“寄题”。

②“层构”句：意谓修建安庆城楼，标志着群雄割据混战时代的结束。楚氛：楚地凶气，这里指战争硝烟散尽。见《国语·楚语》：“台不过望氛祥。”韦昭注：“凶气为氛，吉气为祥。”

③粉堞：用白垩粉刷的白色女墙。堞，城上呈齿形的矮墙，也称女墙。见杜甫《峡口二首》：“城敧连粉堞，岸断更青山。”

④“回首”句：暗用杜牧《登乐游原》：“长空淡淡孤鸟没，万古销沉向此中。”灭：消失，隐没。

[评析]

安庆经无数次战争炮火洗礼，见证了元末群雄割据混战的历史。而安庆城楼的修建，是一个新时代的标志。诗人虽在南京，但他对战争结束、和平恢复充满兴奋喜悦之情，故遥想悬揣，写下此首格调高昂、气魄宏大之诗。

首联两句表达诗人对硝烟散尽、战争结束的喜悦，亦表现登高凭栏、扫视群雄消亡的气魄。此处“应喜”二字用得巧妙。因诗人并未真正登临，故以“应”字悬揣模拟。接下来四句，诗人描写登高所见：山岭随城堞起伏，与天边飞云相连，浩浩长江引汤汤淮河直通东海。“随”“引”二字亦巧，将隐约起伏的山峦与眼前城堞相联系，并接以天边飞云，想象丰富。“引”字将长江人格化、动态化，并以直通东海表现江河一往直前之气势，同时以江河归海，寄寓天下归心之意。

颈联中，诗人以远处帆船相接、军营鼓角回荡描写百战终止后繁荣、安定的景象，意象典型，意境悠远。赵翼亦评此联：“气调才力，不减于唐，而典丽细切更过之，前、后七子所未梦见也。”（《瓯北诗话》）尾联两句意味深长，以割据结束、英雄已逝收结，寄寓历史沧桑，并以飞鸿远去表达是非成败随长烟消没之空幻。

本诗虽为“寄题”，但想象丰富巧妙，意境营造虚实相间，表现出诗人高超的构思技巧与飘逸的气度才情。

客舍夜坐

楼角声残锁禁城，灯花半落夜寒生[①]。
啼鸦井上惊风散，残雪窗前助月明。
清世莫嗟人寂寞，中年渐怯岁峥嵘[②]。
酒杯诗卷吾家物，客里相亲倍有情。

[注释]

①“楼角”句：出自朱敦儒《诉衷情》：“黄昏又是风雨，楼外角声残。”楼角指高楼的檐角。“灯花”句：出自孟浩然《寒夜》：“夜久灯花落，薰笼香气微。”

②岁峥嵘：形容岁月的不平凡。见鲍照《舞鹤赋》：“岁峥嵘而愁暮，心惆怅而哀离。”

[评析]

本诗作于洪武二年（1369）冬高启修史完毕、为功臣子弟授经期间。

本诗情感基调低沉。前两联以秋冬常见意象营造孤单、落寞意境，令人倍感压抑。楼角声残，灯花半落，寒气袭人，啼鸦惊散，残雪零落，月明无言，冷风乍起。诗人置身于凄清冰冷、孤独无依的环境之中，无奈而低落、彷徨又苦闷，无法排遣，不知所措。此数句正所谓“一切景语皆情语”，借助于诗歌营造的意境，我们可感受到诗人内心深处忧心忡忡、愁情凝重。

颈联中，诗人的自我表白似乎为前两联低沉情绪作注脚。客居他乡，孤独寂寞为人之常情，联系诗人在京师期间所写其他诗歌，可以看出，诗人对仕宦并无多少兴趣，而等级森严的氛围、按部就班的朝见、如伴虎狼的侍奉更令高启苦不堪言而无处诉说，更不敢在诗中流露。尾联中诗人以酒杯诗卷为友，看似慰藉之言，实则无奈之语，言辞间又透出几分苦涩。

这首诗与高启才情飘逸、风华跌宕的诗歌个性不尽相符，但真实反映了其在南京期间远离故土与亲人的孤独、寂寞与苦闷，为他最终辞官归乡的人生抉择作一注脚。

谒甫里祠[①]

衣冠[②]寂寞半尘丝，想见江湖独卧时。
遁迹虚烦明主诏，感怀犹赋散人[③]诗。
钓鱼船去云迷浦，斗鸭阑空草满地[④]。
芳藻一杯谁为奠，鼓声只到水神祠[⑤]。

[注释]

①谒：拜谒。甫里祠：指甫里庙，祀晚唐陆龟蒙，其字鲁望。范成大《吴郡志》卷十三："甫里庙，甫里在长洲县东南五十里。乡人祠陆龟蒙于此，至今不废。"

②衣冠：代指士大夫，此处指陆龟蒙。见李白《登金陵凤凰台》："吴宫花草埋幽径，晋代衣冠成古丘。"

③散人：此处指陆龟蒙。据《新唐书·隐逸传》："有田数百亩，屋三十楹。田苦下，雨潦则与江通，故常苦饥……不喜与流俗交，虽造门不肯见。不乘马，升舟设蓬席，赍束书、茶灶、笔床、钓具往来。时谓江湖散人，或号天随子、甫里先生，自比涪翁、渔父、江上丈人。后以高士召，不至。"

④斗鸭：指绿头野鸭，善斗。此句用典。据《吴郡志》卷二十九："野鸭多绿头。世传陆龟蒙居笠泽，有内养（注：太监）使杭州，舟出舍下。龟蒙家童，以小舟驱群鸭出，内养弹其一，折颈。龟蒙遽从舍出，大呼云：'此绿鸭有异，善人言，适将献状本州，贡天子。今持此死鸭，以诣官自言耳。'内养甚惊，厚祈之，龟蒙笑而止。因徐问龟蒙曰：'此鸭何言？'曰：'常自呼其名。'"苏轼《戏书吴江三贤画像三首》："千首文

章二顷田，囊中未有一钱看。 却因养得能言鸭，惊破王孙金弹丸。”

⑤芳藻：美酒。 水神祠：又称水仙庙。 据《甫里志》载，祠祀儒生柳毅，后废为僧舍。

[评析]

此诗表现了诗人对乡贤陆龟蒙隐逸风流的追慕与斯人永逝、风流不再的失落。

首联两句写陆龟蒙衣冠祠荒凉寂寞，为世人遗忘，引发人们对其当年独卧江湖、风流一世的追忆。 其中“衣冠寂寞”四字描绘祠庙今日情状，令人惋惜。 颔联写陆龟蒙绝意仕进，寄身江海，吟啸山泽，塑造了其飘逸洒脱、散淡高远的隐逸形象。 而颈联两句，上句“云迷浦”喻斯人永逝，下句“草满地”喻物是人非，抒发世事苍茫、人事推迁之叹，给人以“黄鹤一去不复返，白云千载空悠悠”的失落感。 最后一联写“鼓声”余音袅袅，远传到水神祠收结，意味悠长，寄托深远，表现了对陆龟蒙的追思与怀念。

本诗意境绵邈，情景相合，含蓄蕴藉，意在言外，表现了诗人飘逸而丰富的才情。

送何记室①游湖州

暮雨关城独去迟,少年心事剑相知。

故人当路②轻贫贱,倦客逢秋恶别离。

疏柳一旗江上酒,乱山孤棹道中诗。

水嬉散后湖亭废,此去烦君吊牧之③。

[注释]

①记室：古代官职名。《后汉书·百官志》载："记室令史，主上表章，报书记。"元以后废除。何记室，姓名不详，时为张士诚政权记室。

②当路：指担任要职的权贵。

③水嬉：水上的游戏活动。见张协《七命》："乘凫舟兮为水嬉。"这两句用杜牧典故。《唐诗纪事》卷五十六载杜牧在宣城做幕宾时，"游湖州，刺史崔君张水戏，使州人毕观。令牧间行阅奇丽，得垂髫者十余岁。后十四年，牧刺湖州，其人已嫁生子矣。乃怅而为诗曰：'自是寻春去较迟，不须惆怅怨芳时。狂风落尽深红色，绿叶成阴子满枝。'"

[评析]

湖州为高启旧游之地，友人何记室前往湖州，诗人自然倍感亲切，写诗赠别。

首句以暮雨关城、依依去迟写别离之情，言简而情深。"少年心事剑相知"一句则精警新异，将何记室提三尺剑、走闯天涯之勇武豪爽表现得淋漓尽致。颔联中，诗人以同情之笔对何记室不得志，受权贵怠慢、出游湖州给予同情，并委婉表达离别伤感之情。颈联中，诗人想象何记室舟行江上，疏柳酒旗、乱山孤棹、诗酒遣怀，情景如画。尾联则借杜牧典故，以湖州旧事作结，厚重而不凝滞。

本诗情感真挚自然，写景明丽如画，语言不事雕琢，饶有趣味，表现出诗人对何记室的惜别与祝福之情。

送顾军咨归梁溪[①]

新柳休攀短短条，离愁似雪未能销。
春回废苑还芳草，人渡空江正落潮。
德曜宅前今独去，平津门下旧相招[②]。
重来莫在花开后，拟听狂歌醉几朝。

[注释]

①军咨：军中的参谋，是职位较低的军吏，无实权。梁溪：江苏无锡的别称。无锡城西有梁溪，据说东汉时梁鸿居此，因此得名。

②德曜(yào)：东汉梁鸿之妻孟光，字德曜。平津：据《汉书·公孙弘传》载，元朔中，封丞相弘为平津侯。公孙弘起客馆、开东阁延请贤人，故宾客仰仗其衣食。

[评析]

本诗情感诚挚自然，意境清丽柔婉，尤其颔联两句情致蕴藉，为人激赏。

首句一反折柳赠别的习俗常态，立意新颖巧妙，尤其"新柳""短短"两词情态柔婉，娇怜可爱，毫无离情之伤感与沉重。次句以积雪比喻离愁，让人颇觉惆怅无奈。颔联两句以青青芳草象征良辰美景，正是与友人游赏芳华的好时候，朋友却要渡江离开，让人倍加伤感。"空"字表现友人离去后诗人的空落心情，情致含蓄蕴藉。赵翼颇欣赏此联："气调才力，不减于唐，而典丽细切更过之，前、后七子所未梦见也。"(《瓯北诗

话》)

颈联两句诗人想象朋友到梁溪后的生活，用典贴切，巧妙自然。 最后两句则表达与朋友重逢聚首、纵情歌唱的深切期待，表现朋友间关怀体贴的深厚情谊。“重来莫在花开后”，正与首句所写初春时节相合，表现诗人希望弥补初春离别的遗憾，照应巧妙，情致婉转。

辞户曹后东还，始出都门有作

诏贰民曹出禁林，陈辞因得解朝簪①。

臣材自信元难称，圣泽谁言尚未深②。

远水江花秋艇去，长河宫树晓钟沉。

还乡何事行犹缓？为有区区③恋阙心。

［注释］

①贰：辅佐。民曹：汉成帝时初置民曹，隋时改为民部，唐时避李世民讳改称户部。洪武三年（1370）七月，高启授户部右侍郎，为副长官，故云“诏贰民曹”。解朝簪：去职，辞职。朝簪，朝廷官员的冠饰。

②“臣材”句：参考高启《志梦》一文，洪武三年（1370）七月二十八日，“有控马驰召余二人，上御阙楼俟焉。既见，奖谕良久，面拜启户部侍郎、玄懿（谢徽）吏部郎中。启以年少未习理财，且不敢骤膺重任，辞去。玄懿亦辞。上即俞允。各赐内帑白金，命左丞相宣国公给牒放还于乡”。

③区区：微小。

［评析］

本诗作于高启辞官归乡、离开都门之际。

客居京华一年半，辞官获准，高启深感轻松自由的同时，又为永别宫阙感到淡淡的失落与惆怅。前两联，语句平淡，不学李白“仰天大笑出门去”，不似杜甫“漫卷诗书喜欲狂”，而是小心谨慎，谦逊地表达不称职，感激皇恩圣泽。诗人的真实情感在后四句，“远水”悠悠、“长河”缓缓正是诗人此时心情沉重复杂的表现。诗人虽已厌倦官场生涯，但在京师期间，也留下诸多美好回忆，而此次远去，恰似远水江花，不能复还，堪称“永别”。故尾联中诗人自问自答，表现此时此刻的矛盾心情。然而在进退之间，诗人最终坚定选择了退隐与自由。

闻家兄谪寿州[1]

别来未省去何投，书到方知谪寿州。

览俗自堪伤远抱，听音谁解释羁忧。

长淮波浪应愁渡，故国江山只梦游。

未有万回[2]飞往术，魂销空望楚云秋。

[注释]

①家兄：指高咨。寿州：在今安徽寿县。

②万回：禅师名。据传万回禅师，姓张，九岁才能语。兄戍西安，父母遣他问讯，朝往暮返，万里而回，因号万回。

[评析]

高启曾于至正二十六年（1366）作《送家兄西迁》，描写送别家兄高咨前往战场时的悲惨场景。之后，高咨杳无消息，生死茫茫。今收到高咨书信，方知张士诚败后，高咨谪在寿州。于是高启感慨万端，写下此诗。此诗大约作于至正二十七年（1367）。诗人情感从平静到强烈，从怜悯同情到惆怅无奈，从担忧家兄生死到感慨故国兴亡，表现了时代风云中个人身如飘萍的无力无助与对历史兴衰、朝代更替的感伤感叹。“长淮波浪应愁渡，故国江山只梦游”，这两句语气痛切，饱含沧桑，表现了诗人对江山易主、物是人非的深深叹惋与沉痛悲伤。其中以“长淮波浪”喻指凶险时事，形象而深刻。尾联中，诗人借用万回典故，表达不能前去探望兄长的无奈与悲哀，呼应诗题。末句以“空望”收结，呼应首句中“别”字，寓不尽之悲于言外，含蓄蕴藉。

吴城感旧

城苑秋风蔓草深，豪华都向此销沉①。
赵佗空有称尊计，刘表初无弭乱心②。
半夜危楼俄纵火，十年高坞漫藏金③。
废兴一梦谁能问？回首青山落日阴。

［注释］

① 城苑：城池与宫苑。张士诚统治期间，苏州城繁华富丽，风景园林甲于天下。销沉：见杜牧《登乐游原》，“长空澹澹孤鸟没，万古销沉向此中”。

② “赵佗”句：典出《史记·孝文本纪》：“南越王尉佗自立为武帝，然上召贵尉佗兄弟，以德报之，佗遂去帝称臣”。诗中以赵佗比张士诚。《明史纪事本末》载元至正二十三年，张士诚自称王，改国号为吴。刘表：典出《后汉书·袁绍刘表列传》。曹操与袁绍相持于官渡，袁绍派人向刘表求助，刘表表面答应却不出兵，也不援助曹操，欲观天下之变。“从事中郎南阳韩嵩、别驾刘先说表：‘今豪杰并争，两雄相持，天下之重在于将军。若欲有为，起乘其敝可也；如其不然，固将择所宜从。岂可拥甲十万，坐观成败，求援而不能助，见贤而不肯归！此两怨必集于将军，恐不得中立矣。’”《明史纪事本末》载至正二十年闰五月，陈友谅攻陷太平后，派人约张士诚联击朱元璋，张士诚“龌龊自固，不敢应”。此句意谓张士诚与刘表一样优柔寡断，胸无大志。

③ “半夜”句：《明史纪事本末》载，“士诚见兵败……（妻刘氏）积薪齐云楼下，驱其群妾侍女登楼，令养子辰保纵火焚之。刘氏自缢”。危

楼：高楼，指齐云楼。 俄：突然间。“十年”句：张士诚据吴十年，大兴土木，“金玉珍宝及古法书名画，无不充牣”（《明史》）。 高坞：高大城堡。 此处用董卓典故，《后汉书·董卓传》载，“董卓筑坞于郿，号万岁坞，藏金二三万斤”。

［评析］

至正二十七年（1367）九月，经历十月围困，苏州城终被朱元璋军攻破。 乱后苏州城断壁残垣、面目全非，昔日繁华不再。 高启亲眼目睹惨状，写下此诗。

首联展现萧瑟秋风中城池残破、宫苑衰颓、野草丛生景象，令人顿生哀伤惨痛之情。 苏州自古繁华，堪比天堂，如今富丽景象消失无踪。“销沉”二字，语气沉重，感情沉痛，寄寓沧桑幻灭之感。 颔联借用典故，批评张士诚拥兵自重，不思进取，有实力而慕虚荣、有野心而无远见的性格，最终导致城破人亡的结局。 颈联写张士诚纵火齐云楼致使宫女侍妾无辜而亡、珠宝字画横遭火焚的悲剧，寄寓诗人深切同情、沉痛之感。 对比颔联，亦讽刺张士诚对外软弱、对内残暴之本性。

尾联中“废兴一梦谁能问”句，朝代更迭、兴衰治乱令人无可奈何，更无力回天，带给人深沉痛苦的思考。 正如苏州曾是远离群雄混战的区域，一度偏安、数载繁荣，悲耶？ 幸耶？“回首青山落日阴”句，以景结情，内涵丰富，意旨深远，收结巧妙。 杨慎《临江仙》中“青山依旧在，几度夕阳红”或从此化出。

本诗情感深沉厚重，寄慨遥深，格调沉稳，诗风圆熟，表现了诗人对历史与现实的深刻洞察与反思。

奉天殿进元史①

诏预编摩辱主知，布衣亦得拜龙墀②。
书成一代存殷鉴，朝列千官备汉仪③。
漏尽秋城催仗早，烛明晓殿卷帘迟④。
时清机务应多暇，阁下从容幸一披⑤。

[注释]

①洪武二年（1369）八月，《元史》修成，李善长等人在奉天殿奉表进献，诗人亲历这一盛事。

②预：参与，参加。编摩：犹编集。罗大经《鹤林玉露》载陆象山云："每与同官悉意论驳，朝廷清明，常得寝罢。编摩之事，稽考之勤，顾何足以当大官之膳，或庶几者，仅此可以偿万一耳。"龙墀（chí）：借指皇帝。见《敦煌曲子词·望江南》："数年路隔失朝仪，目断望龙墀。"墀，台阶。

③殷鉴：谓殷人子孙应以夏的灭亡为鉴戒。见《诗经·大雅·荡》："殷鉴不远，在夏后之世。"后泛指可以作为借鉴的往事。据《明太祖实录》：朱元璋诏修元史，谕曰："今命尔等修纂，以备一代之史，务直述其事，毋溢美，毋隐恶；庶合公论，以垂鉴戒。"汉仪：汉官威仪。《后汉书·光武帝纪》载：更始元年（23），刘秀欲北都洛阳，"以光武行司隶校尉，使前整修宫府。于是置僚属，作文移，从事司察，一如旧章。时三辅吏士……及见司隶僚属，皆欢喜不自胜。老吏或垂涕曰：'不图今日复见汉官威仪！'"

④仗：仪仗。见《仪卫志》，"朝会之仗，三卫番上，分为五仗，皆带

刀捉仗，列于东西廊下。每日以四十六人立内廊阁外，号曰内仗，朝罢放仗，天子出则有细仗、黄麾仗”。“烛明”句：典出《宋史·吕端传》，“真宗既立，垂帘引见群臣，端平立殿下不拜，请卷帘，升殿审视，然后降阶，率群臣拜呼万岁”。

⑤披：翻阅。

[评析]

本诗记录诗人与编史同僚在奉天殿进献《元史》的盛事。

首联中诗人表达参与编史并受召见之感激。虽然诗人曾于其他诗中表现仕宦京师的孤独、压抑，但其犹自豪于参与编史盛事。从吴淞江畔到京师帝都，从一介布衣到《元史》编修，诗人亦感受到前所未有的荣光。“书成一代存殷鉴，朝列千官备汉仪”，此两句承接上联，从文治、武功歌颂朱元璋驱除鞑虏、恢复汉官威仪、诏修《元史》的历史功绩，且内容、形式工整巧妙，堪称佳句。

尾联看似谦逊客套之语，实则意旨深远，即希望朱元璋能够翻阅《元史》，从中汲取经验教训，既不枉编史翰林一番心血，更有利于朝廷长治久安。

喜幼文[1]北归

风尘万里损光辉[2]，旧面相逢却讶非。
在路定留经处咏，还家犹着去时衣。
久留远土虫蛇杂，忽解高罗雁鹄飞[3]。
尚念梁园三二客[4]，与君同去不同归。

［注释］

①幼文：徐贲（1335—1380），字幼文，“吴中四杰”之一。祖籍巴蜀，居毗陵，后迁平江城北。曾为张吴政权记室、参军。后被朱元璋谪临濠，洪武元年（1368）放还。洪武七年（1374），被荐入朝。洪武十三年（1380），以“犒师不周”处死。

②光辉：指神采。

③“久留”“忽解”两句：此两句意指幼文被谪居临濠，与其他被流放之人为伍。后放归乡里，如雁鹄挣脱罗网。

④梁园：汉代梁孝王所营建的园囿，在河南省开封东南。也借指汴京。三二客：指同时遭流放的北郭好友余尧臣、杨基。余尧臣后授新郑簿，杨基后授荥阳令。梁孝王曾于梁园延揽文士，游赏唱和，文采风流，名扬后世。此句亦暗寓北郭风流盛事。

［评析］

此诗表现诗人初见徐贲远谪归来时的悲喜交加之情。

首联“风尘万里”写徐贲一路风尘仆仆、长途跋涉的情形。当年风流倜傥的才子却尘土蒙脸，面目全非，以至于诗人见面几不相识。“旧面相逢却讶非”句直白平易，如脱口而出，其中既有惊喜之情，也有惊讶之痛，包含对友人遭遇的深切怜惜之意。一“讶”字，传神之至，境界全出。颔联中“还家犹着去时衣”句尤其让人心酸，可以想见徐贲被谪临濠期间衣衫不整、蓬头垢面的落魄情形。颈联中“久留远土虫蛇杂”则让人深切同情徐贲的遭遇。身为风流才子，曾做丞相府记室，却与三教九流之人混杂相处，斯文扫地，受尽屈辱，令人心痛不堪！此处以“虫蛇”喻指其他流放之人，形象鲜明，表现力强，也反衬出徐贲高洁风雅的形象。尾联“尚念”二字，寄寓诗人对其他谪居好友的牵挂与担忧。当年北郭诗友诗酒风流，名闻天下，如今却风流云散，沦落天涯，令人伤感叹惋。

此诗情真意切，诚挚感人，表现友人间的深厚情谊。语言流畅浅易，明白如话，毫无矫揉造作之感。

秋日江馆咏怀

十年世事渐多更，自叹而今岂后生[①]？
未有佳儿[②]书漫读，既无俗客酒频倾。
烟生远坞闻鸡唱，潮落平沙见蟹行。
秋后思归凡几度，夕阳江上望高城。

［注释］

①更：变。 后生：青壮年男子。

②佳儿：典出《世说新语》，“张苍梧是张凭之祖，尝语凭父曰：‘我不如汝。’凭父未解所以，苍梧曰：‘汝有佳儿。’凭时年数岁，敛手曰：‘阿翁讵宜以子戏父？’”时高启子祖授尚未出生，故云。

［评析］

此诗作于平江城破，诗人移居江上之后。

平江城破，张士诚政权覆亡。 高启友人徐贲、杨基、余尧臣等被流放，北郭盛事恍然一梦。 回首过去十年，张士诚治下的苏州偏安一隅，北郭诗友诗酒唱和，游山玩水，赏花品曲，度过难忘时光。 如今世事沉浮，盛景不再，故诗人感慨“十年世事渐多更”。 语气伤感无奈，寄寓年华流逝之殇。 移居江上之后，诗人生活几同隐士。 无子侍读，无客共饮，孤独、落寞之情溢于言表。 颈联两句“烟生远坞闻鸡唱，潮落平沙见蟹行”，意境悠远，寄兴遥深，寄寓诗人经历平江城破后的感慨与沉思。 尾联中“夕阳江上望高城”以特定的动作细节，表现诗人对苏州府城及北郭往事的思念，情思绵邈，含蓄蕴藉，余味悠然。

别江上故居

家具初移借钓船①，临行鱼鸟亦悽然。

城南徙舍惟三里，渚北闲居已二年。

花墅回看春水外，草堂留掩夕阳边。

多惭父老相留意，来去聊随大化②迁。

[注释]

①“家具”句：可与孟郊《借车》“借车载家具，家具少于车”相参。

②大化：宇宙，自然。见陶渊明《神释》：“纵浪大化中，不喜亦不惧。”

[评析]

该诗约作于洪武五年（1372），诗人辞官归居江上两年以后。

诗人自京师返回江上闲居两年，身心彻底放松。如今要移家城南，不免难舍难离。首联中“临行鱼鸟亦凄然”，把鱼鸟拟人化，不言自己伤感却言鱼鸟凄然，堪为“移情”之笔，巧妙表达对故居依依难舍之情。颈联两句写江上春水花墅、夕阳草堂，画面优美清丽，充满田园意趣，对仗工整，韵味十足。尾联中，诗人认为移居是顺应自然之举，自我慰藉，尽显超脱达观心态。

本诗语言平淡，情致婉转，意境优美，平中见巧。

迁城南新居

辛苦中年未有庐，东西长寄一囊书。
未能避俗还依俗，堪信移居更索居[1]。
叶满邻园烟幂幂[2]，竹连僧舍雨疏疏。
何须许伯长安第，此屋翛然已有余[3]。

[注释]

①索居：孤独散处一方。

②幂幂：形容深浓。

③“何须”句：典出《汉书·盖宽饶传》，“平恩侯许伯入第，丞相、御史、将军、中二千石皆贺，宽饶不行，许伯请之，乃往”。翛（xiāo）然：超脱。有余：意参韩愈《示儿》，“始我来京师，止携一束书。辛勤三十年，以有此屋庐。此屋岂为华，于我自有余”。

[评析]

本诗抒发诗人迁居城南后的情绪起伏。

首联诗人自嘲人到中年，空有囊书却未有居室，故不择邻而居，所谓“未能避俗还依俗”，语调诙谐而无奈。即便如此，诗人仍有离群独居之感。毕竟高启作为读书人，文采超群，行高于众，又曾仕宦京师，难以与普通市民百姓相交以心。故颔联两句真实表现诗人的处境与心情，毫无造作之感。颈联两句描写新居优雅环境，树木与园林相接，竹林与僧舍相连，烟雾蒙蒙，细雨疏疏，幽深宁静。此处“幂幂”“疏疏”两叠字形象传神，表现烟雾与细雨迷蒙萧疏的特点。 尾联两句诗人自问自答，借用许伯典故，表达乐居此地的闲适与自足。

本诗表现诗人心态真实自然，写景状物真切传神，表现高启辞官归乡后超脱、平和的心态。

倚楼二首(其二)

漠漠疏烟丹树开[①],火经城苑减楼台。
雨初过处千山出,人正愁时一雁来。
秋色自随砧杵[②]动,夕阳又被鼓钟催。
诗成未尽登临意,独向苍茫首重回[③]。

[注释]

①漠漠:迷蒙貌。丹树:秋天叶子变红了的树木。

②砧杵:捣衣用的砧石和木杵。

③“诗成”“独向”两句:当从杜甫《乐游园歌》末二句“此身饮罢无归处,独立苍茫自咏诗”化出。

[评析]

本诗抒发诗人历经兵乱、登楼远眺时的深重愁情。

首联两句意境迷离,低沉伤感,奠定全诗情感基调。诗人由红叶联想到战火以及战争中遭到破坏的城苑楼台,愁情愈加凝重。颔联两句句意巧妙,情景交洽,语淡情深。尤其雨后青山悠然可见,愁思正浓鸿雁飞来,画面充满动感,更富有情致韵味。

颈联两句以秋色、夕阳渲染诗歌意境,辅以砧杵、钟鼓营造清秋氛围,分别诉诸视觉与听觉,令人忧愁满怀、悲不自胜。诗人登楼远望本为消除心中郁积的愁闷,孰料登临后孤独落寞之情更加沉重,故尾句以诗人再回首望向苍茫天地作结,意蕴深厚,余韵悠长。

阖闾墓

水银为海接黄泉，一穴曾劳万卒穿[①]。
漫设深机防盗贼[②]，难令朽骨化神仙。
空山虎去秋风后，废榭[③]乌啼夜月边。
地下应知无敌国，何须深葬剑三千[④]！

［注释］

①此两句据《吴郡志》载吴王“阖闾葬于国西北虎丘，穿土为山，积壤为丘，发五郡之士十万人，共治千里，使象挞土，凿池四周，水深丈余，铜椁三重，倾水银为池，池广六十步，黄金珠玉为凫雁，扁诸之剑、鱼肠三千在焉。葬之三日，金精上扬为白虎据坟，故曰虎丘。”

②漫：徒然。深机：墓穴深处的防盗机关。

③废榭：此处指破败不堪、杂草丛生的吴王旧宫。

④无敌国：没有楚国、越国、郑国等敌国。三千：极言数量之多。吴越为战国名剑产地，剑器制作精良，有扁诸、盘郢、鱼肠等名剑。

［评析］

本诗对吴王阖闾劳民伤财、大建坟墓予以深刻揭露与批判，同时对其幻想不朽、葬剑设防予以辛辣讽刺与嘲弄。

首联分别从深、广两面极言阖闾为建坟墓耗费巨大物力、人力。以“水银为海”喻阖闾墓占地之广，以“接黄泉”喻阖闾墓掘地之深，想象丰富，夸张奇特。次句则以“一”“万”对比，极言此工程劳民费力。

“穿”字，力透纸背，不仅指称墓穴之深，且有聚万力于一穴之强度。颔联中，诗人则化庄为谐，讽刺阖闾精心厚葬、布设机关，终难成神仙结局，对其枉费心机而徒劳无功予以无情嘲弄。此联可见诗人想象之巧妙，讽刺之辛辣。颈联承颔联之意，写萧瑟秋风中墓地凄凉、宫苑破败、鸦啼残月之凋敝景象，为全诗咏史怀古营造凝重、哀伤的氛围。尾联诗人表达对阖闾不解，既似感慨，又像发问，更近批判，语气粗豪沉重，掷地有声。

本诗感情强烈，格调雄健，字句铿锵有力，表现出诗人深刻、卓异的历史洞见。

客舍岁暮

空江寒雨送凄凉，离舍无多即异乡。
井臼尚勤惭德曜，音书未至忆平阳[①]。
心轻别岁凭年少，梦喜还家及夜长[②]。
自笑病来词赋拙，懒从枚叟[③]客游梁。

［注释］

①"井臼""音书"两句：分别表达思念妻女之情。德曜：梁鸿妻孟光，字德曜。《后汉书·逸民传》载：梁鸿"每归，妻为具食，不敢于鸿前仰视，举案齐眉"。平阳：指女儿。典出李白《寄东鲁二稚子》："娇女字平阳，折花倚桃边。折花不见我，泪下如流泉。"

②及：乘，趁。冬日夜长，故云。

③枚叟：指枚乘。典出《汉书·枚乘传》："（枚乘）从梁孝王游，梁客皆善属词赋，乘尤高。"

［评析］

此诗大约作于洪武二年（1369）冬天。

客居京华，远离亲人，又时至岁暮，长夜漫漫，诗人倍感孤独寂寞。起句"空江寒雨送凄凉"，萧瑟肃杀之气充塞天地，境界寥廓悲凉，让人体会悲伤低沉的离愁别绪。一"送"字，形象传神，使画面有鲜活感。如果说首句是从时间或季节渲染愁情，次句则从空间或地域交代愁情所自。远离故土时，适逢"空江寒雨"，与家人凄凉告别；如今岁暮年终，客居他乡，诗人更加思念亲人。颔联两句，分别表达诗人对贤惠妻子及娇怜女儿的思念。颈联两句反思人生离别，合情入理，顺承自然。前句“心轻别岁凭年少”道出人生少壮时重远游、轻别离的普遍心理，亦暗含后悔愧疚之意，故而接以后句：只好趁漫漫长夜于梦中归乡，以慰藉思念之情。尾联中，诗人自嘲才情渐少，心态渐老，无心亦无力应付游赏、酬答之事，表现诗人独居京华、百无聊赖的心态。

本诗以愁情贯串始终，起承转合合情入理，情感真挚，语言自然，堪称佳作。

子祖授生

原引：二月二日，子祖授生，其母尝梦一姥跪捧以献孕，而既生，太守魏公①来贺，闻其啼，甚奇之。余年三十八岁，始有是儿，不能无喜，故赋诗。

他日愚贤未可知，眼前聊复慰衰迟。
人间豚犬应谁子，天上麒麟岂我儿②。
梦兆先占神媪送，啼声还得使君奇。
乐天从此休长叹，已有人传柏匮诗③。

[注释]

①魏公：指苏州太守魏观。魏观，字杞山，蒲圻人。元时隐居蒲山。朱元璋下武昌，聘授国子助教，再迁浙江察司佥事、两淮都转运使，入为起居注。奉命偕吴琳以币帛求遗贤于四方。洪武元年（1368）命侍太子说书，及授诸王经。洪武三年（1370），迁国子祭酒。洪武五年（1372），出任苏州知府。政化大行，课绩为天下最。后修复张士诚府治，被诬告兴既灭之基，与高启俱被斩于南京。后朱元璋悔之，命归葬蒲圻。

② 豚犬：典出《吴历》。“曹操见孙权军伍整肃，叹曰：‘生子当如孙仲谋，刘景升儿子若豚犬耳。’”麒麟：典出《南史·徐陵传》。“徐陵幼时，有僧宝志摩其顶曰：‘天上石麒麟也。’”

③乐天：指白居易。白居易无子，晚年曾作《题文集柜》诗：“破柏作书柜，柜牢柏复坚。收贮谁家集？题云白乐天。我生业文字，自幼及

老年。前后七十卷，小大三千篇。诚知终散失，未忍遽弃捐。自开自锁闭，置在书帷前。身是邓伯道，世无王仲宣。只应分付女，留与外孙传。”诗人借此谓家业有传。

[评析]

洪武六年（1373）二月二日，高启中年得子，苏州太守魏观来贺。高启赋诗表达喜得贵子的欣慰之情。

高启原有三女，但无子，而次女高书在平江之围时不幸夭折。中年得子，对高启而言，既可慰丧女之痛，又可传承家业。但自全诗描写来看，诗人并无欣喜若狂之情，更多低调、含蓄之意。或许经历丧女之痛，诗人愈加担忧年幼生命，故情绪收敛，小心翼翼。如首句即表现未来难以确定之忧："他日愚贤未可知。"而对眼下自己来说，也仅仅是"聊复慰衰迟"。颔联两句中，诗人也非常谦逊。尾联虽借用白居易典故，表达了家业有传的欣慰之情，但也含蓄而有节制。

喜张太常[1]谒告归途见访，雨中留宿话旧

长嗟远别望京城，忽喜相逢驻驿程。

问舍求田惭我鄙，还家上冢羡君荣[2]。

寒厅[3]联句围炉坐，晚陌趋朝并辔行。

旧事重谈真若梦，江湖夜雨一灯明[4]。

［注释］

①张太常：即张羽。张羽（1333—1385），字来仪，更字附凤，号静居，浔阳（今江西九江）人，后移居吴兴（今浙江湖州），与高启、杨基、徐贲共称为“吴中四杰”。洪武四年（1371），张羽征至京师，不称皇上意旨，放还。再征，授太常司丞。洪武十八年（1385）因坐事流放岭南，未半道召还，自知不免于难，投龙江而死。

② 问舍求田：典出《三国志·魏书·陈登传》。三国时，刘备与许汜谈论陈登。许汜曰：“陈元龙，湖海之士，豪气不除。”并讲述曾拜访陈登时，陈登“无客主之意，久不相与语，自上大床卧，使客卧下床。备曰：‘君有国士之名，今天下大乱，帝主失所，望君忧国忘家，有救世之意，而君求田问舍，言无可采，是元龙所讳也，何缘当与君语。’”诗人借此典故讲自己辞官归乡，如求田问舍。上冢：上坟。见《史记·留侯世家》：“留侯死，并葬黄石冢，每上冢伏腊，祠黄石。”另见萨都剌《崔镇阻风有感》：“逆风吹河河倒行，阻风时节近清明。南人北人俱上冢，桃花杏花飞满城。”

③ 寒厅：对自己家的谦称。见韩愈《答张彻》：“勤来得晤语，勿惮宿寒厅。”

④“江湖”句：化用黄庭坚《寄黄几复》：“桃李春风一杯酒，江湖夜雨十年灯。”

[评析]

本诗表达了诗人喜逢故人张羽的喜悦与感慨。

首联以“嗟”“望”两个典型细节起笔，表明分手以来诗人对张羽的苦苦思念。“忽”字形容两人相见的惊喜之情，跃然纸上。颔联中，看似诗人以辞官归乡对比张羽仕宦太常表达惭愧之情，实则为诗人自谦与客套之辞。颈联中“围炉联句”“并辔行”两幅画面情谊温馨，表现两人诗心相通、情同手足的知己深情。画面中两人动作一坐一行，场面气氛一动一静，传神写照，巧妙自然。尾联为本诗重心所在。老友相见，自然旧事重提，而当年结社唱和、诗酒风流的北郭才子如今沦落天涯、物是人非，让人有恍如隔世、人生如梦的悲怆，故言“旧事重谈真若梦”。而“江湖夜雨一灯明”句，让人对风雨飘摇的时世充满忧生之叹的同时，又对未来寄寓希望，恍如有一灯指引前行。此两句感慨沉重，寄慨遥深，有对人生、历史的深刻洞见与体悟，且与诗题中“话旧”二字遥相呼应，收结巧妙。

登天界寺钟楼望京城

朝罢登楼赏晚晴，三山二水总分明①。
人间地涌黄金界②，天上云开白玉城。
宫树远连江树色，寺钟微答禁钟声。
凭高空此观形胜，深愧无才赋帝京③！

[注释]

①三山：山名，在南京西南长江边上，因三峰并列，南北相连，故名。见《江宁府志》：“上三山在江宁镇西，下三山在江宁镇东，三峰拱峙，大江从西来，势如建瓴，而此山突当其冲。”二水：指白鹭洲把长江水分成两道。此句自李白《登金陵凤凰台》化出：“三山半落青天外，二水中分白鹭洲。”

②黄金界：犹天堂。

③“深愧”句：指左思有《三都赋》、唐太宗有《帝京篇》十首，骆宾王有《帝京篇》等歌咏帝都的名篇。

[评析]

本诗描写诗人登楼远眺南京形胜的情景。

首联写诗人登高极目所见。南京城外，三山二水美景如画，轮廓线条分明，且句中“三”“二”相对，“山”“水”相衬，形象具体。颔联则俯瞰南京城，如天堂，像白玉，美不胜收。这两句对仗工整，“人间”与“天上”，“黄金”与“白玉”，相辅相成，彰显南京城为钟灵毓秀之地。颈联中，诗人目光渐移渐近，笔下景物亦渐清晰。宫树江树隐约相连，寺钟禁钟依稀相接，此意境幽远空灵，声色并现，宛如山水写意，给人迷离朦胧的艺术享受。登高必赋，为文人雅好。面对如此美景，诗人沉浸迷恋的同时，感慨无渊博学识、天赋英才以咏南京。尾联中“凭高”与诗题及首句呼应，甚为相契。

本诗境界宏阔，意境明丽而空灵，写景状物情韵生动，给人悠长不尽的艺术回味。

初夏江村

轻衣软履步江沙，树暗前村定几家。

水满乳凫翻藕叶，风疏飞燕拂桐花①。

渡头正见横渔艇，林外时闻响纬车②。

最是黄梅时节近，雨余归路有鸣蛙③。

[注释]

①桐花：桐树的花。见白居易《桐花》："春令有常候，清明桐始发。"

②"渡头"句：暗用韦应物《滁州西涧》"野渡无人舟自横"诗意。纬车：纺车。见陆龟蒙《袭美见题郊居，因次韵酬之》之六："水影沉鱼器，邻声动纬车。"

③"最是""雨余"两句：这两句与赵师秀《约客》"黄梅时节家家雨，青草池塘处处蛙"意境相近。

[评析]

本诗展现初夏江村的自然美景，表达诗人轻松愉悦的心情。首句"轻""软"二字，用词巧妙，写初夏轻快的衣装、步履，表现诗人心情舒畅、精神轻松的神态。颔联描写沿路所见江村风物，茂盛树木、盈盈池塘、乳凫、藕叶、和风、飞燕、桐花，等等，充满勃勃生机与田园乐趣。颔联中"翻""拂"两字，展现乳凫与飞燕的可爱之态，准确传神。颈联虽未写人，却以渔艇、纬车，分别从视觉所见、听觉所闻写出，巧妙自然。尾联中“雨余归路有鸣蛙”以“归路”与首联中来时“步江沙”呼应，巧妙收结全诗。

本诗笔调轻快，节奏明快，语言浅易流畅，状物细腻生动。诗人沿步履一路写来，真实展现初夏江村的田园意趣。

齐云楼[①]

境临烟树万家迷，势压楼台众寺低。
斗柄[②]正垂高栋北，山形都聚曲栏西。
半空曾落佳人唱，千载犹传醉守[③]题。
劫火重经化平地，野乌飞上女垣啼[④]。

［注释］

① 齐云楼：唐曹恭王建，位于苏州郡治后子城上。原名月华楼，白居易改其名为齐云楼，或取自《古诗十九首·西北有高楼》“西北有高楼，上与浮云齐”。宋绍兴十四年（1144），郡守王�重建。《吴郡志》卷六载：“两挟循城，为屋数间，有二小楼翼之。轮奂雄特，不惟甲于二浙，虽蜀之西楼、鄂之南楼、岳阳楼、庾楼，皆在下风。”元至正二十七年（1367），平江城破，张士诚令人纵火焚之。

② 斗柄：指北斗柄，即北斗的第五至第七星，即衡、开泰、摇光。北斗第一至第四星像斗，第五至第七星像柄。

③ 醉守：指白居易。白居易自号醉吟先生，并作有《和柳公权登齐云楼》：“楼外春晴百鸟鸣，楼中春酒美人倾。路旁花日添衣色，云里天风散佩声。向此高吟谁得意，偶来闲客独多情。佳时莫起兴亡恨，游乐今逢四海清。”

④“劫火”句：指朱元璋攻打平江。“野乌”句：化用李贺《石城晓》，“月落大堤上，女垣栖乌起”。女垣：城上呈齿形的矮墙，也叫女墙。

[评析]

本诗描写齐云楼巍峨恢宏的气势及风雅往事，表达了对齐云楼经历火灾、夷为平地的伤悼痛惜之情。

前四句描写齐云楼的自然形胜与磅礴气势。首句“境临烟树”四字富有诗情画意，描绘齐云楼仙境般迷离之美。次句则展现齐云楼巍峨高耸、力压众寺的恢宏气势。此处“压”字用得生动，齐云楼巍峨气势呼之欲出。如果说首联两句从平面、立体角度分别描写齐云楼，颔联则以丰富联想展现齐云楼上齐浮云、西倚群山的形象。齐云楼其名本身含高耸入云之意，而诗人以北斗柄为喻，极言其高，想象奇特。齐云楼西群山逶迤，峰峦如聚，诗人借以想象将其联结，给人以缥缈朦胧之感。

后四句则借风雅往事，怀古伤今，表达兴亡沧桑之感。“半空曾落佳人唱”，句意新颖，生动传神，特别是“落”字，描绘佳人声喉脆落响亮，亦衬托出齐云楼参天之高。风流才子白居易曾做苏州刺史，与柳公权登楼题诗亦留有佳话，齐云楼之风流雅事令人追念。如今历经劫火，被夷为平地，风流不再，怎不令人伤悼？诗人在今昔对比中寄寓感慨，其意不言自现。尾句“野乌飞上女垣啼”，以野乌悲啼结尾，哀伤不尽，意味悠长。

本诗纵横开阖，境界宏阔，同时寄寓感慨，情感沉重，表现了诗人深沉、伤感的咏史情怀。

秋日江居写怀七首（其一）

每看摇落[①]即成悲，况在漂零与别离。

为客偶当鲈美处，思兄正值雁来时[②]。

天边暝为秋阴早，江上寒因岁闰迟[③]。

莫把丰姿比杨柳，愁多萧飒恐先衰[④]。

［注释］

①摇落：凋残，零落。本句意自《楚辞·九辩》化出："悲哉秋之为气也！萧瑟兮草木摇落而变衰。"

②鲈美处：指江上。见范仲淹《江上渔者》："江上往来人，但爱鲈鱼美。君看一叶舟，出没风波里。"思兄：指思念谪居寿州的兄长高咨。

③暝：日暮。岁闰：洪武元年（1368），闰七月。

④"莫把""愁多"两句：这两句用晋人顾悦之典故。《晋书·顾悦之传》载：顾悦之与简文帝同年生而发早白，"帝问其故。对曰：'松柏之姿，经霜犹茂；蒲柳常质，望秋先零。'"

［评析］

本诗作于平江城破，诗人移居江上之后。

诗人经历十月围困、爱女夭折的人生悲剧，避隐江上，而亲友高咨、徐贲、余尧臣、杨基等被远谪他乡。每每面对萧瑟天气，衰残秋景，诗人不禁悲从中来。"况在漂零与别离"，一"况"字加重语气，突出飘零江上身世之感与对家兄知交的思念之情。颔联以"鲈美""雁来"两个细节，睹物思人，表达对家兄的强烈思念。孤单、凄凉、思念、无奈种种情绪浸染下，颈联中诗人以阴云笼罩天地、寒冷席卷岁暮表达内心沉重之情。尾联两句一反"丰姿"喻指杨柳之态，以凝重愁情作结，表现其内心无法排遣的悲哀。

本诗格调低沉，情态凝重，暮秋意象鲜明，表现了诗人的哀伤心境与悲苦愁情。

秋日江居写怀七首(其四)

风尘零落旧衣冠[①],独客江边自少欢。
门巷有人催税到,邻家无处借书看。
野虫催响天将夕,篱豆垂花雨稍寒。
终卧此乡应不憾,只忧漂泊尚难安[②]。

[注释]

①“风尘”句:战争风尘中,衣冠之士都已沦落。

②“只忧”句:此句表达诗人对自身处境的忧虑。吕毖《明朝小史》载:“帝平吴后,愤其城久不下,恶民之附张氏……故苏赋特重。”

[评析]

本诗表现诗人移居江上后孤独漂泊之感。

居住北郭之时,诗人与同好结社唱和,饮酒赋诗,风流吴中,名闻江浙。平江城破后,北郭诸子风流云散,或遭贬谪,或避难,诗坛盛事一去不返。诗人独居江上,追忆往时诗酒风流,自然旧情不堪回首。故首联中诗人以衣冠零落、独居寡欢起句,直接表达内心孤独与凄凉。所言身居江上无书可借,实则寓意独居无朋之孤单,正与首联衣冠零落相应。身处自然原野,有野虫为伴、篱豆可种,于诗人而言堪称精神上的慰藉与陪伴。“催响”二字形态鲜明,愈发衬托江上环境的静寂。最后两句,一则表达身居江上的平和,二则表达内心深处的隐忧,心曲吐露真实自然。

被召将赴京师留别亲友

长送游人作远行，今朝还自别乡城[①]。

北山恐起移文诮，东观惭叨论议名[②]。

路去几程天欲近，春来十日水初生。

只愁使者频催发，不尽江头话别情。

[注释]

①还：却，然而。乡城：此处指苏州。

②“北山”句：典出孔稚珪作《北山移文》讥诮周颙。北山，即钟山。周颙曾隐居于此，后应召为海盐县令。孔稚珪听说他可能将过北山，于是假借山灵之意，作文公告，使其不得至，故云《北山移文》。“东观”句：东观为东汉藏书之所，也是著作之所。当时文学之士，校雠其中，所以也为校书之所。此处指诗人应召赴京修史。

[评析]

本诗作于洪武二年（1369）正月诗人离乡赴京之际。

诗歌内容浅切，语言平易，既表达与家乡亲友依依惜别之情，又流露出对应召入京的种种复杂的隐忧。诗人本以为归隐江上可避难求安，未料被新朝征召。意外之余，又有惶恐不安之情。平江城破后，身边亲友的人生悲剧令其对个人前途心怀担忧。“路去几程天欲近”即表达自苏州北上京师朝见天子的不安与怅然。而“只愁使者频催发”之“愁”字，看似是与亲朋难舍，实则寄寓诗人此时此刻复杂的心情，有别情，亦有惶恐。

次韵西园公咏梅二首（其一）

如何天与出尘姿，不得芳名入《楚辞》①？
春后春前曾独探，江南江北每相思②。
微云淡月迷千树，流水空山见一枝。
拟折赠君供寂寞，东风无那欲残时。

［注释］

①“不得”句：《楚辞》中有很多名花香草，却没写梅花，高启故有此叹。曾几《海棠》亦云：“少陵忘却浑闲事，更有《离骚》忘却梅。”

②“江南”句：化用王维《送沈子归江东》诗句，“唯有相思似春色，江南江北送君归”。

［评析］

本诗歌咏梅花超凡脱俗的天姿，风神摇曳，意境清空，堪见诗人咏梅之功力。

首联两句即为梅花鸣不平，借以交代梅花堪与《楚辞》中名花香草并列之天生风姿。此两句起笔不凡，尤其“天与”二字，语气肯定，不容置疑。颔联中，对仗巧妙，“春后春前”巧对“江南江北”，分别从时间、空间巧妙写出梅花的季节性、地域性特点，颇有趣味。颈联意境清空迷离，意蕴绵邈含蓄，写出梅花风神摇曳的姿态与神态。两句对工精妙，“微云淡月”对“流水空山”，“千树”对“一枝”，既有高度上的层次，又有数量上的对比，且有静有动，读来精妙空灵，意在言外。最后两句呼应诗题中与西园公唱和之意，巧妙收结，同时以“东风无那欲残时”，表达怜惜梅花之情，余味悠然。

王夫之《明诗评选》评此诗曰：“真不愧作梅花诗，古今人搁笔可矣。如此又何尝从清空入手。竟陵以清空炫，可曾得此一字来？”王夫之以“清空”评此诗，可谓目光如炬。本诗意境清空而不凝滞，摄梅风神而不质实，笔法出神入化，变换自如，表现出诗人深厚的艺术修养与高超的创作技巧。

岳王墓[①]

大树无枝向北风，千年遗恨泣英雄。

班师诏已来三殿，射虏书犹说两宫[②]。

每忆上方谁请剑？空嗟高庙自藏弓[③]！

栖霞岭上今回首，不见诸陵白露中[④]。

［注释］

①岳飞（1103—1142），字鹏举，河南汤阴人，南宋著名抗金将领。岳飞于北宋末年投军，从南宋建炎二年（1128）遇宗泽起到绍兴十一年（1141）为止的十余年间，率领岳家军同金军进行了大小数百次战斗。绍兴四年（1134）春，岳飞收复襄阳六郡。绍兴六年（1136）率师北伐，顺利攻下了伊、洛、商、虢等州。由于宋高宗与权臣秦桧一心求和，岳飞被迫退兵。不久，秦桧以“莫须有”罪名诬陷岳飞入狱，并将其杀害。宋孝宗即位（1162），岳飞终获平反，被追赠谥号“武穆”。宋宁宗时被追封为鄂王。岳飞墓在杭州城西北栖霞岭。

②班师诏：据《宋史·岳飞传》：岳飞取得郾城大捷后，各地义军纷纷响应，并大破金兵于朱仙镇。金将军韩常欲以五万众归附岳飞。秦桧怕岳飞功成，先请张俊、杨沂中等归，而后言岳飞孤军不可久留，乞令班师。一日奉十二金字牌，岳飞愤惋泣下，东向再拜曰：“十年之力，废于一旦。”三殿：指皇宫中的三大殿，亦借指皇宫。射虏书：古时交战双方用箭把书信射出去，与对方联系，故云。两宫：指被金兵掳走的宋徽宗、宋钦宗父子。

③上方：指尚方剑。高庙：指宋高宗赵构。藏弓：典出《史记·越

王勾践世家》，“飞鸟尽，良弓藏”。指杀害功臣。这两句批评宋高宗不杀奸佞却害忠良。

④“不见”句：指元初宋帝诸陵被西僧杨琏真迦挖掘并弃于荒野。

[评析]

这首咏史诗写于诗人南游吴越之际。

本诗首句以岳王墓前大树背北向南，喻指英雄与胡虏不共戴天。次句中“千年遗恨”，谓岳飞英烈忠魂激昂悲壮，千载之下，令人感泣。首联两句足见诗人对英雄铁骨铮铮、流芳千古之崇敬。沈德潜认为次句“应以‘十年’为典”，则淡然寡味，毫无骨力可言。颔联以朝廷屡下班师诏书，而岳飞拟迎返两宫的矛盾处境，暗含对宋高宗的讽刺与批评。诗人反思英雄悲剧缘由，一反前人归咎、痛责秦桧之旧论，认为宋高宗才是残害忠良的罪魁祸首。这一识见深刻、高明。尾句“不见诸陵白露中”，以宋帝诸陵被西僧杨琏真迦抛弃荒野为鉴戒，意谓英雄千古受人景仰，而苟且皇族却受尽屈辱，尸骨不存。此句看似平实而寓意深刻，语含沧桑而爱憎分明：是非功过，历史自有评判；民族大义，百姓终有定论。

本诗语气沉重，情感悲愤，通篇充满对英雄悲剧结局的追究与诘问，且识见深刻，令人警醒。王夫之《明诗评选》曰：“此能不作无病呻吟，当由神情远至。”沈德潜《明诗别裁集》题本诗为《吊岳王墓》并评曰：“通体责备高宗，居然史笔。”可谓的论。

早春寄王行①

江水江花只自春，不知容易解愁人②。
山川寂寞衣冠泪，今古销沉简册尘③。
草草逢人空识面，匆匆为客莫容身。
十年忧患谁相慰？赖得君家是近邻。

[注释]

①王行：字止仲，吴县（今苏州）人，居于北郭时与高启为邻，“北郭十友”之一。据《明史·文苑传》载王行“幼随父依卖药徐翁家，徐媪好听稗官小说，行日记数本，为媪诵之。媪喜，言于翁；授以《论语》，明日悉成诵。翁大异之，俾尽读家所有书，遂淹贯经史百家言”。后“凉国公蓝玉馆于家，数荐之太祖，得召见。后玉诛，行父子亦坐死”。

②江水江花：化用杜甫《哀江头》诗句，“人生有情泪沾臆，江草江花岂终极！”解愁人：使人生愁。

③“山川”“今古”两句：这两句感慨世事变迁，人世无常，其意与以下诗句相近，如李峤《汾阴行》：“山川满目泪沾衣，富贵荣华能几时？不见只今汾水上，惟有年年秋雁飞。”杜牧《登乐游原》：“长空澹澹孤鸟没，万古销沉向此中。”衣冠：古代士人的正式服装。

[评析]

本诗大概作于平江城破、诗人移居江上之后。高启与王行在北郭不仅睦邻而居，而且诗酒唱和，情谊深厚。然而平江城破后，诸子四散，风流不再，山川残破，文物沉沦。诗人在此诗中追忆过往，寄寓沧桑，表达对王行的思念之情。

首联中，诗人以“江水江花”起兴，落脚于“愁”情生发，引出后句，笔触自然巧妙。颔联两句以山川寂寞残破、衣冠之士恸哭流涕表现故土沦落沧桑之感，以及历史文物被摧残破坏的深重愁情。此两句所感深广，笔力沉重。颈联描写经历动乱之后诗人孤独无依却又与人隔离的心理，其中“草草”“匆匆”两对叠字音调谐和，形象生动，表现与人草草招呼、匆匆而过的避世心态，意近孟郊“出门即有碍，谁谓天地宽”之句。最后一句呼应诗题，表达十年之中与王行比邻而居、聊以慰藉的深厚情谊。

本诗内容厚重，意蕴深广，情感真挚自然，语言平易畅达，表现了诗人与王行惺惺相惜的知己情谊。

梅花九首(其一)

琼姿只合在瑶台[①],谁向江南处处栽?
雪满山中高士卧,月明林下美人来[②]。
寒依疏影萧萧竹,春掩残香漠漠[③]苔。
自去何郎[④]无好咏,东风愁寂几回开?

[注释]

①琼姿：美好的风姿。 瑶台：神仙居住之地。

②“雪满”句：用袁安卧雪典故。《后汉书·袁安传》李贤注引《汝南先贤传》：袁安年轻时，有一年大雪积地丈余，洛阳令外出查访，见家家户户已清扫门前积雪，有人乞食。 唯有袁安门前无路可走。 洛阳令以为袁安已死，令人除雪入户，却发现袁安僵卧屋内。 问其为何不外出。 袁安答曰：“大雪人皆饿，不宜干人。”宁愿忍受饥饿，也不外出求人。“月明”句：用柳宗元《龙城录》典故。 隋开皇中，赵师雄迁罗浮。 一日天寒日暮，醉醒间在酒肆见一女子淡妆素服迎接，与之扣酒家门，举杯对饮，并有绿衣童笑歌戏舞。 酒醒之后，发现身在大梅花树下，惆怅不已。

③漠漠：密布貌。

④何郎：即南朝梁时著名诗人何逊。 何逊为扬州法曹时，官署内有一株梅树，常吟咏其下。 后居洛阳期间，常思梅树，再次回到扬州。 当时梅花盛开，何逊对其留恋不已。

[评析]

百花之中，中国诗人对梅花最为钟情。历代咏梅诗歌数量居百花之冠。释中峰、冯子振等诗人单歌咏梅花的诗歌就在百首以上。高启对梅花亦情有独钟，专门歌咏梅花的诗歌有三四十首。其中《梅花九首》最为集中。本诗堪称其梅花诗压卷之作。

本诗集中展现梅花超凡脱俗、幽洁飘逸、清丽俊雅的品格，寄寓诗人孤高清冷、愁寂悲凉的幽深情怀。首联中，诗人以奇问起笔，突出梅花出自瑶台、不同凡俗之风姿。“只”字肯定梅花的非凡品性，语气不容置疑。“谁”字则表达对造物主的感激，故“处处”两字一则写江南梅花之多，二则含造物眷顾江南之意。颔联中，诗人以隐士、飞仙为喻，以晶莹白雪、朗朗明月为衬托，突出梅花孤高自傲、空灵飘逸的品性。颈联则以萧萧修竹、漠漠苍苔衬托梅花的孤寂清冷。“萧萧”“漠漠”两叠字音韵和谐，朗朗上口。尾联两句诗人以梅花之旷世知音、千古解人自居，表现对梅花孤芳自赏、幽洁标举的同情与怜惜。尾句以问句收结，呼应首联，再次突出梅花神韵天然、飘逸尘世的品格。

王昌龄《诗格》云：“夫置意作诗，即须凝心；目击其物便以心击之，深穿其境。”高启凝心于梅，遗貌取神，重在摄取梅花之魂魄精神，而无具体形态之描摹，同时借梅花寄寓个人情怀与追求。高启崇尚独立自由的高洁人格、飘逸洒脱的不羁生活、不同凡俗的人生境界，正与梅花品性相通相融。本诗中，诗人还善于化用典故、营造意境。诗中三个典故运用极为巧妙，如撮盐入水、化合无痕，毫无凝滞晦涩之感。而中间两联意境营造，以空灵环境为烘托、孤寂风物为映衬，圆融完整、不露痕迹。

梅花九首（其九）

断魂只有月明知，无限春愁在一枝。
不共人言唯独笑，忽疑君到正相思①。
歌残别院烧灯夜，妆罢深宫览镜时②。
旧梦已随流水远，山窗聊复伴题诗。

［注释］

①“忽疑”句：化用卢仝《有所思》诗，“相思一夜梅花发，忽到窗前疑是君。”

②“歌残”句：典出《旧唐书·明皇纪》。开元二十八年（740）二月望日，明皇御勤政楼，宴请群臣，连夜烧灯，会大雪而罢，因命自此常以二月望日夜为之。“妆罢”句：典出《金陵志》。宋武帝女寿阳公主，人日卧于含章殿檐下，梅花落额上，成五出之花，拂之不去，经二日，洗之，乃落。宫女效之，后人称梅花妆。牛峤有《红蔷薇》歌咏此事：“若缀寿阳公主额，六宫争肯学梅妆。”

［评析］

本诗表现诗人以梅为友、与梅为伴的超逸情怀，寄寓高洁清雅、幽洁标举的人格理想。

前两联表达对梅花缠绵相思、渴求不期而遇的心情。“无限春愁在一枝”句，以“无限”系于“一枝”，可见诗人凝愁之际对梅枝的深情依恃。“不共人言唯独笑”句，形象生动，表现出诗人对梅花痴痴思念之情。而

“忽疑君到正相思”则以梅开表现诗人对梅花的心有灵犀、人物相契的情怀。此四句诗人对梅花的怜惜之意跃然纸上，宛然可见。颈联中，诗人以典故写梅花受宠深宫，疑写昔日仕宦京师的时光。尾联首句“旧梦已随流水远”寄慨遥深，表达生命岁月与人事阅历已渐远去、无力把握的伤感与失落。其中以“流水”喻“旧梦”，表现人生如梦空幻之感。尾句以梅花为伴，题诗解愁，表达诗人与梅花惺惺相惜、聊以慰藉的深厚感情，同时寄寓唯有梅花堪为高洁知己。

本诗将梅人格化、情感化，意趣生动丰富，语言浅易流畅，堪称咏梅诗中佳作。

归吴至枫桥①

遥看城郭尚疑非，不见青山旧塔微。
官秩②加身应谬得，乡音到耳是真归。
夕阳寺掩啼乌在，秋水桥空乳鸭飞。
寄语里闾休复羡，锦衣今已作荷衣③。

[注释]

①枫桥：《吴郡志》载，“枫桥，在阊门外九里道旁。自古有名，南北客经由，未有不憩此桥而题咏者”。《吴地记》云：“吴门三百九十桥，枫桥其最著者。”

②官秩：官职或俸禄。

③里闾：乡里。锦衣：指官服。荷衣：指隐士之服。

[评析]

本诗作于洪武三年（1370）八月诗人辞官归乡之时。

客居京华，诗人对家乡、亲人日思夜想、魂牵梦萦。然而真正踏上归途、离家乡越来越近时，诗人却神思恍然，近乡情怯。首句“遥看”二字，状写诗人早立船头、举目远望，可见归乡迫切之情。而“疑非”及“旧塔微”既合诗人遥望未切的细节真实，又合久别未见的情怯心理。诗人远离故乡一年半，印象日渐模糊，难免有似真未真之感。颔联中“乡音到耳是真归”句，明白如话，真切表现诗人恍然如梦之时，乡音入耳的亲切。至此，悬隔多时的真心已然落地，梦境之感也终于消失。接着两句实写眼中所见家乡风物：夕阳、寺庙、啼鸟、秋水、枫桥、乳鸭。这些熟悉的意象构成了自然美妙、意趣盎然的故土秋景图，让诗人真正有归乡与归属之感。末句诗人以“荷衣”为喻，表达归隐乡里的淡然从容。

本诗情感真实自然，注重细节表现，语言浅易流畅，是一首发自真心、表现真情的诗作。

谒伍相祠[①]

地老天荒伯业[②]空，曾于青史见遗功。
鞭尸楚墓生前孝，抉目吴门死后忠[③]。
魂压怒涛翻白浪，剑埋冤血起腥风[④]。
我来无限伤心事，尽在越山烟雨中。

［注释］

①伍相祠：该祠祀伍子胥，位于钱塘县吴山。张岱《西湖梦寻》卷五："吴王既赐子胥死，乃取其尸盛以鸱夷之革，浮之江中。子胥因流扬波，依潮来往，荡激堤岸，势不可御。或有见其银铠雪狮，素车白马，立在潮头者，遂为之立庙。每岁仲秋既望，潮水极大，杭人以旗鼓迎之。"

②伯业：霸业。伯，通"霸"。

③"鞭尸"句：《史记·伍子胥列传》载伍子胥率"吴兵入郢，求昭王既不得，乃掘楚平王墓，出其尸，鞭之三百"以报父兄之仇。"抉目"句：见《国语·吴语》，吴王夫差赐剑伍子胥，令其自杀。伍子胥曰："悬吾目于东门，以见越之入，吴国之亡也。"十年后，吴为越所灭。后世以"抉目吴门"比喻忠臣被谗殉身。

④"魂压""剑埋"两句：见注释①。范成大《题夫差庙》："千龄只有忠臣恨，化作涛江雪浪堆。""魂压怒涛"称颂子胥忠心赤胆，至死不渝。

[评析]

本诗写于诗人南游吴越期间。诗歌悲壮慷慨，激昂起伏，表现了对一代名将伍子胥的景仰之情。

首联中诗人满怀沧桑，痛悼伍子胥身遭陷害而霸业成空的悲剧，同时对其青史留名予以肯定。“地老天荒”一词，深沉沧桑，寄寓沉痛。吴王夫差未采纳伍子胥的建议，未灭越国，故使吴国霸业成空。而诗人由吴赴越，时在钱塘，故此叹颇有意味。颔联两句分别以鞭尸楚王、抉目吴门两个重要细节歌颂伍子胥孝情敦厚、忠贞刚烈，且一为生前，一为死后，对工巧妙。颈联两句写英烈冤魂如怒涛巨浪，血雨腥风，壮怀激荡，席卷天地。此两句气势凌厉，凄怆豪壮，悲风卷纸，展现英雄衔冤负屈、不屈不挠的斗争精神，读来令人扼腕痛悼，唏嘘不已。尾联中情感转向疏缓，尤其尾句“尽在越山烟雨中”，寄寓诗人对英雄已矣、成败皆空的迷茫与感慨。同时，此句与首句“地老天荒伯业空”相呼应，表现了诗人对历史兴亡、人事代谢与功业虚空的深深感喟。

吊七姬冢①

叠玉连珠弃草根，仙游应逐坠楼魂②。
孤坟掩夜香初冷，几帐留春被尚温。
佳丽总伤身薄命③，艰危未负主多恩。
争妍无复呈歌舞，寂寂苍苔锁院门④。

［注释］

①七姬冢：在苏州城东北潘元绍后园。七姬为张士诚女婿、浙江行省左丞潘元绍的七位侧室。至正二十七年（1367），朱元璋兵围困苏州城之际，潘元绍为避免城破受辱，令七姬自杀。最年轻者仅十八岁。张羽《权厝志》载：七姬“性皆柔慧，姿容皆端丽修洁，善女红，剪制衣绣，经手皆精巧绝伦。事其主及夫人，皆能以礼，其群居和而有序，皆不为怙宠忮美之行。公每闻闾阎间妇女能以节概自立者，归必为语其事。皆应曰：‘彼亦人为耳。’公笑曰：‘若果能耶？’及外难兴，敌抵城下，公日临战，一旦归，召七姬谓曰：‘我受国重寄，义不顾家，脱有不宿，诚若等当自引决，毋为人耻也。’一姬跪而前曰：‘主君遇妾厚，妾终无二心，请及君时死以报，毋令君疑也。’遂趋入室，以其帨自经死于户。六人者亦皆相继经死”。“以世难弗克葬，乃敛其尸焚之，复以其遗骸瘗于后圃，合为一冢。”然而，与七姬形成鲜明对比的是，潘元绍在平江城破后，投降了朱元璋。后被朱元璋诛杀，“投其首于溷”（杨维桢《金盘美人歌序》）。

②叠玉连珠：此处指七姬相继自杀。坠楼魂：指绿珠坠楼事。典出《晋书·石崇传》：“石崇有妓曰绿珠，美而艳，善吹笛，孙秀使人求之……崇勃然曰：‘绿珠吾所爱，不可得也。’”孙秀怒，矫诏收崇，“石崇

谓绿珠曰：‘我今为尔得罪。’绿珠泣曰：‘当效死于官前。’因自投楼下而死。”

③“佳丽”句：意参苏轼《薄命佳人》，“自古佳人多命薄，闭门春尽杨花落”。

④“寂寂”句：或自严武《班婕妤》诗化出，“寂寂苍苔满，沉沉绿草滋”。（一作严识玄诗）

[评析]

本诗伤悼七姬，情感沉痛，意境苍凉，令人泣下。

首句以“叠玉连珠”写七姬身亡，以“玉”“珠”喻其高洁之节，以“叠”“连”摹其相继赴死之状，令人扼腕叹息。而“弃草根”则给人生命毁灭的深深悲剧感。次句将七姬之死比拟绿珠坠楼，穿越时空，寄寓历史沧桑之感。颔联情深意悲，语调幽婉。以“被尚温”与“香初冷”对比，一温一冷，一生前一身后，写年轻生命匆匆殒折，令人泪目。颈联中诗人感慨佳人红颜薄命而行止高逸，堪为千古佳丽之一叹！尾句则以“寂寂苍苔”写身后凄清落寞，以院门深锁喻指阴阳相隔，忧伤缠绵，余哀不尽。

郡治上梁[1]

郡治新还旧观雄，文梁[2]高举跨晴空。

南山久养干云器，东海初生贯日虹[3]。

欲与龙庭宣化远，还开燕寝赋诗工[4]。

大材今作黄堂用，民庶多归广庇中[5]。

[注释]

① 郡治：指苏州府治。据《明史》载：洪武六年（1373），魏观因府治狭窄潮湿，故修复张士诚时府治旧址，又兴修水利，疏浚府治前的锦帆泾，蔡本举报魏观“兴既灭之基”，朱元璋派御史张度查访。张度以“兴灭王之基，开败国之河”回报朝廷，可谓牵强附会。然而魏观由此被诛。高启因撰《上梁文》，牵涉其中，一并被诛。《上梁文》已佚，但据《元和唯亭志》：“启为《上梁文》，有‘龙盘虎踞’语。卫帅（蔡本）劾之，为危言以动上。”

②文梁：绘有花纹的大梁。

③“南山”“东海”两句：这两句以干云之器与贯日之虹为喻，写文梁横贯高空的气势。干云：参天，高出天际。典出傅玄《短歌行》：“长安高城，层楼亭亭。干云四起，上贯天庭。”养：通“翔”。贯日虹：白色长虹穿日而过。典出《史记·鲁仲连邹阳列传》：“昔者荆轲慕燕丹之义，白虹贯日，太子畏之。”

④龙庭：朝廷。宣化：宣扬教化。燕寝：古代帝王居息的宫室。见《周礼·天官·女御》：“女御掌御叙于王之燕寝。”

⑤大材：出众的才能，此处指梁木。见《汉书·平帝纪》：“令士厉精

乡进，不以小疵妨大材。”黄堂：古代太守衙中的正堂，此处指郡治。见《后汉书·郭丹传》：“敕以丹事编署黄堂，以为后法。”李贤注：“黄堂，太守之厅事。”民庶：庶民，百姓。

［评析］

本诗为高启贺苏州新郡治上梁诗作。

诗歌境界宏大，气势雄放，想象丰富，颂扬知府魏观教化、庇护百姓的为政功德。首句整体描写郡治全貌，其中“雄”字表现力强，令人恍然如见。次句写大梁凌空高举，横跨晴空，气势壮观，令人心惊。如果说首联两句实写，颔联两句则借用想象，以干云之器、贯日长虹比喻大梁，惊警奇特，新人耳目，足见诗人想象力之丰富。该诗前两联赋咏文梁，后两联则颂扬知府魏观重文德教化，喜招文士，体恤百姓，功德卓著。言辞之间，对魏观充满感恩、敬佩之情。

一般认为，高启曾因作《郡治上梁文》被腰斩。事实上，此诗亦有触怒龙颜之处。除首句“还”字含有恢复郡治原貌的忌讳之外，颈联中将郡治比拟“龙庭”“燕寝”，亦有触犯大忌之嫌。而尾联两句歌咏魏观功德，势追天子，而功绩盖之，且文梁气势堪比皇宫大梁，凡此种种，怎不令雄猜多疑的朱元璋大怒？由此我们就不难理解高启被诛的人生悲剧了。

客中述怀

故园生计日蹉跎，不觉青春客里过。

旅食自惭空旧橐[①]，朝衫谁为换新罗？

多愁未必关花事，长醉原非困酒魔[②]。

几度欲归归未得，空弹长铗和高歌[③]。

［注释］

① 橐（tuó）：盛物的袋子。

② 酒魔：传说中的酒虫。冯贽《云仙杂记·酒魔》载："常元载不饮，群僚百种强之，辞以鼻闻酒气已醉；其中一人谓可用术治之，即取针挑元载鼻尖，出一青虫如小蛇，曰：'此酒魔也，闻酒即畏之；去此何患！'元载是日已饮一斗，五日倍是。"

③"空弹"句：用冯谖弹铗典故。《战国策·齐策》载：冯谖寄食孟尝君门下，不见重用，遂以"食无鱼""出无车""无以为家"为由，三次弹铗而歌"长铗归来乎"。孟尝君满足其要求。后来，冯谖在薛邑焚券，为孟尝君赢得民心，并用计让齐王恢复其相位，成为孟尝君手下最得力的谋士。

［评析］

本诗表达了诗人客居京华期间的落寞、愧疚与无奈之情。

前两联，诗人因自己身居京华而青春虚度，又不能顾及家人生计而产生了愧疚之情。作为家人生活的主要依靠，自己却囊中空空，朝衫陈旧。

“朝衫谁为换新罗？”语含心酸，表达了诗人独居京华的落寞与委屈之情。颈联中，诗人一反普通文人见花开而愁、喜美酒而醉的常态，委婉表达了自己多愁、长醉的人生苦涩和落寞孤独。尾句则借冯谖典故，表达身不由己、欲归不能的无奈。

本诗情感真实动人，语言流畅自然，展现了诗人客居京华的生活境况与内心感受。

重游甘露寺[①]

晓色苍苍宿雨收[②],倚天楼阁喜重游。
云来云去山如旧,潮落潮生江自流。
天上曾闻甘露降,庭中长见雨花浮。
江山千古情无尽,人往人还自白头。

[注释]

①甘露寺:在镇江府北固山上,三国吴甘露年间建,故名。内有梁武帝书"天下第一江山"六字。洪武二年(1369)春,高启应召赴金陵途中,经过镇江时,写有《甘露寺》。本诗当写于洪武三年(1370)八月,高启辞官归吴,再次路过镇江之时。

②苍苍:迷茫貌。宿雨:夜雨,经夜的雨水。

[评析]

本诗咏叹人生短暂、世事无常,构思新颖,情韵摇曳,抒情婉转。

首联两句写诗人登楼游赏所见,极目高远,气象宏大。"苍苍"与"倚天"两词状貌传神,表现力强。颔联两句仰观俯察,以白云悠悠、海潮荡荡暗寓岁月无情、世事无常之人生感悟。此处云与山、潮与江,看似有情实无情,恰如"花自飘零水自流"(李清照《一剪梅》),亦与尾联中"人往人还自白头"寓意相应。此两句在写法上近唐人杜牧诗"鸟去鸟来山色里,人歌人哭水声中"(《题宣州开元寺水阁,阁下宛溪,夹溪居人》)。颈联两句对仗工整,语意各自相对,表现出诗人对甘露寺的钟爱之情。而尾联两句意近张若虚《春江花月夜》“人生代代无穷已，江月年年望相似”与刘希夷《代悲白头翁》“年年岁岁花相似，岁岁年年人不同”，寄寓生命短暂的感慨，引人共鸣，具有较强的感染力。

前人评高启“得唐人体裁，语精而意圆，句稳而情畅，虽前辈有所不及焉”（王达《听雨楼诸贤记》）。自本诗看来，尤为恰切。

五言律诗

兵后出郭[①]

俯仰[②]兴亡异，青山落照中。
民归邻树在，兵去垒[③]烟空。
城角[④]犹悲奏，江帆始远通。
昔年荆棘露，又满阖闾宫[⑤]。

[注释]

①郭：古代在城的外围加筑的一道城墙。见《礼记·礼运》："城郭沟池以为固。"

②俯仰：表示时间之短。见王羲之《兰亭集序》："向之所欣，俯仰之间，已为陈迹。"

③垒：军营。

④城角：守城军队的号角，用以报时或警众。

⑤"昔年""又满"两句：描写张氏宫殿如荒凉废墟之状。意谓张士诚重演吴王夫差的命运，其宫殿将生满荆棘。荆棘露：荆棘上沾挂的露水。《吴越春秋》载：吴王夫差宠幸奸臣，听信谗言，伍子胥垂涕曰："邪说伪辞，以曲为直，舍谗攻忠，将灭吴国；宗庙既夷，社稷不食，城郭丘墟，殿生荆棘。"阖闾宫：这里指张士诚的王宫。

[评析]

至正二十六年（1366）十一月，朱元璋大将徐达筑长围攻打苏州。次年九月，苏州城破，张士诚被俘。其间高启不仅目睹兵荒马乱中百姓苦难，还经历爱女生病、受惊吓而死的人生悲剧。

战后出城，诗人最大的感慨不是触目所及的衰败，而是俯仰之间的朝代兴亡。张士诚据吴仅十年，即身死国灭，如俯仰之间，何其速也！深沉感慨之余，诗人放眼远处，青山依旧在夕阳残照中，正如后人所谓“青山依旧在，几度夕阳红”。故首联两句，一历史一自然，一虚写一实写，一俯仰一远望，一变化一恒久，让读者在两相对比中感悟世事人生沧桑。

“民归邻树在”句，为什么专门提及“邻树”二字？据《明史纪事本末》，苏州城被围十月间，“城中木石俱尽，至拆祠庙、民居为炮具”。当民众战后回到家园，看到树木犹在，就会有重建家园的希望，且树木本身也是生命象征，故“邻树在”三字意味深长。颈联“城角犹悲奏，江帆始远通”，号角依旧悲鸣，江帆开始通航，“犹”“始”二字，音声沉重，意义对比鲜明，呈现战后惨状。

尾联中诗人借典寄寓兴废之叹。张士诚再次上演当年吴王夫差命运，其王宫亦将变为丘墟，宫殿将生荆棘。言外之意，历史悲剧常有惊人相似，只是在不同时空重演。在古与今的联系、对比中，诗人不由顿生沧桑、幻灭之感。

全诗始终贯穿对比手法。除首联外，颔联“民”与“兵”、“归”与“去”、“在”与“空”，颈联“犹”与“始”及尾联“昔”与“又”，皆是。借此对比，更能突出残酷战争带来的浩劫与创伤，更能在古与今、和与战、存与毁的强烈对照中展现历史兴衰更替与沧桑幻灭，进而给人深沉的咏叹与深刻的思考。

步至东皋[①]

斜日半川明，幽人[②]每独行。
愁怀逢暮惨，诗意入秋清。
鸟啄枯杨碎，虫悬[③]落叶轻。
如何得归后，犹似客中情[④]？

[注释]

①皋：水边地。

②幽人：幽居避世之人，诗人自称。

③虫悬：吐丝的虫子把自己悬挂于树叶上，系于一丝。见杜甫《课小竖锄斫舍北果林，枝蔓荒秽，净讫移床三首》之二："青虫悬就日，朱果落封泥。"此处喻指诗人忧惧不安的心情。

④客中情：指此前仕宦京师。

[评析]

本诗作于洪武三年（1370）高启辞官归乡之后。

仅看诗题，貌似诗人描写闲步郊外山坡的经历。陶渊明《归去来兮辞》云："登东皋以舒啸，临清流而赋诗。"东皋似已成为陶渊明回归自然、登高抒怀必至之地，能令其感受脱离桎梏的身心自由。高启以"步至东皋"为题，诗中亦应有此义。

首句即展现明朗清丽、有动感气势的江流画面：午后斜日映照，半江流水通透。循之常理，诗人当以欢快之笔，续写风光美景。然而"幽人每独行”句，“幽”“独”二字写诗人的孤寂与落寞，让人感到沉重。颔联“愁怀逢暮惨，诗意入秋清”中，“愁”字道出孤寂的原因。愁为隐忧，每逢日落，尤其惨重。诗人眼中，秋天亦更加冷清。颈联中枯杨叶落，被群鸟啄得破碎不堪；秋虫吐丝，借枯叶高悬空中。此处写景细致入微，固然是真实萧索的秋景写照，然而结合颔联中愁怀描写，更似诗人凄清心境的真实折射。在愁怀隐忧侵蚀、折磨之下，诗人心里憔悴不堪，如枯杨落叶，又如哀哀秋虫。颈联两句，正是文中写景传神、寓意深刻的佳句。

“如何得归后，犹似客中情？”至此诗人道出内心郁结所在：客中情。客居京城为官，如伴虎狼，朱元璋雄猜多疑，残酷严苛，尤对苏州士人心怀不满。且官僚体制等级森严，人人自危，诗人如履薄冰，精神压抑，慵懒自由的个性被重重压制。而辞官归乡后，虽然远离京城与皇权，但“普天之下，莫非王土；率土之滨，莫非王臣”。京城的痛苦经历仍如噩梦般如影随形，挥之难去，故诗人身处故乡而愁怀惨重，回归日常仍心绪烦乱，只好借漫步东皋排遣幽怀、抒发愁闷。

本诗情感忧郁神伤，意境惨淡凄清，笔触细致，语言冷峭，真切表现了诗人辞官归乡后的忧惧心情。

送前国子王助教归临川[1]

去国独依依，羁臣泪满衣。
梦中燕月远，望里楚山微[2]。
世变人惊老，身全诏许归。
舟前枫叶落，应到故园扉。

［注释］

①国子王助教：协助国子祭酒教授生徒的助教王氏，事迹不详。王氏曾为蒙元朝廷助教，朱元璋攻占大都后，王氏先是被羁押，后获遣回归故乡临川。行经苏州，高启赠诗送别。此诗大概作于洪武元年（1368）八月朱元璋攻占大都至洪武二年（1369）二月高启赴京师修史期间。

②燕：指大都。楚：指临川。

［评析］

本诗赠别元遗臣王助教，借以表达世事沧桑、人事渺茫之感慨。

首联表现王氏经羁押释放，被迫离开故都时的情形。“依依”二字，情致绵绵，表现其不忍离去之意。可以想见王氏久居大都，荣耀半生，如今国破主逃，被迫归乡，既有朝代更迭、乾坤变换的沧桑，亦有故老遗臣、身世遭辱的凄凉。“泪满衣”三字描摹形象，生动表现王氏痛苦不堪之情。

颔联对工巧妙，再现王氏离别大都，进退两难中踟蹰而行的情状。回首处，故国渐遥，燕月渐远，不忍离去而不得不离去；前望故乡，楚山渺渺，步履沉重，不知何时能归乡。此两句描写生动传神，以细节表现人物内心复杂情感起伏，可谓神来之笔。

颈联写王氏经历沧桑巨变，免却杀戮或流放之悲，算是不幸中之万幸。“世变惊人老”句，慨言世道沧桑、人事变迁，蕴意广而深。“身全”二字则有劝慰之意。尾联为诗人想象王氏归乡情景，语气中有对王氏保全性命、可平安到家的欣慰。言外之意，生逢巨变，遭遇乱世，王氏能够叶落归根，已是圆满，不应有太多奢望，更无须留恋前朝，缅怀旧主。

本诗才思精巧，婉转有致，情韵丰富，变换自然，非刻意雕琢者所能为之。

与刘将军、杜文学晚登西城[①]

木落悲南国，城高见北辰[②]。

飘零犹有客，经济[③]岂无人？

鸟过风生翼，龙归雨在鳞。

相期俱努力，天地正烽尘[④]。

[注释]

①刘将军：不详。杜文学：杜寅，字彦正，青城人，后居吴。北郭诗社成员之一。

②北辰：北极星。见《论语·为政》："子曰：'为政以德，譬如北辰居其所而众星共之。'"

③经济：经世济民。见杜甫《水上遣怀》："古来经济才，何事独罕有？"

④烽尘：指战争。当时元末群雄并起，烽烟不息。

[评析]

本诗作于元末。诗人与刘将军、杜文学共登苏州西城，抒发对时局动荡的感慨及挽乾坤于既倒、救百姓于倒悬的豪情。

首句"木落悲南国"，看似写登高所见南国秋来，木叶飘落，实则表现元末时局动荡，南国笼罩于战争阴霾之中。此句氛围凝重低沉，隐含诗人对现实的担忧。次句借仰观北辰星光，一则心境转暗为明，信心和希望骤增，二则气象博大，境界别开生面。故开头首联看似为登高所见，实则巧妙寄寓感慨，将登高所见之景与起伏变化之情完美巧妙融为一体。

颔联前句感慨乱世飘零，后句则倚重刘、杜经国济世。此联接首联寓意，借以反问语气，表现对刘、杜二人的推崇与敬重。颈联两句以“鸟”“龙”为喻，喻指人生当顺应时局，以青史留名自励，不可蹉跎消沉，表现对刘、杜二人的期许与劝勉。尾联铿锵顿挫，激情高昂，气魄雄大，豪情悲壮，意谓广阔天地烽烟正起，建功立业，时不我待。

本诗立意高，胸次广，情感承载厚重，沈德潜《明诗别裁集》评之曰“悲壮”，可谓得其神髓。

送谢恭[1]

凉风起江海[2],万树尽秋声。
摇落岂堪别,踌躇空复情[3]。
帆回京口渡,砧响石头城[4]。
为客归宜早,高堂[5]白发生。

[注释]

①谢恭：字元功，谢徽之弟，长洲人，能诗文，著有《蕙庭集》。洪武二年（1369），高启与谢徽应召入京修史，次年七月，同时辞官归乡。因此该诗当作于洪武二年（1369）秋，诗人于南京送别谢恭归长洲。

②“凉风”句：化用杜甫《天末怀李白》，“凉风起天末”。

③摇落：自宋玉《九辩》化出，“悲哉秋之为气也！萧瑟兮草木摇落而变衰”。空复情：空自伤情。见李白《沙丘城下寄杜甫》：“鲁酒不可醉，齐歌空复情。”

④京口：古城名，故址在今江苏镇江。砧：捣衣石。古诗文中常以砧石作为秋季意象。石头城：南京的别称。

⑤高堂：高大的厅堂，这里指父母。见韦应物《送黎六郎赴阳翟少府》：“只应传善政，日夕慰高堂。”

[评析]

本诗表达诗人送别谢恭依依惜别之情。

诗歌首联恢宏大气，境界开阔，描绘秋气笼罩天地江海、万物萧瑟寥廓景象，为送别故友营造出凄凉伤感的氛围。“秋声”一词以声音渲染气氛起到了画龙点睛作用。颔联两句直抒送别之悲。草木摇落，秋景悲凉，不堪离别却不得不分别，“踌躇”二字形象表达诗人此刻矛盾纠结的心态。颈联两句则把时空变换、拉长，将诗歌境界自悲感凝重之压抑变为起帆行舟之飞扬，令人胸襟开张，淋漓畅快。“砧响石头城”句，“砧响”令诗歌境界更加鲜明，同时暗指别后诗人仍沉浸在离别伤悲之中。尾联中，诗人借父母年迈劝慰故友，结句浑厚，收束巧妙。

本诗风骨健举，格调高华，句意流转毫无痕迹，如王夫之《明诗评选》所评：“刻削化尽，大气独昌，正使寻声索色者不得涯际。”

送陈则[①]

挟策去谁亲？侯门不礼宾[②]。
愁边长夜雨，梦里少年春[③]。
树引离乡路[④]，花骄失意人。
一杯歌短调，相送欲沾巾[⑤]。

［注释］

①陈则：字文度，昆山人，“北郭十友”之一。洪武六年（1373）举秀才，授应天府治中。不久迁户部侍郎，后谪大同府同知。

②挟策：手持书策。策，简册。侯门：指权贵之门。不礼宾：侯门权贵一向对读书人不礼敬。

③“梦里”句：少年春意，如今只在梦中。化自白居易诗《春眠》：“还有少年春气味，时时暂到梦中来。”

④“树引”句：整齐树列，延伸着离别家乡之路。见杜甫《喜达行在所》：“雾树行相引。”

⑤“一杯”“相送”两句：这两句化自杜审言《和晋陵陆丞早春游望》诗“忽闻歌古调，归思欲沾巾”。

［评析］

本诗写于元末。诗人对陈则怀才不遇给予深切同情，对其离别远行表达伤感哀伤。

首联即写陈则怀才不遇。起句陡然发问，对陈则空怀抱负表示不平，对其遭遇表示同情。 在高启看来，权豪势要之门，向来情薄似纸，势利冷酷，书生挟策难以如愿。 接下来两联情感低沉，陈则一腔热望化作满腹悲凉，诗人对此表达痛惜之意。 颔联以长夜听雨、愁闷难遣，对比梦中少年春意，鲜明强烈，令人叹惋。 颈联中，“引”“骄”二字，正反相对，写现实残酷，人生路难，比拟奇异。 近藤元粹评此两联“前联宕逸，后联奇警”，可谓的论。 此两联以雨、梦、春、树、花等意象成句，情致韵味，飘逸多姿。 尾联寓沉痛于别酒、短调，表达同情之叹与离别之悲，场面令人感泣。

江上早发

苍苍汀雾起，何处望高城？
游子晓初发，居人寒未耕。
犬鸣林月落，鱼跃浦风生。
已有先行者，烟中闻棹声。

［评析］

本诗或作于至正十八年（1358）诗人南游吴越途中。

本诗境界迷离惝恍，朦朦胧胧，宛如写意山水画卷。诗人描绘晨起行舟景象：雾气弥漫，江面茫茫，迷烟中孤舟前行。不见高城，亦无行人，唯前方隐约行舟之声。然而，看似静谧的画面中，有犬鸣，有鱼跃，还有风动、舟行之动感，为整体画面增添生机。而末句“烟中闻棹声”，写法上意近“小荷才露尖尖角，早有蜻蜓立上头”，虚中有实，实中有虚，曲尽其妙，言有尽而意无穷。

本诗语言平易自然，风格轻淡，诗中有画，意境悠远，表现了诗人身在旅途中的闲雅情致。

晚次西陵馆[1]

匹马倦嘶风，萧萧[2]如转蓬。
地经兵乱后，岁尽客愁中。
晚渡回潮急，寒山旧驿空。
可怜今夜月，相照宿江东[3]。

[注释]

①次：留宿，停留。西陵：西陵渡，故址在今浙江萧山区。

②萧萧：凄清，寒冷。见杜甫《客亭》："多少残生事，飘零似转蓬。"

③"可怜""相照"两句：见唐彦谦《客中感怀》"可怜今夜月，独照异乡人"，殷尧藩《忆家》"故乡今夜有，犹得照孤庐"。

[评析]

本诗作于至正十八年（1358）冬诗人南游吴越、途经萧山之时。

首联即表现诗人旅途中的疲倦、孤单与狼狈。马鸣北风，倦客如蓬，这一画面同一般游赏欢乐场景迥然不同。尤其"萧萧"二字，颇见诗人之仓皇无奈。颔联两句则具体交代缘由：兵乱与客愁。此次吴越之行，诗人经过兵乱地区，担惊受怕，自然无心游赏；而此时年近岁暮，正是游子客归思乡之时。故从空间、时间而言，诗人都深切感受到旅途的颠沛流离、寂寞凄凉。颈联中，回潮声急与寒山驿空，一"急"愈发催人焦灼，一"空"则令人倍添落寞，此情此景，令人悲苦不堪，颇具苍凉悲壮色彩。尾联诗人只能举目望月、寄托哀愁。这种以景结情的做法，融情入境、情景交融，令诗歌含蓄蕴藉、余味悠长。

本诗情感真挚，语调低沉，境界苍凉，感染力强，曾被沈德潜选入《明诗别裁集》。

早出钟山门未开，立候久之

关吏收鱼钥，趋朝阻向晨[①]。
忘鸣鸡睡熟，倦立马嘶频。
柝静霜飞堞[②]，钟来月堕津。
可怜同候者，多是未闲人。

[注释]

①鱼钥：鱼形的门钥。见《芝田录》：“门钥必以鱼，取其不瞑目守夜之义。”阻：靠近。向晨：黎明、凌晨。

②柝(tuò)：巡夜所敲之器。堞(dié)：城上如齿状的矮墙。津：此处指银河。

[评析]

本诗描写诗人仕宦京师的辛苦与无奈。

诗人早起赴朝却受阻于城门，寒冷、困倦、牢骚、无奈一并袭来，于是以鸡睡、马嘶谐谑自嘲，描写此刻苦不堪言的等候。鸡忘司职，马倦嘶频，皆因困倦而一静一鸣，画面形象生动。颈联两句对工精致，有意境，柝静钟响，霜飞月堕，形态精妙，生动有致。尾联一声长叹，道尽辛酸。早起赴朝、按部就班的生活对一向散漫慵懒、无拘无束的高启来说，太过痛苦！且朝内等级森严、严苛残酷的氛围，亦令高启倍感压抑。更为悲哀的是，诗人既不能表达不满，也不能愤然辞职，所以只好在暗自叫苦中等待时机。诗虽短小，但构思巧妙，写景状物生动传神，表现了诗人高超的艺术技巧。

悼 女

保养常多阙[①]，艰难愧我贫。

凄凄临殁语，的的[②]在生亲。

遗佩[③]寒江月，残灯夜室尘。

中郎他日稿，留付与何人[④]？

[注释]

①保养：指保护、养育。 阙：缺少、不足。

②的的：深切貌。

③遗佩：典出刘向《列仙传·江妃二女》。 相传古代郑交甫于汉皋遇二女，与谈，二女解所佩之珠赠之。 分手时回望，二女已不见。

④“中郎”“留付”两句：这两句用蔡邕典故。 东汉文学家蔡邕无子，女儿蔡文姬继承了他的文学音乐才能。 此时高启幼子尚未出生，故云。

[评析]

至正二十七年（1367），高启次女高书在平江之围中因患病及受惊吓而死。 高启作诗悼亡，表达愧疚自责、痛苦悲伤之情。

首联诗人为没有提供足够衣食而自责。 生为人父，却不能令子女衣食无忧，更无力保护其免受惊吓，高启深沉的愧疚与自责令人同情哀叹。 颔联两句情感真挚，发自肺腑，令人为其女夭折痛心。“凄凄”二字表现女儿临终之际凄怆悲惨的画面，“的的”二字则表现父女之间与生俱来、感人肺腑的血脉真情。作为父亲，最大的痛苦莫过于亲见子女罹难而无能为力。“凄凄”“的的”两组叠字，语气哀婉，情致缠绵，令人肝肠欲断，不忍卒读。

接下来四句写女儿去世后家中的冷清、寂寞。“残灯夜室尘”句，表现诗人独对孤灯、凄怆寂寥、哀愁孤单的画面，极为形象，令人唏嘘不已。女儿在世时的欢声笑语，临殁时的凄然话语，去世后家中的死气沉沉，不时进入诗人脑海，令其倍感凄凉，不堪回首。末两句感慨看似是对无人继承父业的担忧，实则是借蔡邕父女典故，表现父女生命与情感上的相互依赖。

本诗情感沉痛真挚，内容真切感人，悲风卷纸，令人动容，可堪传颂千古。

哭临川公[1]

身用已时危，衰残况病欺。
竟成黄犬叹，莫逐白鸥期[2]。
东阁[3]图书散，西园草露垂。
无因奠江上，应负十年知。

［注释］

①临川公：饶介（1300—1367），字介之，临川人，元末著名诗人、书法家。元末自翰林应奉出任江浙廉访司事。张士诚据吴时，请饶介为淮南行省参知政事。至正二十七年（1367），朱元璋攻破平江，张士诚败，饶介被押送至南京伏诛。

②黄犬叹：典出《史记·李斯传》。李斯，战国时期上蔡人，帮助秦始皇吞并六国，一统天下。秦二世立，赵高诬陷李斯谋反。李斯在咸阳被腰斩。刑前，李斯回头问同被拘系的儿子："吾欲与若复牵黄犬，俱出上蔡东门逐狡兔，岂可得乎？""莫逐"句：化用李白《江上吟》："仙人有待乘黄鹤，海客无心随白鸥。"

③东阁：古代称宰相招致、款待宾客的地方。见李商隐《九日》："郎君官贵施行马，东阁无因再得窥。"此处指饶介被诛，图书散落，文采风流不再。

［评析］

本诗表现诗人与饶介相知十年的深厚情谊，表达其对饶介被诛的无限痛惜、伤悼之情。诗题中一“哭”字，足见诗人情感沉痛之至。

首联中，诗人对饶介身世遭遇寄寓深切同情。时局动荡，晦朔不朗，饶介应张士诚之请而上任，本身已有风险暗藏。且当时饶介已近耳顺，壮年已逝，疾病缠身。此两句分别从时局、年寿对饶介遭遇表示同情。颔联借典故写饶介被诛，委婉含蓄而令人扼腕长叹。颈联两句则以图书散落、风流不再，草露低垂、院落荒废，写饶介去世后的凄凉景象，以寄寓对饶介去世的哀伤。尾联则以沉痛之语，表达不能祭奠江上的内疚与痛苦，同时，对饶介与己相知十年却不能公开祭奠的无奈与自责。

本诗情感真挚，语气沉痛，读来令人感慨不已。

乱后经娄江旧馆

此地昔相依，重来事已非。
新年芳草遍，旧里熟人稀。
远燕皆巢树，闲花自落矶。
遗踪竟难觅，愁步夕阳归。

[评析]

至正二十七年（1367），平江城破，经历十月围城的高启移居吴淞江上。经过娄江寓馆时，诗人写下此诗，借以感慨战乱纷争所带来的时世动荡、人事全非。

首联、颔联中，诗人以今昔对比表现战争带来的巨大破坏，给人深切的人事恍惚之感。诗人寓居娄江时，"闲窗俯平畴，幽扉临远湍"（《迁娄江寓馆》），现在却是断壁残垣，面目全非。虽然芳草青青，但战乱导致人们外出逃难，熟人稀少，此地已是满目荒凉。此四句生动展现诗人步履娄江旧地，在新景与故人、回忆与当下中思绪转换、感慨哀叹的情景。

颈联中，诗人所写荒凉静寂的村落、远燕、闲花，看似触目所见无心之笔，实则寄寓人事已非而花谢花开、燕去燕归两相无情的伤感。尾联两句，以旧迹难觅、愁情难解而独步夕阳收结，寄寓深厚的情感况味，无奈而沉重。

城西客舍送周著作砥[1]

客中寒食后,惆怅送君违。

花隐归城旆[2],风吹渡水衣。

夜窗炊黍散,春苑斗茶[3]稀。

谁念西斋雨,相思独掩扉。

[注释]

①周著作砥：周砥，字履道，苏州人，寓居无锡。与高启相识、定交于至正二十年（1360）。两年后，客居绍兴，死于兵乱。高启曾为其诗集《荆南唱和集》作序，爱其“清粹雅淡，有古作者之意”。著作是著作郎的简称，官名，三国时魏明帝始置，属中书省，掌编纂国史；晋元康中改属秘书省，称为大著作；唐代主管著作局，亦属秘书省；宋元因之；明代废。高启时卜居城西云岩之西冈，周履道来访频繁，至则流连累日，共游吴中山水。

②旆(pèi)：泛指旌旗。

③斗茶：指赛茶游戏。见虞集《题蔡端明、苏东坡墨迹后》：“晓起斗茶龙井上，花开陌上载婵娟。”

[评析]

此诗表达送友的伤感之情。

客居寂寞，好友频访，不失为“他乡遇故知”的人生乐事。然而朋友远行，分别在即。“惆怅”二字摹写诗人哀伤之状，形象传神。颔联两句写对周砥旅途牵挂之情及自己空落无奈之感。临江行舟，风吹衣湿，烟波渺渺，不知归期。“风吹渡水衣”句，想象巧妙，富有情韵。颈联两句写别后冷清孤寂的生活，炊烟袅袅，黍香飘远，画面感强。王夫之评此两句：“本幽俭事，说得如许韶美。中唐人可起，何颜对此。”末句写风雨中空掩门扉，表达相思之苦，句意深沉，情味悠长。王夫之《明诗评选》评本诗：“如晴如春，如仙乐自空中来，吾心折矣。”可谓深解个中三昧。

郊墅杂赋(其三)

幽事[1]向谁夸,孤吟对晚沙。

浣衣江动月,系艇岸垂花。

行蚁如知路,归凫自识家。

一尊茅屋底,随意答春华[2]。

[注释]

①幽事：此处指隐居。

②尊：通“樽”。 春华：春天的花朵。

[评析]

《郊墅杂赋》十六首写于苏州城破、诗人移居江上之后。 此为其三。

从动荡不安、兵荒马乱的苏州城回到安宁平静、处处充满生活乐趣的吴淞江畔，诗人尽管感觉没有北郭盛会诗酒风流、赓酬唱和般热闹，也无法与人分享隐居其间的乐趣，但感受到生命之意义与大自然之乐趣。 故首联中“孤吟对晚沙”，展现诗人超尘脱俗而又自得其乐的形象。 颔联两句则动静结合，意态微妙，神韵生动，写景如画，真实展现了江居生活的日常。 颈联两句则以行蚁知路、归凫识家，趣味盎然，同时亦肯定隐居江上的人生选择。 而尾联两句以茅檐之下悠然举杯、相邀春华收束，含蓄蕴藉，意味悠长。

本诗富有诗情画意，语言清新朴质，写景生动而有韵味，情韵盎然而有节制。 王夫之《明诗评选》评曰：“苦学杜人必不得杜。 唯此夺杜胎舍，以不从《夔府诗》入手也。”

牧

一笛去茫茫，平郊绿草长。
但知牛背稳[1]，应笑马蹄忙。
度陇冲朝雨，归村带夕阳。
相逢休挟策，回首恐亡羊[2]。

[注释]

①牛背稳：见陆游《牧牛儿》诗，“童儿踏牛背，安稳如乘舟”。

②“相逢”“回首”两句：此两句典出《庄子·骈拇》。“臧与谷二人，相与牧羊，而俱亡其羊。问臧奚事，则挟策读书；问谷奚事，则博塞以游。二人者事业不同，其于亡羊均也”。

[评析]

本诗描写春郊牧牛乐趣，借以表现诗人对田园生活的热爱与对功名富贵的不屑。

诗歌起始勾勒出一幅充满诗情画意的春郊平野图：茫茫原野，青青碧草，笛韵悠扬，牧童稳坐牛背，任牛在田间游走。画面意趣盎然，境界清幽质朴，表现了诗人高超的构图写意技巧。颈联两句写牛迎朝雨越陌度阡，散漫随意；送晚霞自由自在，喜踏归途。诗句描绘形象传神，给读者丰富广阔的自由想象。

首联、颈联皆与牧牛相关，而颔联、尾联皆蕴含深意。颔联中，以牛、马对比，嘲笑世间奔波劳碌、蝇营狗苟势利之徒。而尾联中，以亡羊典故，讽刺汲汲功名利禄的生活。

本诗语言平和素淡，画面质朴自然，富含生活真意，寄寓了诗人对闲适田园生活的向往。

登南楼看雨有怀

清晓看江雨，独登江上楼。

人烟与草树，萧瑟满城秋[①]。

砧响寒稍急，鸿声哀更流[②]。

故人隔楚塞，西望忽成愁。

[注释]

①满城秋：见武元衡《西亭早秋送徐员外》诗，“曲池连月晓，横角满城秋”。

②流：流露，显露。见鲍照《代出自蓟北门行》诗，“箫鼓流汉思，旌甲被胡霜”。

[评析]

本诗描写诗人独登南楼看雨所感。

起篇入笔擒题，写登楼所见：秋风萧萧，秋雨飘飘，云烟迷蒙，草树渺茫，萧瑟秋气笼罩全城。整个画面如同写意画卷，意境迷离朦胧，从视觉上给人深秋的悲凉感受。颈联中，诗人则在听觉上以急切砧响、哀切鸿声，营造令人伤感的晚秋氛围，可见其笔触细致精妙。尾联中诗人触目伤怀，想到相隔楚塞的他乡故人：“西望忽成愁。”从情绪变化来看，诗人由秋景之悲到思念成愁，逶迤自然，水到渠成。结句“望”字与首句“看”字，遥相呼应，且由“看”清雨，到“望”故人，转折变化之迹，隐然可寻。本诗构思巧妙，笔触精妙，写景抒怀自然而然，言外余味悠然不尽。

晚霁[1]独酌南楼

倦客岂迁客！故乡非异乡。
鲈肥莼菜紫，雁到柳条黄。
湖阔已秋雨，楼高犹夕阳。
登临何必赋？把酒据胡床[2]。

［注释］

①霁：雨停天晴。

②“登临”句：用王粲登湖北当阳城楼作《登楼赋》典故。“把酒”句：用庾亮典故。《晋书·庾亮传》载：庾亮在武昌时，诸佐吏殷浩之徒，乘秋夜往共登南楼，俄而不觉亮至，诸人将起避之。亮徐曰：“诸君少住，老子于此处兴复不浅。”便据胡床与浩等谈咏竟夕。

［评析］

北雁南来，柳条初黄。恰雨过天晴，鲈鱼肥嫩，莼菜方紫。独酌南楼，面对美景美馔，高启心胸开阔，诗兴勃发。首联一扫胸中积郁之闷气，以身在故乡非迁客自居，豪情满怀，心气高昂，有一醉方休之气概。此两句“倦客”对“迁客”，“故乡”对“异乡”，两两对比，彰显诗人身份、处境之不同，生发自在自得之豪情。

“鲈肥莼菜紫，雁到柳条黄”两句对工精巧，流露出欣喜可人之情。颈联两句境界寥廓，有君临天下、俯瞰万物之恢宏气魄。尾联巧妙用典，反诘登高作赋，只求一醉方休。“登临何必赋”与“倦客岂迁客”同为反问，语气强烈，态度坚决，且两相呼应，表现了诗人此时的坦然、沉稳与自得。

本诗境界阔大，笔触细致，感情充沛而一气呵成。

次倪云林[1]韵

云林已白头，犹有晋风流。
爱写沧洲趣，闲来玄馆游[2]。
茶烟秋淡淡，竹雨暮修修[3]。
欲向南溪水，长留青翰舟[4]。

［注释］

①倪云林：即倪瓒（1301—1374），初名倪珽，字泰宇，别字元镇，号云林子、荆蛮民、幻霞子，江苏无锡人。元末明初画家、诗人，与黄公望、王蒙、吴镇合称“元四家”。

②沧洲：滨水的地方，古时常用以称隐士居处。玄馆：幽静的房舍，多指隐士居处。倪瓒建有收藏字画珍玩的清閟阁。

③修修：形容风雨声。见徐铉《题梁王旧园》：“树倚荒台风淅淅，草埋敧石雨修修。”

④青翰舟：一种刻饰鸟形、涂以青色的船。见刘向《说苑·善说》：“君独不闻夫鄂君子晳之泛舟于新波之中也？乘青翰之舟。”皮日休《太湖诗·初入太湖》亦有“好放青翰舟，堪弄白玉笛”。

［评析］

本诗勾勒倪云林老来风流依旧、淡泊自在的隐士形象。

首联两句脱口而出，平易自然，毫无造作之态。其中“已”“犹”二字，词意对比巧妙，表现倪云林年事虽高却风流依旧的隐士情怀。“茶烟秋淡淡，竹雨暮修修”两句则描写倪云林隐居之处清静优雅、简朴疏淡。其中“淡淡”二字写茶烟之状，贴切自然；“修修”二字摹竹雨之声，生动传神。清幽、素雅的环境衬托出倪云林远离功名利禄的飘逸情怀与高洁人格，亦表现出诗人对其人格志向的欣赏、羡慕之情。

七言绝句

马周[1]见太宗图

封事朝闻夕拜官，新丰无复客衣寒[2]。

书生未有鸢肩相，只说君臣际会难[3]。

[注释]

①马周：字宾王，清河茌平人。据《旧唐书·马周传》载（马周）少孤贫好学，尤精《诗》《传》，落拓不为州里所敬。武德中，补博州助教，日饮美酒，不以讲授为事。后西游长安，宿于新丰。逆旅主人唯供诸商贩而不顾待周，周遂命酒一斗八升，悠然独酌，主人深异之。至京师，舍于中郎将常何之家。贞观五年，太宗令百僚上书言得失。何以武吏不涉经学，周乃为何陈二十余事，令奏之，事皆合旨。太宗怪其能，问何，何答曰："此非臣所能，家客马周具草也。每与臣言，未尝不以忠孝为意。"太宗即日召之。未至间，遣使催促者数四。及谒见，与语甚悦，令入职门下省。六年，授监察御史，奉使称旨。

②封事：密封的奏章。古时臣下上书奏事，防有泄漏，用皂囊封缄，故称。此指常何上书奏事。参见注①。新丰：在今西安市临潼区。马周曾在新丰受冷遇。李贺《致酒行》："吾闻马周昔作新丰客，天荒地老无人识。"白居易《新丰路逢故人》："惆怅新丰店，何人识马周？"陆游亦有《山园晚兴》："杨子凄凉老天禄，马周憔悴客新丰。"

③鸢肩：两肩上耸，像鸱鸟（鸢）栖止时的样子，古人视为异相。中书侍郎岑文本曰："（马周）鸢肩火色，腾上必速，恐不能久耳。"际会：相遇而彼此投合。

［评析］

本诗以今昔对比、朝夕对比，写马周始困终亨的人生际遇，表达对自古以来君臣相遇之难的感慨与讽刺。

本诗虽题为“马周见太宗图”，但却未及画中细节，而是借题发挥，以马周命运为中心，联系人物发迹变泰，感慨人生悲欢起伏。诗中巧用马周落魄新丰、有鸢肩相两个典故，指出马周成功的根本原因在于君臣际会。但是，这种偶然的遇合实际上是对统治者人才选拔方式的否定，所谓的君臣际会是对历代标榜求贤若渴、唯才是用的统治者的莫大讽刺。

秋　柳

欲挽长条已不堪，都门无复旧毵毵①。
此时愁杀桓司马，暮雨秋风满汉南②。

[注释]

①长条：柳条。毵毵（sānsān）：枝条细长垂拂貌。见孟浩然《高阳池》：“绿岸毵毵杨柳垂。”“都门”句：化出自韦应物《送章八元秀才擢第往上都应制》：“立马欲从何处别？都门杨柳已毵毵。”

②桓司马：即桓温，东晋政治家、军事家。《世说新语》载：桓温第二次北伐时，途经金城（今江苏句容县北），看见自己早年担任琅琊内史时栽种的柳树已经有十围那么粗壮，感慨道：“木犹如此，人何以堪！”于是攀枝执条，不禁泫然泪下。汉南：汉水之南。见庾信《枯树赋》：“昔年种柳，依依汉南。今看摇落，凄怆江潭。树犹如此，人何以堪！”杜甫《柳边诗》：“汉南应老尽，灞上远愁人。”

[评析]

本诗无具体写作背景，诗人心中郁积的深沉悲秋之气，或感于岁月沧桑而发。

前三句皆依“秋柳”成文。首句写昔日随风飘拂、情态可人的枝条随秋风而凋残，自然生发伤痛“不堪”之情，情感低沉，奠定诗歌的悲伤基调。“挽”字语含双关，除以手抓外，还有挽留之意，表现对时光匆匆、生命流逝之伤感。次句中，由眼前柳条联想到都门所有柳树，从而为诗歌整体营造伤感凄怆氛围。第三句则穿越历史时空，引用典故，赋予柳条更丰富的象征意味。桓温攀枝泫然涕下的典故，包含了对时间匆匆、生命流逝的叹息，因此“愁”字恰与首句中“挽”字隔句相应，意义同构。

前三句中诗人的视野由眼前至全城，由当下至历史，以秋柳所象征的离别、流逝、凋零等意义，表现其内心的无奈、伤感与哀伤。而结句“暮雨秋风满汉南”，则如凄厉长啸，使凄怆悲伤之情充塞天地，令人读来倍感惨痛。此句以景结情，融情于景，“含不尽之意于言外”，余味悠长，包孕极为丰富的情感。

春日忆江上二首(其一)

一川流水半村花,旧屋南邻是钓家[①]。
长记归篷载春醉,云笼残照雨鸣沙[②]。

[注释]

①钓家：渔家，以捕鱼为生的人家。 见李咸用《江行》："共说干戈苦，汀洲减钓家。"

②归篷：指归舟。 雨鸣沙：雨落河岸沙地上发出声响。

[评析]

本诗描写江村美景，意境优美，宛然可见，洋溢着闲居意趣与动人情致。

首句"一""半"并举，写江村春花蔓发、杂花生树、江水流绕的自然美景，富有诗情画意。 第三、四句，写落日余晖、薄云笼罩中，诗人载舟江上，雨鸣沙响，醉归江村。 诗人追忆村居生活，依依不舍，魂牵梦绕，表现出回归田园、栖息身心的深切愿望。

江村即事①

野岸江村雨熟梅，水平风软燕飞回②。
小舟送饷荷包饭，远旆招沽竹酝醅③。

[注释]

①即事：取材于眼前景物。

②雨熟梅：或化用贺铸《青玉案》“梅子黄时雨”。飞回：飞来飞去。

③送饷：给在外劳作的人送饭。见柳宗元《柳州峒氓》：“青箬裹盐归峒客，绿荷包饭趁墟人。”旆：指酒旗。古时酒家悬挂门前以招徕顾客。竹酝醅(pēi)：加入竹叶汁酿制的酒。

[评析]

本诗画面优美，语调欢快，语言本色，乡村气息浓郁，充满生活趣味。

诗歌首先描绘了一幅美丽的江村生活画面：悠悠江岸，茫茫原野，黄熟的梅子，平静的江水，绵软的轻风，飞来飞去的燕子，意境静谧优美，恬淡和谐，充满了大自然的乐趣。其中“雨熟梅”三字，或化用“梅子黄时雨”，将雨拟人化，灵活巧妙而富有意味。“软”字喻风，形象轻巧，如拂人面。一二句专写江村美景，三四句则展现江村朴实的农人生活。小舟送饷，悠然而至；绿荷包饭，香溢四野。这一生活画面令人真切感受到江村朴实、美好的别致意趣。而远处迎风招展的酒旗、扑鼻而来的竹叶酒香更令人陶醉，也为诗歌画面增添了几许动人气息。

客夜闻女病

岁尽归期尚杳然，不知汝病复谁怜？
隔邻儿女灯前笑，客舍愁中正独眠。

［评析］

本诗高启注“时在钱塘”，即诗人至正十八年（1358）南游吴越期间所写。

当诗人得知远在家乡的女儿生病，无奈无助，焦灼不安，忧心似焚。首句“杳然”二字意谓遥遥无期，归途茫茫，表达了诗人北望家乡、山高水长却又无可奈何的焦急心情。“不知汝病复谁怜”句尽含愧疚自责、怜惜心痛之意，表现了身为人父而爱莫能助的凄伤。同时问句的形式，更能表现诗人情感反应之强烈。

诗歌第三、四句更为巧妙，以隔壁儿女笑声不断的场面描写，反衬自己思念女儿而欲归不能、辗转反侧的孤独寂寞之情。同时，隔壁的欢笑场面与女儿的憔悴病容形成强烈对比，更带给诗人无尽的心痛哀伤。后两句描写生动，将有声画面与无言细节强烈对比，表现了诗人此时此刻揪心痛楚、辗转难眠的悲伤心情。

本诗虽语言浅显平易，但情感诚挚动人，感人至深，而且画面感强，情景如见。

夜中有感二首(其一)

少壮无欢似老时,身穷宁坐苦吟诗[①]?

卧思三十年来事,一半间关[②]在乱离。

[注释]

①宁：难道。 坐：由于。

②间关：历尽道路险阻。 见《后汉书·邓骘传》：“遂逃避使者，间关诣阙。”李贤注：“间关，犹崎岖也。”

[评析]

本诗大概作于至正二十七年（1367）苏州城破后。

高启前半生正值元末群雄竞起、割据混战之时。 至正八年（1348），方国珍起兵台州，拉开了元末大动乱的序幕。 之后，刘福通起兵颍州，徐寿辉起兵蕲水，郭子兴起兵濠州，张士诚起兵泰州。 苏州虽有幸处于战争犬牙交错边缘，没有直接遭受战争摧残，但是政府管理松弛、社会动荡，导致人们正常的生活难以为继，加之儒士的出路与境遇更加艰难，大量诗人不得不隐居山林以求避难。

高启壮年之际隐居青丘（今江苏苏州境内），往来北郭，与朋友诗酒唱和，徜徉于山水之间，固然飘逸洒脱，但壮志韬略一无所用，又不屑仕于张士诚，故身处壮年而暮气沉沉，苦读诗书而穷困不达。 这绝非壮年高启所期望的人生。“身穷宁坐苦吟诗”句，流露出他对世事变迁、人生选择的怀疑。 世事动荡而无可奈何，人生匆匆而一事无成。 诗人反省自身，反思过往，将人生穷困的原因归结于“乱离”二字，令人警醒。这也正是本诗题眼所在。

在《夜中有感二首》其二中，作者写道：“倦仆厨中睡已安，吹灯呼起冒霜寒。酒醒无限悲歌意，不觅书看觅剑看。”诗人抒发壮志难酬的悲愤，只通过酒醒觅剑的细节，便见其内心郁积的慷慨不平之气。

这两首诗写于夜深人静之时。既是诗人扪心自问，也是无奈长叹，是其心声的直接表达，情感的真实流露。

寄家书[1]

底事乡书累自修？路长唯恐有沉浮[2]。

还忧得到家添忆，不敢多言客里愁。

[注释]

①高启注：“时客越城。”越城：即绍兴。

②底事：何事。沉浮：指书信未送到。典出《世说新语·任诞》：殷洪乔做豫章郡太守，赴任之时，都城的人托他捎信，有百余封。殷洪乔到石头城后，把信全扔水中，并祝祷说：“沉者自沉，浮者自浮，殷洪乔不能做致书邮！”

[评析]

本诗表现高启身在旅途，往寄家书时生动细腻的心理活动。

起句发问，入笔擒题，引人注意。后三句由此衍生，水到渠成。身在异乡，高启对妻子思念之情愈久愈切，又担心路途遥远，书信寄丢，故陆续写信寄信。同时，他担忧妻子牵挂、担心自己，不敢在信里言及旅途的惊吓与劳累，即“不敢多言客里愁”，而是多写新鲜之事，多抒喜悦之情。本诗细腻真实，反映了游子漂泊在外的普遍心理，易引起读者共鸣。此四句信笔而下，一气呵成，如行云流水般自然。

高启心细如发，有心用心，善解人意。高启的妻子也很细心，她担心丈夫接到信、未开封前会心有忐忑，故常在外封上题写“平安”。所以高启《得家书》诗云：“未读书中语，忧怀已觉宽。灯前看封箧，题字有平安。”还有诗《客越夜得家书》云：“一接家书意便欢，外封先已见平安。

故乡千里书难得，不敢灯前草草看。”可以看出高启夫妻二人情感细腻，举案齐眉，相亲相爱，情深意蜜。

本诗情感真挚，描摹心态细致传神，语言生动如话，读来亲切动人。

读史二十二首·仪秦

二子[①]全操七国权，朝谈从合暮衡连。

天如早为生民计，各与城南二顷田[②]。

[注释]

①二子：指战国时纵横家张仪、苏秦。据《战国策》载，苏秦游说关东六国，形成南北合纵之势，对付秦国。苏秦一人佩六国相印。张仪游说入秦，倡导连横的外交策略。秦惠王封张仪为相。后张仪出使游说各诸侯国，以“横”破“纵”，使各国纷纷由合纵抗秦转变为连横亲秦。

②二顷田：典出《史记·苏秦列传》。苏秦曰：“使我有洛阳负郭田二顷，吾岂能佩六国相印乎！”

[评析]

张仪、苏秦以一己之私，鼓舌如簧，拨弄是非，朝秦暮楚，致令天下动荡，民命如悬。高启以民为本，怜惜百姓，对其二人极为不齿，故以苏秦其语，“还治”二人之身：上天当予二人田地二顷，免使天下苍生遭受涂炭。

诗句讽刺犀利，诗人想象巧妙，其识见之高、睿思之深令人拍案。同时，诗句寄寓诗人对元末时世动荡的忧虑，以及对流离百姓的同情。战国乱世，天不怜民，故有“天如早为生民计”之想。当下之乱，天是否一仍其旧？千古而下，诗人无奈与担忧之情不言而喻。

将赴金陵始出阊门[1]夜泊二首(其二)

烟月笼沙客未眠[2],歌声灯火酒家前。

如何才出阊门宿,已似秦淮夜泊船?

[注释]

①阊门：即阊阖门，苏州城西门。

②“烟月”句：化用杜牧《夜泊秦淮》“烟笼寒水月笼沙”句。

[评析]

本诗描写诗人赴金陵途中如梦似幻、恍惚迷离的感受，表达了对家乡的缠绵留恋、依依惜别之情。

开头两句以诗人孤独未眠，表现寂寞思乡之情。由于离别家乡，诗人无心于酒肆赏曲饮酒，外界的繁华喧闹令其倍感凄清孤单。三、四句中，诗人发自心底的自问脱口而出，恍惚神态跃然纸上。“才”与“已”形成对比，强烈表现诗人如梦似幻之感。言外之意，如果真的到达金陵秦淮，思亲思乡之情更甚。此次赴京途中，诗人常有恍然未真之感受，直到行至两百里外的丹阳后，才“今朝始觉离乡远”(《舟次丹阳驿》)。

本诗反映了诗人对赴金陵修史之事种种复杂难言的感受，而不仅是对家乡与亲人的不舍。其中或有对生活环境、仕宦生涯的担心，或有对前途未来的担忧甚至恐惧。好友余尧臣、徐贲、杨基被贬谪他乡等，已在诗人心里留下阴影。朱元璋对苏州士人刻薄寡恩，此次赴京修史，前途难料，由此诗人离别故乡时难舍难离、恍惚不安亦在情理之中。

雨中登天界西阁

青山楼阁楚江[①]东，身在苍茫晚色中。

故国自遥难望见，不关春树雨溟濛[②]。

[注释]

①楚江：即长江。因古时楚国雄踞长江流域而得名。

②溟濛：小雨貌。见元代张昱《船过临平湖》："只因一霎溟濛雨，不得分明看好山。"

[评析]

本诗写于诗人在南京修史、寓居天界寺期间。

诗歌起句以"楚江东"囊括广袤地域，恢宏大气，笔力雄壮。次句则强力收笔，归于自身。"苍茫"二字描绘"晚色"，气韵沉雄，意境朦胧，且为下句埋下伏笔。此两句中，首句从空间起笔，次句以时间相对，巧妙自然。第三句"故国自遥难望见"，承上句晚色苍茫之意，写故国难以望见，句意上合情入理。"故国"二字道出了诗人内心的伤感，其中有朝代兴衰更迭的历史沧桑，也有个人命运浮沉的惆怅迷茫。风物依旧而人事已非，朝代变换而情怀难随，这或是诗人内心最大的感触吧。自末句可看出，"故国"是历史、时间上的"故国"，而非地理、空间上的"故国"，所以无关春树掩映、微雨溟濛，"不关"二字特意拈出，语气断然。

送葛省郎东归二首(其二)[1]

桃叶渡[2]头闻唱歌，孤帆欲发奈愁何！

君归是我来时路，山水无多离思多。

[注释]

①葛省郎：不详，别本多作“郭省郎”。省郎，中枢诸省的官吏。该诗作于洪武二年（1369）或三年（1370）春。

②桃叶渡：秦淮河上的古渡口。相传因王献之的爱妾桃叶往来渡河而名。自六朝至明清，桃叶渡处均为繁华地段。

[评析]

诗人送别葛省郎，语近情遥，诚挚恳切，表现了对友人的拳拳情谊。

诗歌从桃叶渡离歌写起，渲染别离愁情，情景相生，令人神伤。“孤帆欲发奈愁何”句，沉痛惨切，令人伤悲。第三、四句中，诗人想象新颖奇妙，以归路山水为喻，写别离愁情，自然入妙，意味深长，堪称神来之笔。路还是那路，山还是那山，水还是那水，但是离愁更多、更重、更长。此两句堪与李煜《清平乐》名句“离恨恰如春草，更行更远还生”相媲美。沈德潜云：“七言绝句，以语近情遥、含吐不露为主。只眼前景、口头语，而有弦外音、味外味，使人神远，太白有焉。”（《说诗晬语》）体味此诗，诚然不虚！

逆旅[1]逢乡人

客中皆念客中身,唯汝相逢意更亲。

不向灯前听吴语[2],何由知是故乡人。

[注释]

①逆旅：客舍。

②吴语：吴地的方言，以苏州话为标准音。

[评析]

这首小诗描写了诗人在旅途中闻听乡音、逢遇乡人的真情真意。

全诗不假雕饰，明白如话。首句两个“客中”，声情铿锵，亲切自然。次句乡情柔婉，意态亲昵，表现了旅途中逢识乡人后的欢愉。后两句写诗人因吴语识人，有声音，有画面，有趣味，情景如见。高启对吴语乡音有特殊感情，当他辞官归乡时，一路吟哦不绝，山一程，水一程，望眼欲穿，直到闻听吴语，感慨“乡音到耳是真归”（《归吴至枫桥》）。

本诗情感自然，意态真切，轻松活泼，表现了诗人的纯真性情。

客中忆二女

每忆门前两候归,客中长夜梦魂飞。

料应此际犹依母,灯下看缝寄我衣。

[评析]

这首小诗表现了诗人客居金陵期间对两个女儿的思念之情。

诗歌主要呈现了两个富有生活情趣的画面。一是二女在门前等候父亲归来，二是二女偎依着母亲，灯前看母亲缝制寄给父亲的衣服。这两个画面非常生活化，看似普通平常，却饱含着浓浓亲情。诗人每每想起二女痴痴候归的场面，便觉长夜漫漫，肝肠寸断，梦魂归乡。一“飞”字，生动道出诗人绵绵思亲之切，急急归乡之想。这两个画面，虽为诗人想象之景，写来却如亲见，其表现二女的专注与依恋着实令人感动。次女高书亡故后，高启对另外二女愈加呵护与怜惜，故此时虽远在金陵，仍对二女魂牵梦萦。

本诗感情朴实真切，语言明白如话，表现了诗人恋家思乡、心向天伦的淳朴心境。

阊门舟中逢白范[①]

十载长嗟故旧分，半归黄土半青云。

扁舟此日枫桥畔，一褐[②]秋风忽见君。

[注释]

①白范：字以中，才学、人品为人推重，清高孤傲，仗义执言，曾任教于富贵之家，痛斥富家子弟恶习。

②褐：粗布或粗布衣。古代一般为贫贱或地位卑贱的人穿着。

[评析]

本诗表现了与故友白范江上相逢后的感慨。

十年生死茫茫，历史人事沧桑。平江之乱后，诗人的知己故交中，有人受害归黄土，有人借势上青云，命运浮沉令人感慨！所以前两句充满深沉厚重的历史沧桑感，同时也包含了人事茫茫、生死难料的空幻之感。最后一句“一褐秋风忽见君”，表现诗人见到白范时的惊讶与惊喜之情。“忽”字尤能突出诗人见到故友时的意外之感。“一褐”令人物形神毕现，彰显出白范一介书生、孤傲耿直的落魄又清高的形象。

游幻住精舍[①]

寒扉斜向竹间推，此日重来是几回？
行遍空林僧不见，慰人怜有一枝梅。

［注释］

①幻住：即幻住寺，旧址在阊门西五里雁荡村。 精舍：道士、僧人修炼、居住之所。

［评析］

高启一向对梅花情有独钟。 本诗亦见之。

诗歌起笔平凡普通，看似平淡无趣，然而正是为下文铺垫。 尤其首句中“竹”字，为第三句中写竹林伏笔。 幻住寺旁有大片修竹，挺拔秀丽，青翠欲滴，诗人穿行其间，自然乐在其中。“僧不见”三字，正为后文梅花的出现张本。“慰人怜有一枝梅”，此处梅花的出现虽然突兀，但是其与诗人的偶然遇见，却给人慰藉，让人生发怜惜之情。

秋　望

霜后芙蓉落远洲，雁行初过客登楼。

荒烟平楚苍茫处，极目江南总是秋①。

[注释]

①平楚：原野。见谢朓《宣城郡内登望》：“寒城一以眺，平楚正苍然。”“极目”句：化出自《楚辞·招魂》“目极千里兮伤春心，魂兮归来哀江南”。

[评析]

本诗境界宏阔，意境悠远，展现了旷远渺茫的江南秋景。

起句中芙蓉飘落姿态与洲渚之寥廓深远，融为一体，意境悠悠，给人惝恍迷离之感。此处“落”字用得巧妙，把芙蓉飘落姿态传神写出。此两句先写登高所见，次写登高之态，避免平直铺叙，颇为巧妙。第三句写极目所见：烟树迷离，如梦似幻，原野苍茫，一望无际，展现了深秋江南缥缈悠远的意境，读后令人仿佛置身其中。结句“极目江南总是秋”收结巧妙，将茫茫无垠的江南秋景融为一句，含蓄蕴藉，余味悠长。“总是”二字，音声沉重，语气肯定，极具表现力。

诗人对江南秋景的勾勒，如山水画卷，传神写意而趣味无穷。日本近藤元粹评此诗：“平淡中有无限情趣。”细细品味，可谓确论。

送陈秀才归沙上省墓

满衣血泪[1]与尘埃,乱后还乡亦可哀。
风雨梨花[2]寒食过,几家坟上子孙来?

[注释]

①血泪:见陆机《与弟清河云诗》,“拊膺涕泣,血泪彷徨”。

②风雨梨花:见梅尧臣《送薛公期比部归绛州展墓》,“风雨梨花残,松柏墓门晚”。

[评析]

本诗情感沉痛,语气哀伤,表达历经平江之乱后的生民血泪。首句写陈秀才历经战乱的悲惨情状,令人同情。一“满”字,强调“血泪”与“尘埃”之多,经历之惨,语气沉重。次句言省墓于寒食之后,以写战乱破坏生活之悲。第三句中“风雨”二字既可解为清明时节风雨纷纷,行人魂断,亦可解为战争风雨。末句以问句收结,意谓战争导致百姓伤亡和流离失所,并无多少人扫墓祭祖。诗人对战争导致的悲剧深恶痛绝,又无可奈何,故以坟茔冷落、行人稀疏之情景寄托余哀,语意深长。

山中春晓听鸟声

子规[1]啼罢百舌鸣，东窗卧听无数声。

山中人静响更切，月落杏花天未明。

[注释]

①子规：杜鹃鸟。依古代传说，其前身是蜀国国王杜宇，号望帝，后来失国身死，魂魄化为杜鹃，声音凄切，悲啼不已。

[评析]

本诗写山中春晓，深幽清静，境界朦胧。

首两句写子规先啼，百鸟齐鸣，以动衬静，愈发显出山中静寂，所谓“鸟鸣山更幽”（王籍《入若耶溪》）。“切”字写百鸟齐鸣音声之激烈，传神贴切。尾句“月落杏花天未明”，文辞清婉，幽静恬淡。尤其“月落杏花”四字，写杏花绽放、月落悄然之态，亲切可人。“天未明”将以上景物统摄为一，营造朦胧的艺术境界，收结全诗，构思精巧。

得故人书知未入京因寄

曾约春深到凤台[1],君今不到只书来。
满缄离恨床头放,一度相思一展开[2]。

[注释]

①凤台：泛指华美的楼台。一说，古台名。此处指京城。
②缄：书信。一度：一次。

[评析]

本诗写思念友人，情致巧妙，细节传神，情景如见。友人书至人不至，虽爽约但仍以信给人安慰。诗人将书信置于床头，以慰相思渴念之情，真情流露，细节自然生动。“满缄”写离别之恨，比喻新奇，别具匠心，而“一度相思一展开”，以相思、展开之连续动作，表现思之深，念之切，如在目前，令人击节叹赏。

五言绝句

寻胡隐君①

渡水复渡水，看花还看花。

春风江上路，不觉到君家。

[注释]

①隐君：对隐士的敬称。

[评析]

这首小诗描写寻隐士途中的美景与愉悦心情，轻松欢快，简约流畅，有“但见性情，不睹文字”之妙。

本诗节奏短促明快，且富于变化。一路春风、一江流水、处处鲜花，诗人在美景中自在穿行，足见诗人脚步轻快、心情愉悦。首句中“复”字本有奔波之劳，但次句中“看花”二字令人消解不快，尤其末句中“不觉”二字，使全诗描写有了着落，令人感受到诗人心情愉悦。诗歌节奏一波三折，颇有意味。另，本诗意蕴似浅实深、似直而曲。诗歌描写寻隐士沿途美景，实则暗寓隐士居住环境的清幽及其逍遥世外的闲适。诗人有春风美景相伴，沉醉其中，不知不觉至胡隐君处，进一步烘托出胡隐君超凡脱俗的高洁人格及对诗人的吸引。尤其“不觉”二字，令人有“庄周梦蝶”迷离惝恍之妙，其中意味难以言传。

小诗短短二十字，其中前两句中词语不避重复，如脱口而出，令人倍觉亲切。

赴京道中逢还乡友

我去君却归，相逢立途次[①]。

欲寄故乡言，先询上京[②]事。

[注释]

①途次：旅途路上。

②上京：古代对国都的通称。此处指南京。

[评析]

这首小诗仅有二十字，明白如话，字里行间却体现出诗人内心的忧虑与不安。

洪武二年（1369）正月，高启应召入京修史。依常理而论，此为人生得意快事。然而，诗人心理非常复杂：一方面深恋故乡，难舍亲朋；另一方面前途未卜，忧心忡忡。前者为人之常情，后者却匪夷所思。其实，联系诗人耳闻目睹饶介被杀、北郭友人及家兄高咨被流放等亲朋悲剧，即可想见诗人之担忧并非多余。

当诗人离开家乡渐行渐远，思念亲人之情却绵绵不绝，愈远愈烈。此刻路遇返乡友人，托友寄言，当为情理中事，然而，诗人首先想到的却是询问京师事宜，这种反常举动恰恰表明诗人心中郁积隐忧，故此诗借问询细节，巧妙表达了诗人的心曲隐微。

五言排律

喜杨荥阳赴召至京，过宿寓馆

忽作天涯会，浑[1]销岁暮哀。
高城三鼓动，虚馆一尊开。
邻马嘶空枥，江鸿过废台。
饮余寒色退，谈绝雨声来。
涉患功名倦，忘归故旧猜。
阙前新应召，须让子云[2]才。

[注释]

①浑：全，都。

②子云：指西汉扬雄。扬雄，字子云，西汉著名辞赋家、学者。

[评析]

本诗为五言排律，作于洪武二年（1369）春，杨基自荥阳任上返京之后。

平江之乱致使北郭诗社成员仓促四散，或谪或逃，结局凄凉。徐贲被谪临濠，杨基被谪大梁。高启虽应召修史，但惊魂未定。故诗人在京师与杨基劫后重逢，自然悲喜交加，恍然如梦。起句一“忽”字，准确表达此复杂难言、惊喜惊愕之状。“浑销岁暮哀”则表达诗人兴奋激动之情。“浑”字强调诗人此时此刻哀伤全无的轻松喜悦，表达力强。“高城三鼓动，虚馆一尊开”饱含豪情逸怀，表现诗人对好友热烈欢迎之意。“三”“一”相对，“动”“开”相应，有气势，场面壮观。接着数句，两人追忆往事，感慨历史，怀人忆旧，情感诚挚自然，语气深沉感伤。“邻马嘶空枥，江鸿过废台”，写天地巨变，人事沧桑，令人痛悼。最后两句忽作转折，变低沉为昂扬，呼应诗题，表达对杨基欣赏与祝贺之情。

本诗情感真实丰富，语言生动平易，音韵流畅自然，表现了诗人与杨基深厚的知己情谊。

六言律诗

甫里即事四首（其一）[①]

长桥短桥杨柳，前浦后浦荷花。
人看旗出酒市，鸥送船归钓家。
风波欲起不起，烟日将斜未斜。
绝胜苕中剡曲，金齑玉鲙堪夸[②]！

［注释］

①高启注："甫里，在松江之上，陆鲁望所居也，余寓其北渚，颇擅烟波之胜，为赋六言四首。"甫里为古地名，在苏州市吴中区用直镇，吴淞江畔。

②苕中：指苕溪。剡（shàn）曲：指剡溪。金齑（jī）玉鲙（kuài）：《南部烟花录》载"南人鱼鲙，细缕金橙拌之，号为金齑玉鲙"。金齑：指切碎的菜末。

［评析］

本诗为鲜见之六言律诗。

诗人以细致入微的笔触，展现甫里水乡如诗如画、清新曼妙的秀丽景色：桥畔杨柳，浦里荷花，酒旗飘扬，飞鸥翱翔，渔舟唱晚，微风细浪，暮烟渺渺，斜日悠悠。江南水乡风物画卷令人如痴如醉，心迷神往。全诗格调清新，用词贴切，尤其"欲起不起""将斜未斜"八字体物入微，写意传神。末二句满怀自豪之情，对家乡热爱溢于言表，尤以吴中美食"金齑玉鲙"收结，令人艳羡神往。本诗语气欢快，音韵自然，是为佳作。

长短句

青丘子歌(并序)

江上有青丘,予徙家其南[①],因自号青丘子。闲居无事,终日苦吟,间作《青丘子歌》言其意,以解“诗淫”[②]之嘲。

青丘子,臞而清,本是五云阁下之仙卿[③]。何年降谪在世间,向人不道姓与名[④]。蹑屩[⑤]厌远游,荷锄懒躬耕。有剑任锈涩[⑥],有书任纵横。不肯折腰为五斗米,不肯掉舌下七十城[⑦]。但好觅诗句,自吟自酬赓[⑧]。田间曳杖复带索[⑨],旁人不识笑且轻,谓是鲁迂儒、楚狂生[⑩]。青丘子,闻之不介意,吟声出吻不绝咿咿鸣。朝吟忘其饥,暮吟散不平。当其苦吟时,兀兀如被酲[⑪]。头发不暇栉[⑫],家事不及营。儿啼不知怜,客至不果迎。不忧回也空,不慕猗氏盈[⑬]。不惭被宽褐,不羡垂华缨[⑭]。不问龙虎苦战斗,不管乌兔忙奔倾[⑮]。向水际独坐,林中独行。斫元气,搜元精[⑯],造化万物难隐情。冥茫八极游心兵,坐令无象作有声[⑰]。微如破悬虱,壮若屠长鲸,清同吸沆瀣,险比排峥嵘[⑱]。霭霭晴云披,轧轧冻草萌[⑲]。高攀天根探月窟,犀照牛渚万怪呈[⑳]。妙意俄同鬼神会[㉑],佳景每与江山争。星虹助光气,烟露滋华英,听音谐《韶》乐,咀味得大羹[㉒]。世间无物为我娱,自出金石相轰铿[㉓]。江边茅屋风雨晴,闭门睡足诗初成。叩壶自高歌[㉔],不顾俗耳惊。欲呼君山老父携诸仙所弄之长笛[㉕],和我此歌吹月明。但愁欻忽[㉖]波浪起,鸟兽骇叫山摇崩。天帝闻之怒,下遣白鹤[㉗]迎。不容在世作狡狯,复结飞佩还瑶京[㉘]。

[注释]

①“江上”“予徙”两句：元至正十八年（1358），诗人依岳父周仲达，居吴淞江畔之青丘。

②诗淫：犹言诗迷。淫，过度。

③臞(qú)：同“癯”，消瘦。五云阁：五色彩云萦绕的仙人楼阁。见白居易《长恨歌》：“楼阁玲珑五云起，其中绰约多仙子。”

④降谪：据道教传说，天上仙人如有过失，会被流放下界，期限满后才能重归天上。“向人”句：意近陶渊明《五柳先生传》“先生不知何许人也，亦不详其姓字。”

⑤蹑屩(nièjuē)：脚穿草鞋。

⑥锈涩：指剑因生锈而变钝。

⑦“不肯折腰”句：用陶渊明不肯折腰事权贵典。《宋书·陶潜传》载陶渊明为彭泽令时，郡遣督邮至县，吏曰：“应束带见之。”陶渊明叹曰：“我不能为五斗米折腰向乡里小人！”即日解印绶去职。“不肯掉舌”句：用郦食其游说齐王田光归汉得七十余城事。《史记·淮阴侯列传》载蒯通谓韩信曰：“且郦生一士，伏轼掉三寸之舌，下齐七十余城，将军将数万众，岁余乃下赵五十余城，为将数岁，反不如一竖儒之功乎！”郦生：郦食其，《史记》有传。

⑧酬赓(gēng)：赠答唱和。

⑨曳杖：拖着手杖。见《礼记·檀弓》：“孔子蚤作，负手曳杖，消摇于门。”带索：以草索为腰带。《列子·天瑞》载荣启期“鹿裘带索，鼓琴而歌”。

⑩鲁迂儒：指鲁国不通时务的迂腐儒生。据《史记·刘敬叔孙通列传》，刘邦统一天下后，叔孙通征鲁国儒生三十余人至长安为刘邦制礼，有二人不肯行，曰：“今天下初定，死者未葬，伤者未起，又欲起礼乐。礼乐所由起，积德百年而后可兴也。吾不忍为公所为。公所为不合古，吾不行。公往矣，无污我！”叔孙通笑曰：“若真鄙儒也，不知时变。”楚狂

生:《论语 · 微子》载有楚国狂士接舆嘲笑孔子:“凤兮凤兮，何德之衰也!”

⑪兀兀：昏沉之状。见白居易《对酒》：“所以刘阮辈，终年醉兀兀。”被酲(chéng)：酒醉而神志不清。

⑫栉(zhì)：梳子和篦子的总称。这里用作动词，指梳头。

⑬“不忧”句：指孔子的弟子颜回经常穷得一无所有，但他不以为忧。典出《论语 · 先进》，“子曰：‘回也，其庶几乎，屡空。’”《论语 · 雍也》：“子曰：‘贤哉，回也！一箪食，一瓢饮，在陋巷，人不堪其忧，回也不改其乐。’”猗氏，猗顿，春秋时鲁之穷士，听说陶朱公富裕，往问其方法，十年之间遂致富。《史记 · 陈涉世家》载有“陶朱、猗顿之富也”。

⑭宽褐：粗布大衣，平民装束。华缨：华美的冠缨，官人服饰。

⑮龙虎苦战斗：龙争虎斗，喻元末群雄战争。见李白《山人劝酒》：“各守麋鹿志，耻随龙虎争。”乌兔忙奔倾：传说太阳中有三足乌，月亮中有玉兔。此处喻时光流逝之速。

⑯斫(zhuó)：砍削。元气：天地之本源。元精：元气之精华。

⑰八极：极远之处。陆机《文赋》曰：“精骛八极，心游万仞。”心兵：心事，心感物而动，如临外敌，故云。见韩愈《秋怀》之十：“诘屈避语阱，冥茫触心兵。”坐：致使。这两句中，前句形容作诗时的思维活动，后句说诗思诗情通过文字表达出来。

⑱破悬虱:《列子 · 汤问》说纪昌学射箭于飞卫，用牛毛悬虱于窗，南面望之，三年之后，视如车轮，“射之，贯虱之心而悬不绝”。破，射中。沆瀣(hàngxiè)：露气。司马相如《大人赋》：“呼吸沆瀣兮餐朝霞。”峥嵘：高峻貌。“微”“壮”“清”“险”描写诗人作诗时的思维形态。

⑲霭霭：云密集貌。轧轧(yàyà)：难出貌。这两句形容诗人酝酿构思时的情景。

⑳天根：星宿名，即氐宿。月窟：月宫。“犀照”句：用东晋温峤事。《晋书 · 温峤传》载：温峤至牛渚矶，水深不可测，世云其下多怪物，峤遂

毁犀角照之。须臾，见水族覆灭，奇形异状。牛渚：即牛渚矶，又名采石矶，在今安徽马鞍山市西南长江边。这两句描写诗人构思上天入地、穷极幽微的情景。

㉑鬼神会：古人认为文章写得佳妙，就能感动鬼神。见杜甫《醉时歌》："但觉高歌有鬼神。"

㉒韶：古乐名，相传为虞舜所制。见《论语·述而》："子在齐闻韶，三月不知肉味。"大羹：古代祭祀时所用的纯正肉汁。见《礼记·礼器》："大圭不琢，大羹不和。"

㉓金石：本指用铜和石制的乐器，如钟、磬等。声音清越铿锵，故常用以指文辞之美。轰铿：形容叩击钟、磬时的响声。

㉔"叩壶"句：言慷慨之意。《晋书·王敦传》载王敦每每酒后便咏魏武帝乐府歌："老骥伏枥，志在千里。烈士暮年，壮心不已。"用如意击唾壶打拍子，壶边尽缺。

㉕"欲呼"句：用君山老父事。《博异志》记载吕乡筠善吹笛，月夜泊于君山侧，饮酒吹笛。忽有老翁驾舟而来，从袖间拿出三管笛，其一大如合拱，次如常，其一绝小，如细笔管。乡筠请老翁一吹，老翁称大者合上天之乐，次合仙乐，小者是其与朋友所乐者，吹给你听不知一曲可能终了。说完抽管吹三声，湖上风动，波涛汹涌，鱼鳖跳喷。吹五六声，君山上鸟兽叫噪，月色昏暗。舟人大恐，老翁遂止。君山：即洞庭山，是洞庭湖中的一个小岛。

㉖欻(xū)忽：刹那间。

㉗白鹤：传说中仙人的坐骑。

㉘狡狯(jiǎokuài)：诡诈多变。此处指以诗文游戏人间。瑶京：天帝所居之处，泛指仙界。

［评析］

至正十八年（1358），高启隐居青丘，自号“青丘子”，作此诗以见其志。本诗展现青丘子个性张扬、奔放不羁的形象，描绘其作诗的奇情妙境与疯癫迷狂状态，诗风恣肆纵横，淋漓酣畅，随物赋形，音声并作，浩浩荡荡，有“诗仙”太白之遗风。

诗歌开篇塑造青丘子超尘脱俗、豪迈奔放的形象：具仙风道骨，求遗世独立；不为斗米折腰，无意功名富贵；不屑于偏见白眼，无意于生活俗务，至于人世间群雄纷争、朝代鼎革，更是视若无物。此数句音韵铿锵，流畅自如，青丘子超凡脱俗、逍遥自得的形象栩栩如生，呼之欲出。继而诗歌描绘青丘子酝酿诗意的奇情妙境：心与物游，以自然为师，与山水为伴；有时林中吟啸独行，有时溪畔顾影自怜；常探幽林泉源之微，偶窥一沙一石之细。此数句“其功力之精至，可谓极矣”（赵翼《瓯北诗话》卷八）。

诗歌接着表现青丘子作诗的思维状态，烛幽洞微，笔触精妙，令人叹为观止。青丘子以其天纵之才无事不书，无意不入，时如青天揽月，囊括无余；时而双目炯然，洞彻幽冥，所谓“造化万物难隐情，冥茫八极游心兵，坐令无象作有声”。其中“妙意俄同鬼神会，佳景每与江山争”两句，表现其诗意之巧妙，诗境之绝美，堪称神来之笔。而其结局更是惊天骇地：其诗，惊天地，泣鬼神，致鸟兽惊散，山崩海立，天帝震怒，令骑鹤归天。收结巧妙，与开头自天庭降谪遥相呼应，别具匠心，极为巧妙。

全诗想象丰富，矫健奔放，收纵自如，上穷九天，下及黄泉，精骛八极，心游万仞，大到长鲸之巨，小至灵机之微，皆能一一生动摹写。自诗歌体式看，句式不拘，随意长短，一气呵成，如行云流水，展现诗人飘逸不群、豪放自如的才情。全诗语言本色如清水芙蓉，节奏明快如策马奔腾，用典巧妙如撮盐入水，表现出诗人高蹈出尘的绝世才华。故陈田《明诗纪事》叹曰：“青田（刘基）作《二鬼》诗，自负与潜溪（宋濂）并峙天壤，岂知江上有青丘子哉！”

夜闻谢太史[①]诵李杜诗

前歌《蜀道难》,后歌《逼仄行》[②]。

商声[③]激烈出破屋,林乌夜起邻人惊。

我愁寂寞正欲眠,听此起坐心茫然。

高歌隔舍如相和,双泪迸落青灯前。

李供奉、杜拾遗[④],当时流落俱堪悲。

严公欲杀力士怒[⑤],白首江海长忧饥。

二子高才且如此,君今与我将何为?

[注释]

①谢太史:即谢徽。洪武二年(1369)谢徽与高启同被征召修史,故称太史。

②《蜀道难》是李白的乐府名篇,《逼仄行》是杜甫的七言歌行名篇。

③商声:宫、商、角、徵、羽五音之一。商声悲慨激烈,有肃杀之意。

④李供奉:即李白。《旧唐书·文苑传》载:天宝初年,李白到长安,贺知章向唐明皇推荐他为翰林供奉。杜拾遗:即杜甫。杜甫在"安史之乱"中,至凤翔谒见肃宗,拜为左拾遗。

⑤严公:指严武。《新唐书·杜甫传》载:杜甫入蜀,依剑南节度使严武。杜甫以长辈自居,对严武举止傲慢。严武欲杀之,杜甫侥幸逃脱。力士:指唐玄宗时宦官高力士,权力极大。据《松窗录》载李白被玄宗召见时,令高力士为其脱靴,高力士以为耻而怒之。

[评析]

本诗音调高亢，慷慨激昂，表现了谢徽诵诗的感染力及诗人由此生发的流落自悲之情。

本诗前半部分生动描写谢徽诵诗的强烈穿透力和感染力。此处所及李、杜两诗典型：《蜀道难》感情强烈，令人心潮激荡；《逼仄行》情感沉郁，令人扼腕同情。而谢徽诵诗音调高亢，激情满怀，“激烈出破屋”形象逼真，展现了其声音的强烈穿透力。“破屋”处境亦为后半部分自伤失落做一铺垫。继而诗人描绘自我形象，表现谢徽诵诗持续而强烈的感染力。诗人于寂寞索居中倏然坐起，茫然彷徨，继而心痛神伤，双泪迸落。可见，谢徽高歌诵诗不仅回响天地、声入云霄，而且穿门入户、直达心底，给人强烈的精神震撼。

诗歌后半部分通过对比，由李、杜才大如海、名高震天却仍不免被追杀、遭排挤的悲剧结局，感慨李、杜，伤悼自身，表现了诗人茫然无奈、与友人惺惺相惜的自悲情怀。“李供奉、杜拾遗”句，化整为散，节奏急促，语气强烈。结句以反问结尾，寄寓慨然无奈之情，意味悠长。

赠刘生[1]歌

君不见，欧冶子，金铸鱼肠照吴市[2]。君不见，徐夫人，药淬匕首惊函秦[3]。奇锋当年非不利，气夺秋云愁白帝[4]。伯图恃此竟无成，良冶徒为杀人器[5]！何如刘生独采昆吾钢[6]，大炉夜锻胜虹光。神针妙刃两如水，提出二竖皆奔藏[7]。利器之功有如此，特为医仙起人死。囊中长得伴刀圭，海上何须剸犀兕[8]？我看十年太白西方明，铜山寻凿兵纵横[9]。幸逢圣人生，干戈戢[10]，四海清，愿生但制此器勿制兵！民无疫疠乐太平！

［注释］

①高启注：生善锻，为李炼师制三隅铁�药刀，求歌赠之。炼师，旧时因某些道士懂得“养生”“炼丹”之法，故尊称其为“炼师”。三隅，三角。

②欧冶子：春秋末期至战国初期越国人。古代铸剑鼻祖，相传为龙泉宝剑创始人。《吴越春秋》记载干将与欧冶子同师，俱能为剑。越王命欧冶子造名剑五枚：豪曹、巨阙、鱼肠、纯钧、湛卢。后专诸以鱼肠剑刺杀吴王僚，故曰“照吴市”。

③徐夫人：战国时期的铸剑名家。《史记·刺客列传》：“太子豫求天下之利匕首，得赵人徐夫人匕首，取之百金，使工以药淬之，以试人，血濡缕，人无不立死者。”淬(cuì)：淬火，一种热处理工艺。金属加热后急速冷却以提高硬度。惊函秦：荆轲刺秦王事，见《史记·刺客列传》。函秦，泛指长安一带，此处指秦国。

④白帝：《史记·高祖本纪》载，汉高祖刘邦醉酒后，夜经泽中，大蛇当道，遂拔剑斩蛇。后一老妪夜哭曰：“吾子，白帝子也，化为蛇，当

道，今为赤帝子斩之。” 秦奉白帝为神，刘邦斩“白帝子”，隐喻秦汉之关系。

⑤伯图：称霸的雄图。 伯，排行老大。 良冶：指精于冶炼铸造的工匠。

⑥昆吾钢：《十洲记》载：“在西海中…… 上多山川积石，名为昆吾。冶其石作铁作剑，光明洞照如水精状，割玉物如割泥。”

⑦神针：《隋书·经籍志》著录《赤乌神针经》一卷。 妙刃：见元稹《酬卢秘书》：“磨砻刮骨刃，翻掷委心灰。”“提出”句：典出《左传》，记载晋景公疾，“求医于秦。 秦伯使医缓为之。 未至，公梦疾为二竖子曰：‘彼良医也，惧伤我，焉逃之？ 其一曰居肓之上、膏之下，若我何？’ 医至，曰：‘疾不可为也。 在肓之上，膏之下，攻之不可，达之不及，药不至焉，不可为也。’ 景公曰：‘良医也。’ 厚为之礼而归之。” 二竖：两个小孩，后指病魔。

⑧刀圭：古代量取药末的器具名。《神仙传》记载，沈义，吴郡人。学道于蜀，有功于民，老君使玉女持金案玉杯盛药赐给他说：“此是神丹，饮者不死。 夫妇各一刀圭。”《本草纲目·序例》：“丸散云刀圭者，十分方寸匕之一，准如梧桐子大也。 方寸匕者，作匕正方一寸，抄散取不落为度。” 庾信《至老子庙应诏》：“盛丹须竹节，量药用刀圭。” 剸(tuán)：割断。 犀兕(sì)：犀牛和兕。 兕，古代兽名，似牛。 李尤《宝剑铭》：“龙渊耀奇，太阿飞名，陆断犀兕，水截鲵鲸。”

⑨太白：《天官星占》：“太白者，金之精，白帝之子，上公，大将之象也。”“铜山”句：典出《汉书·食货志》，“从建元以来，用少，县官往往即铜山而铸钱。”

⑩戢(jí)：收敛，收藏。 意谓停止战争。

[评析]

本诗以诗送刘生之名，表达兵戈载戢、天下太平的愿望。

诗歌以“君不见”起笔，写天下名刃与铸剑名家，于刀光剑影、历史风云中赞叹人类巧夺天工的智慧精神。然“良冶徒为杀人器”句，则对兵器杀人予以否定，进而突出刘生为医者铸造药刀、救死扶伤的贡献。刘生不仅独采昆吾之钢，且大炉冶炼，火熌虹光，故其神针妙刃，细柔似水，直达膏肓，祛除病魔。至此，兵器杀人，药刀造福，高下相形，了了可见。诗歌更妙之处在于，放眼时代大势，瞩目天下苍生，希望少制兵器，多造药刀，赤子情怀殷切诚挚，令人钦佩。

本诗情感奔放，才气飘逸，想象丰富，自由挥洒，表现了高启丰赡跌宕的诗艺才情与忧怀天下的爱民情怀。尤其最后数句，句式突变，节奏急促，气势充沛，一气呵成，读来令人意气鹰扬，几欲拍案。

登金陵雨花台望大江[①]

大江来从万山中，山势尽与江流东。
钟山如龙独西上，欲破巨浪乘长风[②]。
江山相雄不相让，形胜争夸天下壮。
秦皇空此瘗黄金，佳气葱葱至今王[③]。
我怀郁塞何由开？酒酣走上城南台[④]。
坐[⑤]觉苍茫万古意，远自荒烟落日之中来。
石头城下涛声怒，武骑千群谁敢渡[⑥]。
黄旗入洛竟何祥，铁锁横江未为固[⑦]。
前三国，后六朝[⑧]，草生宫阙何萧萧！
英雄乘时务割据，几度战血流寒潮。
我生幸逢圣人起南国[⑨]，祸乱初平事休息。
从今四海永为家，不用长江限南北[⑩]。

[注释]

①金陵：今江苏南京。 雨花台：著名古寺遗址，在南京城南，登台可以俯瞰长江。 据《江宁府志》载云光法师讲经于此，“凡讲经，天雨花如雪片”，故以名。

②“钟山”句：《太平御览》引晋张勃《吴录》，记载诸葛亮至京口，目睹秣陵山阜，叹曰：“钟山龙盘，石头虎踞，帝王之宅。”钟山：又名紫金山，在南京东部。 因钟山山势由东向西，似与长江东流对抗，故曰“西上”。“欲破”句：典出《宋书·宗悫传》。 宗悫年少时，其叔父宗炳问其

志向。宗悫答："愿乘长风破万里浪。"这两句言钟山雄壮宏伟。

③"秦皇"句：见本诗注①。瘗（yì）：埋。葱葱：旺盛。王：通"旺"。

④城南台：雨花台。

⑤坐：遂，于是。

⑥石头城：南京别名。三国吴孙权筑石头城，遗迹在今南京清凉山。"武骑"句：见《资治通鉴》卷七十，载有黄初五年（224）魏文帝伐吴，至广陵，见长江波涛汹涌，叹曰："魏虽有武骑千群，无所用之，未可图也。"

⑦"黄旗"句：事本《三国志·吴书·孙皓传》注引《江表传》载丹阳刁玄"诳国人曰：'黄旗紫盖，见于东南，终有天下者，荆、扬之君乎！'又得国中降人言寿春下有童谣曰：'吴天子当上。'皓闻之喜曰：'此天命也'。即载其母、妻子及后宫数千人从牛渚陆道西上，云青盖入洛阳，以顺天命。行遇大雪，道涂陷坏，兵士被甲持仗，百人共引一车，寒冻殆死。兵人不堪，皆曰：'若遇敌，便当倒戈耳。'孙皓闻之，乃还。"后来晋国伐吴，孙皓被俘，举家西迁入洛阳，故曰"竟何祥"。"铁锁"句：典出《晋书·王濬传》，载王濬率晋大军楼船攻吴，吴以铁锁横江截之，又用铁锥暗藏江中，后王濬用大火烧断铁锁，用木筏冲走铁锥，大败吴国，孙皓出降。刘禹锡有《西塞山怀古》诗："千寻铁锁沉江底，一片降幡出石头。"

⑧六朝：吴、东晋、南朝宋、南朝齐、南朝梁、南朝陈六代先后建都金陵，史称六朝。

⑨圣人：此处指明太祖朱元璋。南国：南方。朱元璋是濠州钟离（今安徽凤阳）人，从军起家也在南方。

⑩"不用"句：古人以为长江天堑，以之分隔中国为南北。《南史·孔范传》载，隋师将渡江，群官请为备防，后主未决。孔范奏曰："长江天堑，古来限隔，虏军岂能飞渡？"中国历史上南北朝和南宋、金大致以长江为界南北分裂，故诗人有此感慨。

[评析]

洪武二年（1369），高启应召赴南京修《元史》。置身新王朝，登临雨花台，目睹天下安定，汉仪恢复，高启由衷感到欣慰，写下此诗。

首八句写景雄奇壮阔，起笔凌厉，构思不凡。其中既见长江不可逾越的天堑地利，亦见钟山龙盘虎踞的雄伟气势，同时为后文六朝自恃天险、未尽人事而终于覆亡做一铺垫。开篇格局雄壮，尤其长江与钟山，一江一山，一顺一逆，一东一西，一群一独，相雄不让，鼎立对峙，在鲜明对比中形成强烈张力，奠定了全诗境界恢宏、气魄雄大的艺术风格。

"我怀郁塞何由开？酒酣走上城南台。"此两句略显突兀。正值天下初定，诗人有何忧思郁愤？且前几句格调昂扬，此处因何忽而低沉？看上去令人费解。细思则不然。诗人登临雨花台，面对暮气沉沉的荒烟落日，联想到金陵历史风云、朝代兴亡、百姓苦难，自然备感沉重，胸怀沉郁。故此两句恰引领诗篇由写景转入怀古。孙皓、陈后主昏庸误政、国破身亡，正所谓"吴宫花草埋幽径，晋代衣冠成古丘"（李白《登金陵凤凰台》）。然而在诗人看来，三国六朝兴衰更迭，绝非一家一姓之荣辱，实乃天下苍生之悲酸。历史上拥长江自重、借天堑割据者并不能真正给百姓庇护。所以当一个新王朝在南京城建立之时，饱读史书、熟谙兴亡的诗人首先看到的却是生民血泪、苍生冷暖。

最后诗人感叹所谓的地势之险、王气之盛实不足恃，兴亡成败的根本原因在于民心民意。末句"从今四海永为家，不用长江限南北"，寄寓深刻，收结巧妙，表现出诗人对战争的厌恶，对和平的渴望。

本诗具有深邃的历史洞察力、深沉的咏史意识与深厚的爱民情怀，且诗歌艺术非常成熟：感情奔放，气势磅礴，大起大落，层层转折，笔墨酣畅，"有博大昌明气象"（赵翼《瓯北诗话》）。本诗体式为七言歌行，四句一韵，音韵铿锵，间用长句短句，纵横自如，与李白诗风"不惟形似，而且神似"，堪称明诗代表之作。

戎王追彘图[①]

前骑脱兔奔,后骑惊鸿急[②]。

火烧秋草猎场空,一彘穷追势难及。

大小当户左右贤,单于勇锐阏支妍[③]。

雕戈白羽谩争发,众中得隽知谁先[④]?

君不见,天策将,真天子,驰一马,殪四豖[⑤]。

[注释]

①戎王：指西北少数民族首领。彘：猪，此处指野猪。

②“前骑”“后骑”两句：这两句化自苏轼《书韩干牧马图》：“惊鸿脱兔争后先。”

③“大小”句：指匈奴官职官号。据《史记·匈奴列传》载单于之下有左右贤王、左右谷蠡、左右大将、左右大都尉、左右大当户等二十四个官位。阏支(yānzhī)：即阏氏，汉代匈奴称君主的正妻。

④雕戈：雕绘花纹的戈。谩：胡乱。得隽：成功。见《左传·庄公十一年》：“得隽曰克。”

⑤天策将：指唐太宗李世民。《通典》载秦王李世民平定王世充及窦建德，高祖李渊以秦王功殊今古，封为天策上将军，位在王、公之上。殪(yì)四豖：《新唐书·唐俭传》载唐太宗从猎洛阳苑，群豖突出于林，帝射四发，辄殪四豖。殪，杀死。

［评析］

本诗描写戎王围猎追毚场面，笔力劲拔，栩栩如生。结尾写太宗威武，勇猛奇伟，势大力沉。

首四句境界宏大，氛围紧张，惊心动魄。其中前两句写群骑穷追围猎，节奏明快，如疾风骤雨，惊鸿脱兔。后四句先以众王浩荡声威，继以烈火烹油之盛，极写激烈追杀场面，扣人心弦。其中诗人不忘点染阏氏妍丽，以见妙笔。至此，戎王追毚图画意尽现，呼之欲出。然诗人猛然顿笔，以太宗只身纵马杀四毚，对比戎王群猎追毚，强弱高下毕现。句短语促，气势凌厉。

本诗笔墨酣畅，节奏跌宕，文气充沛，展现画意淋漓尽致，写人叙事摄魂夺魄。

石射堋①

石射堋，张石城②，石鼓响或发，石骑势欲行。仿佛古战场③，上有愁云生。饿鸱啸寒风，砉若箭镝鸣④。何人作此留山中，鸟兽欲过胆尽惊。疑是神禹治水时，来教鬼射降妖精。至今风雨夕，犹听人马声。尝闻父老言，鼓鸣则有兵。方今疮痍民，脱命见太平。我愿碎其鼓，隳其堋，一人安⑤，四海清，自此万年无战争。

［注释］

①高启注："在石城山，有石鼓，世传鼓鸣即有兵。又有石马，望如人骑。"石射堋(péng)：用石头做的练习射箭的箭垛子或箭靶。堋，箭垛子，箭靶。

②张：张设，陈设。石城：在吴县东北。《吴郡图经续记》载："故名离宫。越王献西子于此。山有石马，望之如人乘之。"

③古战场：李华有《吊古战场文》，"黯兮惨悴，风悲日曛。蓬断草枯，凛若霜晨……魂魄结兮天沉沉，鬼神聚兮云幂幂"。

④鸱(chī)：一种凶猛的鸟。又名鹞鹰、老鹰、鸢鹰。砉(huā)：象声词，形容动作迅速。箭镝(dí)：箭头。

⑤隳：毁坏。一人：指天子。

［评析］

本诗抒发了诗人对战争的深恶痛绝与对天下太平的热切向往。

诗歌前半部分想象丰富，奇崛夸张。本为静态的石鼓、石骑、石射堋，诗人却赋予其声音、动作和情态，并以鸱啸寒风、箭镝砉鸣、鸟兽胆惊和鬼降妖精，营造恐怖的战争气氛，摄人魂魄，令人毛骨悚然、不寒而栗。从石射堋到古战场，从写景到神话，从鸟兽到妖精，诗人驰骋想象，出人意表，奇崛险怪，语气夸张。诗歌后半部分，诗人回归现实，关怀百姓疾苦，希望百姓不再受战争惊吓，实现万年太平，并表现出坚决毁坏石鼓、石堋之决心，语气豪迈，掷地有声。

本诗内容转折起落，纵横自如，豪放跌宕。语言新奇刚健，音节浏亮，且一韵到底，一气呵成，给人酣畅淋漓之感。尤其最后数句，节奏明快，音韵铿锵，语气急切，表现了诗人痛恨战争、捍卫和平的铮铮誓言。

南　园[①]

君不见，平乐馆[②]，古城何处寒云满。君不见，奉诚园[③]，荒台无踪秋草繁。白日深山水归海，寒暑频催陵谷[④]改。皇天大运有推移，富贵于人岂长在？试看当年广陵王，双旌六纛何辉光[⑤]！幸逢中国久多故，一家割据夸雄强[⑥]。园中欢游恐迟暮，美人能歌客能赋。车马春风日日来，杨花吹满城南路。叠石为山，引泉为池，辟疆[⑦]旧园何足奇？经营三十年，欲令子孙永保之。不知回首今几时，繁华扫地无复遗。门掩愁鸥[⑧]啸风雨，种菜老翁来作主。空余怪石卧池边，欲问兴亡不能语。春已去，人不来。一树两树桃花开，射堂踘圃俱青苔[⑨]。何须雍门琴[⑩]，但令对此便可哀。人生不饮何为哉！人生不饮何为哉！

［注释］

①高启注："在城南。吴越广陵王钱元璙所辟，营之三十年，胜甲吴中，今郡学前菜圃也。"

②平乐馆：汉武帝时建于上林苑中的游乐场所。见《汉书·武帝纪》："（元封六年）夏，京师民观角抵于上林平乐馆。"

③奉诚园：唐时宫苑。原为唐司徒马燧园苑。马燧死后，其家屡遭中官及权贵侵扰，其子马畅为避祸而献园于德宗，遂改名为"奉诚"。

④陵谷：丘陵和山谷，常用以比喻世事巨变，高下易位。见庾信《周大将军司马裔神道碑》："是以勒此丰碑，惧从陵谷，植之松柏，不忍凋枯。"

⑤广陵王：《十国春秋》载，广陵王钱元璙，字德辉，武肃王第六子，

累迁授中吴、建武等军节度使，苏、常、润等州团练使，太傅、同中书门下平章事。在苏州三十年，文穆王立，敕封广陵郡王。双旌六纛（dào）：《新唐书·百官志》载，“节度使掌总军旅，颛诛杀……辞日，赐双旌双节。行则建节、树六纛”。

⑥“一家”句：五代十国时期，北方中原地区多战乱，钱氏一家割据吴越，保境安民，偏安一隅。

⑦辟疆：指辟疆园。宋人计有功《唐诗纪事·陆鸿渐》载：“吴门有辟疆园，地多怪石。鸿渐《玩月》诗云：‘辟疆旧林阆，怪石终相向。’”《百城烟水》亦载：“辟疆园，传自西晋，池馆林泉之胜，号吴中第一。辟疆姓顾氏。晋、唐人题咏甚多。”

⑧鸱（chī）：一种凶猛的鸟。又名鹞鹰、老鹰、鸢鹰。

⑨射堂：古代习射的场所。踘圃（jūpǔ）：古人蹴鞠的场所，类似今天的足球场。

⑩雍门琴：典出刘向《说苑》。“雍门子周以琴见乎孟尝君。孟尝君曰：‘先生鼓琴，亦能令文悲乎？’……雍门子周引琴而鼓之，徐动宫徵，微挥羽角，切终而成曲。孟尝君涕浪汗增欷而就之曰：‘先生之鼓琴令文若破国亡邑之人也。’”雍门：齐都城城门。

［评析］

本诗借南园兴废，表现治乱相间的历史兴亡与富贵难久的人事沧桑，诗人抒发世事无常、人生幻灭的痛惜无奈之感。

诗歌起始以大汉平乐馆、盛唐奉诚园起笔，表现宫苑荒废、陵谷沧桑之感。继而诗人极力铺写广陵王奢侈繁华、盛极一时的场景，展示车马春风、欢游夜宴之极乐，为后来人去楼空、馆池俱废做铺垫，让人在今昔对比中感受世事沧桑、富贵无常。“门掩愁鸱啸风雨”“射堂踘圃俱青苔”等场景描写，既具讽刺意义，亦让人感慨哀叹。“空余怪石卧池边，欲问兴亡不能语”二句，想象丰富新奇，寄寓自古兴亡难评说的悲哀。昔日繁华地，今日青菜园。旧时辉光黯，如今桃花开。繁华扫地，人逝物非，没有永恒，没有轮回，一切终究成空。这正是诗人的无尽悲哀。

诗歌以两个“君不见”起始，语重心长，谆谆如诲，言语间让人警醒感悟。结尾两句“人生不饮何为哉”重复，表达对人世无常的痛惜悲愤之情，让人读来掩卷难忘、黯然神伤。

七言古诗

送叶卿东游[1]

问君辞家今几年？布衣线断芒屦穿[2]。
江湖梦回灯火夜，听雨每忆山中田[3]。
兵戈忽断故乡路，虽有两足归无缘。
上书愿雪父兄耻，画地聚米筹山川[4]。
居然无成困逆旅，白日但看孤云眠[5]。
时人不容祢生傲，坐客岂信毛公贤[6]。
黄金已尽酒徒散[7]，壮士反为儿女怜。
饥吟倚壁气未馁，有如病鹘栖荒烟。
却欲南游探禹穴[8]，仆夫整驾鸡鸣前。
波涛翻江畏饥鳄，雾雨连海愁飞鸢[9]。
相逢谁肯问憔悴，山水自为穷人[10]妍。
乾坤无家去何止，漂泊不异回风船[11]。
区区愿君自爱惜，今古遇合无非天[12]。
乱离贫贱何足叹，王孙亦在道路边[13]。
我今岂少四方志，读书坐破床头毡[14]。
恩仇两无欲谁报，送子空歌《宝剑篇》[15]。

［注释］

①叶卿：金华人，生平事迹不详。与高启、周砥、张适等为友。此诗作于至正十九年（1359）前后。

②“布衣”句：此句言江湖漂泊之苦。自孟郊《汴州留别韩愈》化出：“四时不在家，敝服断线多。”另参见《管子》：“五衢之民，衰然多衣敝而屦穿。”五衢，通五方的大路。

③“江湖”“听雨”两句：可参见黄庭坚《寄黄几复》：“桃李春风一杯酒，江湖夜雨十年灯。”

④“兵戈”“虽有”“上书”“画地”四句：据此数句可知叶卿遭兵乱而滞留吴中，其父兄不幸遭难，叶卿谋划起兵报仇。画地聚米：典出《后汉书·马援传》，载刘秀西征隗嚣，与马援商议。马援说：“隗嚣将帅有土崩之势，兵进有必破之状。又于帝前聚米为山谷，指画形势，开示众军所从道径往来，分析曲折，昭然可晓。”

⑤孤云眠：见陈陶《寄元孚道人》“尔来寤华胥，石壁孤云眠”。

⑥祢生：指汉末文人祢衡。据《后汉书·文苑传》：祢衡才高气傲，经孔融推荐给曹操。曹操与之不合，因其才名，将其送与刘表。刘表不能相处。后又送给江夏太守黄祖。后祢衡言不逊顺，黄祖杀之。时年二十六。毛公：见《史记·信陵君列传》。“信陵君闻赵有贤人毛公藏于博徒，薛公藏于卖浆家。公子欲见两人，两人自匿不肯见公子。公子闻所在，乃闲步往，从此两人游甚欢。”

⑦“黄金”句：自李白《答王十二寒夜独酌有怀》化出，“黄金散尽交不成，自首为儒身被轻”。

⑧禹穴：见《史记·太史公自序》，“南游江、淮，上会稽，探禹穴”。

⑨鳄：左思《吴都赋》注，“鳄鱼，长二丈余，有四足如鼍，喙长三尺，甚利齿。虎及大鹿渡水，鳄击之皆中断”。飞鸢：鸷鸟。属猛禽类。俗称鹞鹰、老鹰。

⑩穷人：不得志的人。见《战国策·楚策三》：“惠子穷人，而王奉之，又必德王。”

⑪回风船：回旋风中的船，比喻飘摇动荡。回风，回旋的风。

⑫区区：情意诚挚。见苏轼《与陈公密书》之一：“即造宇下，一吐区区，预深欣跃。”遇合：谓相遇而彼此投合。《吕氏春秋·遇合》载：“凡

遇，合也。时不合，必待合而后行。”

⑬“王孙”句：化用杜甫《哀王孙》“腰下宝玦青珊瑚，可怜王孙泣路隅”。言王孙也会在战乱中颠沛流离，遭受种种苦楚。

⑭毡(zhān)：用动物毛做成的垫子。

⑮宝剑篇：典出《新唐书·郭震传》。武后与郭震谈话，“奇之。索所为文章，上《宝剑篇》，后览嘉叹”。《宝剑篇》有“何言中路遭弃捐，零落漂沦古狱边。虽复尘埋无所用，犹能夜夜气冲天”，抒发不遇，寄托理想。

[评析]

本诗赠别叶卿，寄寓深切同情与拳拳慰藉。

诗写叶卿的遭遇生动感人，塑造人物真切传神。叶卿遭逢兵乱，滞留吴中，上书雪耻，筹划起兵，事败落魄，难容于世，其人生颇具传奇色彩与悲剧色彩。诗人写叶卿跌宕起伏的人生遭遇，笔锋摇曳，饱含同情，令人动容。其中“布衣线断芒屦穿”，写落魄情状，令人心酸；“壮士反为儿女怜”，写英雄末路，令人扼腕；而“饥吟倚壁气未馁，有如病鹘栖荒烟”，令人唏嘘，几欲泣下。“居然”语气惊愕，寄寓深切同情。“病鹘”比喻恰切，非叶卿不当。叶卿雄心壮志、耿直孤傲、慷慨豪爽的奇伟形象，与衣衫褴褛、孤寂落寞、困顿窘迫的凄惨处境，形成鲜明对比，给人以强烈的心灵震撼。诗歌后半部分，诗人临别赠言，表达对叶卿的同情、担忧与劝慰。“波涛翻江畏饥鳄，雾雨连海愁飞鸢”，句意夸张，惊心动魄。乾坤无家、如回风之船，寓意漂泊，凄凉难尽。而“山水自为穷人妍”句，想象巧妙，情韵生动。末四句，诗人以不遇之叹，表达与叶卿惺惺相惜之意。

本诗融叙事、描写、抒情、议论于一篇，抒写怀抱，巧妙自然。用典了无痕迹，有撮盐入水之妙。全诗一韵到底，一气呵成，语调流畅，才思飘逸，情怀深厚，给人淋漓尽致的艺术享受。

九日与客登虎丘，至夕放舟过天平山

昨日风雨今日晴，天意令人作重九。
登高未用忆龙山，吊古竟须寻虎阜[①]。
秋清人稀叶满寺，屐齿无声石苔厚[②]。
我来但欲问前王，不知霸气销沉久。
下穿山骨葬弓剑，银海夜寒空不朽[③]。
楼台荆棘今几变，英雄谁似青山寿。
十年自叹在尘土，鸡鸣起逐途人走。
兹游喜出世网外，相携况是同心友。
盘梯共上峰顶塔，欲观东海攀北斗。
中原不见鸿雁来，浮云万里空回首。
钟声催送晚出寺，栖鸦已满祠前柳。
秋风吹林客醉时，夕阳下岭僧归后。
山留好月续清景，乘兴夜过渔村口。
放船不觉露沾衣，灭烛始看星在罶[④]。
金陵酒熟来谪仙，赤壁歌残泣嫠妇[⑤]。
人生此乐信难得，梦幻功名有时有。
他年何必问谁健，但令不负持螯手[⑥]。
诗成底用刻山石，为寄龙门说空叟[⑦]。
明朝来借白云泉，净洗从前千劫垢[⑧]。

[注释]

①龙山：在荆州西北。“登高”句典出《晋书·孟嘉传》：孟嘉为桓温参军，九月九日桓温设宴于龙山，群僚毕集。有风吹落孟嘉的帽子，桓温令左右不要告诉他。孟嘉如厕时，桓温让人取回帽子，并让孙盛作文取笑他，置于孟嘉坐处。孟嘉回来见到后，当场作答，其文甚美，四座嗟叹。诗人借此典故，写重九登山之趣。虎阜：虎丘山，位于苏州城西北五千米处，有“吴中第一名胜”的美誉。

②屐齿：木制的鞋，鞋底大多有二齿，便于在泥地行走。该句意近叶绍翁《游园不值》：“应怜屐齿印苍苔，小扣柴扉久不开。”

③“下穿”句：写剑池。《吴越春秋》载：阖闾葬于虎丘，以扁诸、鱼肠剑各三千为殉。相传秦始皇发阖闾墓，凿山求剑，无所得，其凿处遂成深涧，今名剑池。“银海”句：《汉书·楚元王传》载，秦始皇葬于骊山之阿，水银为江海，黄金为凫雁。见刘禹锡《敬宗睿武昭愍孝皇帝挽歌三首》：“空余水银海，长照夜灯前。”

④星在罶：语出《诗经·小雅·苕之华》，“牂羊坟首，三星在罶”。罶(liǔ)，捕鱼的竹篓。

⑤谪仙：指李白。《新唐书·李白传》载天宝初，李白到长安，“往见贺知章，知章见其文，叹曰：‘子谪仙人也。’”李白一生大概七次到金陵，写了大量诗作，其中有《金陵酒肆留别》：“风吹柳花满店香，吴姬压酒唤客尝。”“赤壁”句：见苏轼《前赤壁赋》：“舞幽壑之潜蛟，泣孤舟之嫠妇。”

⑥“他年”句：化用杜甫《九日蓝田崔氏庄》诗，“明年此会知谁健？醉把茱萸仔细看”。“但令”句：典出《晋书·毕卓传》，“卓尝谓人曰：‘得酒满数百斛船，四时甘味置两头，右手持酒杯，左手持蟹螯，拍浮酒船中，便足了一生矣！’”

⑦底用：何用。龙门：在天平山。见高启《游天平山记》：“峰回磴盘，十步一折，委曲而上，至于龙门，两崖并峙，若合而通，窄险深黑，

过者侧足。”说空叟：语出张祜《题濠州钟离寺》诗，“唯羡空门叟，栖心尽百年”。

⑧白云泉：在天平山上。白居易曾作《白云泉》：“天平山上白云泉，云自无心水自闲。何必奔冲山下去，更添波浪向人间。”千劫：佛教语。指旷远的时间与无数的生灭成坏。《楞严经》卷五：“我观世间六尘变坏，唯以空寂，修于灭尽，身心乃能度百千劫，犹如弹指。”

［评析］

本诗写于诗人与朋友重阳日登虎丘山之际。登高望远，咏史怀古，诗人流露出霸业销沉、青山永寿的感慨与天高地迥、功名空幻的悲哀，表达了寄情山水、栖息生命的精神追求。

重九登高，山清气爽，而吊古虎丘才是诗人本意。然而无论阖闾深埋宝剑，还是始皇遍洒水银，其人已矣，当年霸气亦荡然无存。“楼台荆棘今几变，英雄谁似青山寿”句高度概括历史兴亡规律，并直言唯青山方能永寿，振聋发聩，令人警醒。“浮云万里空回首”，境界寥廓，寄寓深切孤独，如陈子昂“前不见古人，后不见来者”般怆然。而放舟过天平山，诗人吊古伤今，比照旷达豪放的李白、苏轼，对人生短暂、功名空幻产生深切悲哀，即所谓“梦幻功名有时有”。最后诗人以寄情山水、栖息生命为追求，人生态度达观释然。

本诗中诗人情感丰富且起伏变化。由登高游赏之乐转写世事无常、功名空幻之悲，最后回归乐观旷达的人生态度，其变化如同苏轼《前赤壁赋》由乐而悲终于达的情感线索，合情入理，精微缜密。诗中另有一条线索，即地点变换与时间推移。诗人足迹自登虎丘山到峰顶塔，再到寺庙、祠堂，经过渔村口、天平山，时间亦自白天至傍晚，从夕阳下岭到月明星稀。这条线索若隐若现，如草蛇灰线，巧妙自然。

听教坊旧妓郭芳卿弟子陈氏歌[1]

文皇在御升平日，上苑宸游驾频出[2]。
仗中乐部[3]五千人，能唱新声谁第一？
燕国佳人号顺时[4]，姿容歌舞总能奇。
中官[5]奉旨时宣唤，立马门前催画眉。
建章宫里长生殿[6]，芍药初开敕张宴。
龙笙罢奏凤弦停，共听娇喉一莺啭。
遏云妙响发朱唇，不让开元许永新[7]。
绣陛花惊飘艳雪，文梁风动委芳尘[8]。
翰林才子山东李[9]，每进新词蒙上喜。
当筵按罢谢天恩，捧赐缠头蜀都绮[10]。
晚出银台酒未消，侯家主第强相邀[11]。
宝钗珠袖尊前赏，占断春风夜复朝。
回头乐事浮云改，瘗玉埋香今几载[12]？
世间遗谱竟谁传，弟子犹怜一人在。
曾记《霓裳》学得成，朝元队里艺初呈[13]。
九天声落千人听，丹凤楼[14]前月正明。
狭斜贵客回车马，不信芳名在师下[15]。
风尘一旦禁城荒[16]，谁是花前听歌者？
从此飘零出教坊，远辞京国客殊方[17]。
闭门春尽无人问，白发青裙不理妆。

相逢为把双蛾蹙,《水调》《凉州》歌续续[18]。
江南年少未曾闻,元是当时供奉曲[19]。
朝使今年海上归[20],繁华休说乱来非。
梨园散尽宫槐落,天子愁多内宴稀。
始知欢乐生忧患,恨杀韩休老无谏[21]。
伤心不见昔人歌,汾水秋风有飞雁[22]。
此时西园把一卮[23],感时怀旧尽成悲。
含情欲为秋娘赋,愧我才非杜牧之[24]。

［注释］

①高启注:“时至正己亥岁作。”该诗作于元顺帝至正十九年(1359)。郭芳卿:元代著名杂剧表演艺术家,艺名顺时秀。《青楼集》作“郭顺卿”:“顺时秀,姓郭氏,字顺卿,行第二,人称之曰郭二姐。姿态闲雅,杂剧为闺怨最高,驾头、诸旦本亦得体。”陈氏:或为当时著名艺人宜时秀。

②文皇:指元文宗图帖睦尔,致和元年(1328)九月即位,改元天历。在御:在位。上苑:帝王的园林。宸(chén)游:指帝王巡游。

③乐部:官署名,北周设置,有上士、中士,其职如周代大司乐。唐有乐部名,系指乐队,分立部、坐部,隶属太常,非官职。

④燕国:周朝分封的诸侯国名,后为战国七雄之一。都蓟(今北京城西南隅),属地在今河北北部、北京和辽宁西端。顺时:顺时秀,即郭芳卿。

⑤中官:宦官。

⑥建章宫:汉武帝时宫殿名。长生殿:唐玄宗时宫殿名,这里借指元朝宫殿。

⑦“遏云”句：写郭芳卿歌声响亮美妙。见《列子·汤问》：秦青善歌，能使“声振林木，响遏行云”。许永新：唐代名妓，善歌。《开元天宝遗事》载：“宫妓许永新者，善歌，最受明皇宠爱；每对御奏歌，则丝竹之声莫能遏。帝尝谓左右曰：‘此女歌直（值）千金。’”

⑧艳雪：明亮之雪。这里形容舞姿优美。见韦应物《乐燕行》：“艳雪凌空散，舞罗起徘徊。”文梁：绘有花纹的大梁。委芳尘：振落灰尘。刘向《别录》载：“汉兴以来，善雅歌者，鲁人虞公，发声清哀，盖动梁尘。”委，落下。

⑨山东李：指李泂，字溉之，山东滕州人，文宗时官至翰林直学士，有文才，每以李白自比。《元史》有传。

⑩按：演唱。缠头：古代歌舞艺人表演时以锦缠头，表演完毕，客人以罗锦相赠，故称。蜀都绮：蜀地所产罗锦有名，故云。

⑪银台：《宋史·职官志》载：银台司掌管天下奏状。侯家：泛指高官贵族。见卢照邻《长安古意》“玉辇纵横过主第，金鞭络绎向侯家”。

⑫“回头”句：谓世事变幻极速。见杜甫《可叹》：“天上浮云如白衣，斯须改变如苍狗。”瘗玉：此处指郭芳卿已去世多年。瘗(yì)，埋。

⑬《霓裳》：指《霓裳羽衣曲》。《唐逸史》载：“罗公远中秋侍明皇宫中玩月，以拄杖向空掷之，化为银桥，与帝升桥，遂至月宫。女仙数百，练素霓裳，舞于广庭。上问曲名，曰：‘《霓裳羽衣》。’”《杨太真外传》亦载：唐玄宗“宴诸王于木兰殿，时木兰花发，皇情不悦，妃醉中舞《霓裳羽衣》一曲，天颜大悦”。朝元：指唐代朝元阁，在骊山，此处指元朝宫殿。见李商隐《华清宫诗》：“朝元阁迥羽衣新，首按昭阳第一人。”

⑭丹凤楼：唐代宫观名。

⑮狭斜贵客：狎客。狭斜，小街曲巷，多指娼妓居处。“不信”句：谓陈氏名声不在郭芳卿之下。

⑯“风尘”句：谓战乱骤起，京师荒废。禁城：京城。

⑰殊方：指远方、异域。这里当指江南。

⑱《水调》：乐府商调曲名。相传为隋炀帝出巡江都时所制，其声悲

切。《凉州》：原是凉州一带歌曲，故名。《乐苑》载："《凉州》，宫调曲。开元中，西凉府都督郭知运进。"

⑲江南年少：诗人自谓。元：通"原"。供奉曲：专为宫廷演奏之曲。见刘禹锡《听旧宫中乐人穆氏唱歌》："休唱贞元供奉曲，当时朝士已无多。"

⑳"朝使"句：元顺帝至正十九年（1359），因战争，京城缺粮，朝廷曾多次遣使催促张士诚运粮至京师。见《元史·顺帝纪》。

㉑"恨杀"句：意思是将忧患归罪于大臣失职，未能谏阻。韩休：唐玄宗朝大臣，以耿直敢谏著称。见《新唐书·韩休传》："时政所得失，言之未尝不尽。帝尝猎苑中，或大张乐，稍过差，必视左右曰：'韩休知否？'已而疏辄至。"

㉒"伤心""汾水"两句：《明皇十七事》载，安史之乱起，唐玄宗欲逃离长安，临行登楼置酒，四顾凄怆。有少年明其心意，登楼歌《水调》曰："山川满目泪沾衣，富贵荣华能几时？不见只今汾水上，惟有年年秋雁飞。"玄宗听了潸然泪下，后知为李峤所作。

㉓卮（zhī）：酒杯。

㉔秋娘：即杜秋娘，唐代金陵女子，年十五，为李锜妾。后因锜叛变，秋娘入宫为奴。先受宠于宪宗。穆宗即位后，为皇子漳王保姆。后漳王因罪被废削，秋娘亦被逐归故里。事见杜牧《杜秋娘诗序》："予过金陵，见其穷且老，为之赋诗。"

［评析］

本诗以郭芳卿、陈氏两代艺人经历，尤其借陈氏流落江南、孤苦伶仃的坎坷遭遇，表现诗人感时伤世、怀古悼今的深挚情怀，揭示"欢乐生忧患"的历史教训，并寓针砭现实之意。

本诗原注"时至正己亥岁作"，即作于1359年。当年正月，诗人吴越之游后回到苏州。吴越之游，诗人目睹江南一带兵燹蜂起、疆域蚕食、民不聊生的悲惨情状，也亲身经历了各方交战带来的惶恐与颠沛。当诗人面对宫廷流落、飘零江南的陈氏，联想到动荡不安的时局，自然寄寓深切忧患。

本诗叙事层层铺叙，频频转折，跌宕起伏，波澜丛生，读来令人回肠荡气。如写陈氏，却不自陈氏写起，而先写其师郭芳卿；写郭芳卿却不直接写其人，而是先写元文宗。文宗时的太平盛世，才能蓄养乐部五千。而郭芳卿以“姿容歌舞”于五千人中脱颖而出，亦足见其天生的表演才能。继而诗人不厌其烦、层层铺叙郭芳卿的才艺及其所受到的恩宠与追捧，正是为后来郭芳卿的凋零给人带来的痛惜之感伏笔。“世间遗谱竟谁传，弟子犹怜一人在”。诗中气氛由前面的烈火烹油，突然随着郭芳卿的香消玉殒而风平浪静，并由此两句巧妙过渡至对陈氏的描写中来。

诗歌后半部分波澜再起，描写陈氏炙手可热、达官贵人趋之若鹜的境遇，其势不减郭芳卿当年。然而当觥筹交错、莺歌燕舞的欢宴气氛被京城之外的兵燹打破，教坊歌伎被迫流放宫外，飘零江湖，诗中气氛再度陷入低沉、无奈。高启由陈氏遭遇，联想到时局动荡，张士诚转运官粮，宫廷驱逐艺人等事件，感慨太平盛世一去不再，并顿悟朝廷无良臣谏阻享乐致使“欢乐生忧患”之理。

本诗虽以叙事为主，却表现出诗人强烈的感情色彩，字里行间寄寓了对人物遭遇的惋惜与同情，且叙事、抒情浑然交融，增强了诗歌的艺术魅力。如写郭芳卿“回头乐事浮云改，瘗玉埋香今几载”，饱含惋惜与同情。面对孤苦伶仃、蓬头垢面的陈氏，“此时西园把一卮，感时怀旧尽成悲”，让人感受到强烈的悲痛与哀伤。

本诗在塑造人物时较多运用对比手法，以突出“欢乐生忧患”的主题。诗中有郭芳卿与陈氏之间的对比。如郭芳卿在五千人中能唱新声属第一，而陈氏则“九天声落千人听”；郭芳卿“晚出银台酒未消，侯家主第强相邀”，陈氏则“狭斜贵客回车马，不信芳名在师下”。诗歌中还有人物自身前后命运的对比。两个人都曾经炙手可热，风头正劲，受尽恩宠，但最终一人悄然玉殒，一人流荡江湖，都落得凄凉结局。另外，在塑造人物时，还突出了人物时代背景的对比，一个恰逢升平时期，一个遭逢动荡乱世，但其各自命运与时代盛衰治乱紧密联系，从而使诗歌的题材内容更加厚重而深广。

本诗韵脚转换频繁，或高亢而热烈，或低沉而哀伤，一气呵成，酣畅淋漓，读来荡气回肠，同时又给人幽婉凄美的艺术享受。

本诗在题材上有追摹杜甫《观公孙大娘弟子舞剑器歌》的痕迹。沈德潜《明诗别裁集》评曰："与少陵《观公孙大娘弟子舞剑器歌》同一用意，盖惓惓故国之思，意不在教坊子弟也。"然而无论是杜甫还是高启，其本意皆不在写两代艺人传承，而是将艺人的遭际与时代盛衰治乱联系在一起，映射时代变迁，寄寓历史沧桑。

明皇秉烛夜游图

花萼楼头日初堕，紫衣催上宫门锁①。
大家今夕燕西园，高爇银盘百枝火②。
海棠③欲睡不得成，红妆照见殊分明。
满庭紫焰作春雾，不知有月空中行。
新谱《霓裳》试初按，内使④频呼烧烛换。
知更宫女报铜签⑤，歌舞休催夜方半。
共言醉饮终此宵，明日且免群臣朝。
只愁风露渐欲冷，妃子衣薄愁成娇。
琵琶羯鼓相追逐⑥，白日君心欢不足。
此时何暇化光明，去照逃亡小家屋⑦？
姑苏台上长夜歌，江都宫里飞萤多⑧。
一般行乐未知极，烽火忽至将如何⑨？
可怜蜀道归来客⑩，南内凄凉头尽白。
孤灯不照返魂人，梧桐夜雨秋萧瑟⑪。

[注释]

①花萼楼：唐宫中楼名，唐玄宗所建，署曰“花萼相辉之楼”，是唐玄宗作乐的主要场所。 紫衣：唐代官服以朱、紫二色为贵，紫为三品之服。明皇时宦官黄衣以上三千人，朱紫千余人。 此处指宫内掌事的太监首领。

②大家：亲近侍从官称天子为大家。 燕：通“宴”，大摆筵席。 西

园：花萼楼在兴庆宫以西，故称西园。 爇(ruò)：点燃。 银盘：银制的烛盘。 火：指蜡烛。

③海棠：指杨贵妃。 据《杨太真外传》：唐明皇登沉香亭，召杨贵妃。 贵妃醉酒未醒，残颜醉韵，鬓乱钗横，不能再拜。 明皇笑曰："是岂妃子醉耶？ 海棠睡未足耳。"故诗人以海棠喻杨贵妃。

④内使：管事的宫人。

⑤"知更"句：古代用铜壶滴漏计时，以铜签传更，宫女得签后掷石陛作声以报时。 知更宫女，管报告更漏时的宫女。 铜签，铜制更签。

⑥"琵琶"句：《杨太真外传》载，明皇在殿中欢宴，自击羯鼓，贵妃弹琵琶，"自旦至午，欢洽异常"。 羯鼓：古代北方少数民族羯族的一种鼓乐乐器。

⑦"此时""去照"两句：化用聂夷中《咏田家》"我愿君王心，化作光明烛。 不照绮罗筵，只照逃亡屋"。 讽刺玄宗荒淫逸乐，不体恤百姓。

⑧姑苏台：又名胥台，春秋时吴王阖闾耗时三年所筑，旧址在今江苏苏州城外的姑苏山上。 夫差曾于台上建春宵宫纵情淫乐。 江都宫：据《隋书·炀帝纪》，隋炀帝游幸江都，"征求萤火得数斛，夜出游山，放之，光遍岩谷"。

⑨一般：一样。 极：尽，此处意指过度。 烽火：战火。 古代边防于山头筑高台，有敌情则点火报警。 这里指吴王夫差、隋炀帝、唐玄宗因耽溺享乐，荒废朝政，招致祸乱。

⑩归来客：指唐玄宗。"安史之乱"爆发后，唐玄宗仓皇逃往巴蜀。唐肃宗至德二年（757）九月，收复长安。 十一月，明皇自蜀回长安，被尊为太上皇，居南内之兴庆宫，处境凄凉。《新唐书·地理志》载："兴庆宫在皇城东南……谓之南内。"据《杨太真外传》："上皇既居南内，夜阑登勤政楼，凭栏南望，烟月满目……四顾凄凉，不觉流涕，左右亦为感伤。"

⑪返魂人：指杨贵妃。 据《杨太真外传》：明皇退居南内后，道士杨通幽曾为"东极绝大海，跨蓬壶"，于最高山玉妃太真院寻见杨贵妃，贵妃

许诺明皇“决再相见，好合如旧”，但是没有回来。 孤灯：化用白居易《长恨歌》“孤灯挑尽未成眠”句。“梧桐”句：化用《长恨歌》“秋雨梧桐叶落时”句。

［评析］

古希腊诗人西蒙尼底斯（前 556—前 496）曾说：“画是无声诗，诗为有声画。”苏轼也曾在《书摩诘蓝田烟雨图》中称赞王维的诗与画：“味摩诘之诗，诗中有画；观摩诘之画，画中有诗。” 诗、画两种艺术形式在审美构造与表现上原理相通，故古代诗人常以诗题画、咏画，画家也常自诗中寻求画题灵感。

高启借意《明皇秉烛夜游图》，突破画作静态的时空限制，借助丰富想象与丰赡才情，生动再现了唐明皇沉酣酒色、秉烛夜游的场景，并以“安史之乱”的铁骑烽火与唐明皇的凄凉晚景收结全诗，寓意劝诫，寄托了诗人深沉的忧患之思与咏史情怀。

秉烛夜游，出自《古诗十九首·生年不满百》：“昼短苦夜长，何不秉烛游。”人生短暂而昼夜分半，若能秉烛夜游，生命自然延长，也确能弥补人生苦短的缺憾。 倘若一般人时不我待秉烛夜读，自然可贵；若是贵为一国之君，秉烛享乐，奢侈淫靡，声色犬马，则为国之不幸，民之不幸。 首句中，太阳刚落，大唐帝国的内侍宦官就开始催关宫门。 一“催”字，既表现其迫不及待之情，又暗示白昼朝政处理有敷衍了事之嫌。 换言之，秉烛夜游享乐才是唐明皇与内廷侍从心思所在。 夜幕刚落，西园就已银烛高照，灯火通明，如同白昼。 唐明皇亲按拍板，贵妃拨弄琵琶，宫妃们在唐明皇身边撒娇装怜。 整个宫殿如同孤立于尘世之外的极乐世界。

画是共时性的艺术，画作表现场景有特定的时间范围，或者说是瞬间的呈现，“包孕最丰富的片刻”（钱钟书《读拉奥孔》）。 从以上对唐明皇秉烛夜游的场面营造中，我们不得不叹服于高启丰富的想象力。 面对静态、无声、单一的画作，诗人却能还原出充满生机、真实动感、有声有色的享乐场景。这里有众星拱月的唐明皇，有千娇百媚的杨贵妃，有熙来攘往的妃嫔，有穿行其间的杂役，而且杂以换烛报更的嘈杂声，急管繁弦的弦管声，三千佳丽的娇嗔声，读来如同亲见亲闻，令人叹为观止。

所谓乐极而哀，诗人突然顿笔："此时何暇化光明，去照逃亡小家屋？"巧妙化用聂夷中《咏田家》的诗句，"与题中秉烛相应，巧而不纤"（沈德潜《明诗别裁集》），将诗歌由画面中的烈火烹油、繁花锦簇之盛引向忧心苍生、感慨国运之叹。诗人以史上吴王夫差、隋炀帝耽溺享乐导致朝政废弛、国家覆亡的教训，呵醒那位醉生梦死的画中人："烽火忽至将如何？"诗人仿佛看到了这位皇帝亲手酿成的悲剧结局：仓皇出逃，爱妃缢死，后废居南宫，晚景凄凉，空对梧桐落叶，孤枕卧听夜雨。唐明皇为了自己的权力牺牲了妃子，却最终没有能够守住自己的权位。他是悲剧的承受者，更是悲剧的制造者。秉烛夜游仅仅是他制造悲剧的一个缩影。

本诗想象丰富，飘逸洒脱，叙事流畅，语言明快。全诗每四句一换韵，一气呵成而富于变化，表现了才情赡美、才思敏捷的文人情怀，深得元、白诗风韵味。

忆昨行，寄吴中诸故人

忆昨结交豪侠客，意气相倾无促戚[①]。
十年离乱如不知，日费黄金出游剧[②]。
狐裘蒙茸欺北风，霹雳应手鸣雕弓[③]。
桓王墓下沙草白，仿佛地似辽城东[④]。
马行雪中四蹄热，流影欲追飞隼灭。
归来笑学曹景宗，生击黄獐饮其血[⑤]。
皋桥泰娘双翠蛾[⑥]，唤来尊前为我歌。
白日欲没奈愁何！
回潭水绿春始波，此中夜游乐更多。
月出东山白云里，照见船中笛声起。
惊鸥飞过片片轻，有似梅花落江水。
天峰[⑦]最高明日登，手接飞鸟攀危藤。
龙门[⑧]路黑不可上，松风吹灭岩中灯。
众客欲归我不能，更度前岭缘崚嶒[⑨]。
远携茗器下相候，喜有白首楞伽僧[⑩]。
馆娃离宫已为寺，香径无人欲愁思[⑪]。
醉题高壁墨如鸦[⑫]，一半攲斜不成字。
夫差城[⑬]南天下稀，狂游累日忘却归。
座中争起劝我酒，但道饮此无相违。
自从飘零各江海，故旧如今几人在。

荒烟落日野乌啼，寂寞青山颜亦改。

须知少年乐事偏⑭，当饮岂得言无钱。

我今自算虽未老，豪健已觉难如前。

去日已去不可止，来日方来犹可喜。

古来达士⑮有名言，只说人生行乐耳！

［注释］

①促戚：犹“刺促”，忙碌急迫。

②十年离乱：从张士诚占领平江到朱元璋攻陷平江，苏州在张士诚治下约十年，故云。 剧：游戏，嬉闹。

③蒙茸：茂盛葱茏，此处形容狐裘细密之状。“霹雳”句：典出《隋书·长孙晟传》，长孙晟为行军总管，出讨突厥，以致突厥人“闻其弓声，谓为霹雳，见其走马，称为闪电”。

④桓王：指长沙桓王孙策。 辽城东：指今辽宁辽阳。

⑤曹景宗：南朝梁将领。《梁书》有“曹景宗传”。 獐：也叫獐子，行动敏捷，善跳，有獠牙。

⑥皋桥：地名，在苏州阊门内。《姑苏志》载：“皋桥，阊门内，汉议郎皋伯通居其侧，梁鸿所寓也。”泰娘：唐代歌女。 刘禹锡《泰娘歌并引》记载其事。《泰娘歌》曰：“泰娘家本阊门西，门前绿水环金堤。”此处泛指歌女。

⑦天峰：指支硎山南峰，宋真宗祥符年间诏书赐支硎山寺名“天峰院”。

⑧龙门：在天平山上。 见高启《游天平山记》。

⑨崚嶒(léngcéng)：形容山势高耸突兀，此处指崎岖的山路。

⑩茗器：茶具。 白道：阐明道理，这里指讲经。 楞伽：山名，梵文音译，在古狮子国（今斯里兰卡）境。 相传佛在此山说经。 楞伽僧：泛指

僧人。

⑪馆娃：吴王夫差为西施建造的宫殿，在苏州西南的灵岩山上。后宫殿废址之上建有灵岩寺。香径：指采香径，在灵岩山下。《吴郡志》载："采香径，在香山之旁小溪也。吴王种香草于香山，使美人泛舟于溪以采香。"刘禹锡有诗："唯余采香径，一带绕山斜。"

⑫"醉题"句：化用黄庭坚《同元明过洪福寺戏题》诗"洪福僧园拂绀纱，旧题尘壁似昏鸦"。

⑬夫差城：苏州城。

⑭偏：偏爱，意谓少年偏爱游乐。

⑮达士：参透生死之人。见《吕氏春秋·知分》，"达士者，达乎死生之分"。这里指杨恽。他在《报孙会宗书》中说："人生行乐耳，须富贵何时？"

[评析]

本诗追忆、怀念昔日游侠生活，表达友人四海飘零、自身豪气不再的感慨，流露出人生易逝而当及时行乐的生活态度。

诗人首先回顾年少与友人意气相倾，飞马逐猎，纵酒买欢，豪放不羁的生活。其中描写冰天雪地飞马驰骋、逐猎射隼的场面，生动夸张，令人目瞋胆张，毛发鹰扬。诗歌所营构的境界中，有声，霹雳声响；有色，飞沙白草；还有手挽雕弓、马驰雪野、直追飞隼的行动。其中冰雪之中飞马四蹄发热的细节描写，令人印象深刻。"白日欲没奈愁何"隔断诗篇，表现诗人肥马轻裘、醉生梦死的游侠追求，同时也表达了昼短夜长的伤感和无奈。因此诗人续写年少轻狂：月高登山，夜攀高峰，直迎松风，醉题高壁。其中"惊鸥飞过片片轻，有似梅花落江水"两句，惊鸥形态传神，意境空明澄澈，点染出静寂平和的艺术境界。收尾处诗人感慨平江之乱后知己好友天各一方、四海飘零，荒烟落日、满目萧条，沧桑之感、寂寞之悲油然而生。而"去日已去不可止，来日方来犹可喜"，意味着诗人由怀旧哀伤而放眼来日，以人生行乐收束，表现了享受当下、快意平生的生活追求。

本诗豪放不羁，飘逸洒脱，节奏明快，收放自如。开篇处刀光剑影，语气短促，接着写纵酒买欢、缓歌曼舞，及月夜攀险、醉题高壁等，皆表现了诗人襟怀开阔、气度轩昂、诗情洋溢的个性与才华。赵翼评论说："置之青莲集中，虽明眼者亦难别择。"（《瓯北诗话》）诚然！

江上晚过邻坞看花，因忆南园旧游

去年看花在城郭，今年看花向村落。
花开依旧自芳菲，客思居然成寂寞。
乱后城南花已空，废园门锁鸟声中。
翻怜此地春风在，映水穿篱发几丛。
年时游伴俱何处？只有闲蜂随绕树。
欲慰春愁无酒家，残香细雨空归去。

[评析]

至正二十七年（1367）平江城破，高启移居江上。此诗写乡居看花，追忆昔年南园看花故人，表现对朋友的深切怀念与物是人非的沧桑之感。

首两句诗人对比今昔看花，表达独居江上的孤独寂寞。同是看花，同是花开芳菲，然而对比去年南园偕友看花的热闹，诗人所感受到的不仅有城郭与村落之别，更有独自一人身居江上的落寞凄苦。诗人以城南荒芜、园林废弃的破败景象，对比眼下江村篱落春风骀荡、花开芬芳的繁华，暗指平江之乱对城市、对民众生活造成的巨大破坏。诗人被迫移居江上，知交零落、天各一方。故末四句不仅抒发独对闲蜂、无聊落寞的情思，更表现对友人的深切思念，寄寓时代巨变、致使物是人非的沧桑之感。"残香细雨空归去"借残香细雨表现内心的凄苦、惆怅与哀伤，以景写情，委婉蕴藉，含不尽之意于言外。

本诗主要以对比构思全篇。其中有看花地点的对比，偕友看花与独自赏花的对比，城南荒芜与村落花开的对比，还有虚写南园与实写眼前的对比。通过对比，更加充分地表现诗人内心孤独寂寞之情。

另外，在诗歌意象营造的艺术境界中，鸟鸣废园不仅表明园林荒寂无人，还为凄凉空虚的艺术画面增添声音与动感；而闲蜂绕树，不仅暗示村落花树繁多，而且以蜜蜂忙碌反衬诗人的孤苦无奈。

江上看花

两年[①]京师不见花，青衫白马驱尘沙。
今年江边偶无事，狂醉烂熳[②]寻春华。
游蜂飞蝶日妍暖，红紫正发纷交加。
穿蹊每入邻媪圃，叩门或到山僧家。
渐老都无少年乐，底用[③]箫鼓随行车。
攀条绕树对吟咏，不忍归去至日斜。
花应得我相慰赏，似笑欲舞争矜夸。
我如无花亦寂寞，闭户有酒谁能赊？
夜来茅屋卧闻雨，晓起走看成咨嗟。
飘英堕萼不可缀，余艳只似销残霞。
明知春色不久住，岂料便去难留遮。
野莺啼罢一回首，恨与芳草盈天涯[④]。

[注释]

①两年：高启自洪武二年（1369）二月赴京，至洪武三年（1370）八月离京，在京师生活仅一年半。两年为约数。

②烂熳：同“烂漫”，形容放浪，不拘形迹。李白《江南春怀》：“身世殊烂漫，田园久芜没。”

③底用：何用。

④一回首：或化自李白《登敬亭山南望怀古，赠窦主簿》诗，“敬亭一回首，目尽天南端。”“恨与”句：化用苏轼《蝶恋花·春景》“天涯何处无

芳草”句意。

[评析]

本诗作于洪武四年（1371）春天，表现了诗人无花不欢、见花若狂的兴奋激动之情与嗜花如命、人花相惜的自然本真之心。

首句“两年京师不见花”，看似诗人与花久违，但仔细推敲，又不近情理。京师并非无花，而是诗人毫无赏花之心。帝都皇宫等级森严，新朝天子雄猜多疑，诗人小心翼翼、如履薄冰，且身在异乡，根本无心赏花。如今脱离樊笼，辞官归乡，忽如脱缰野马，于故乡原野奔放驰骋。故诗中诗人如天真孩童，或误入他圃，或攀条绕树，或吟诗高歌，无拘无束，如天马行空。此处系列传神的动作描写，表现了诗人向往自然、热爱生活的本真之情。“花应得我相慰赏，似笑欲舞争矜夸”“我如无花亦寂寞，闭户有酒谁能赊”四句，以拟人手法，赋予花人格、情感，把诗人嗜花如命的天性与人花相惜的默契完美结合，展现诗人纯真自然、澄澈透明的心境。

本诗情感高昂，节奏欢快，自然流畅，语言平易，色调明丽，生活意趣跃然纸上。

兵后逢张孝廉醇

前年远别君父子，遭乱相传皆已死。
今朝南陌忽逢君，为识人中语音似。
君言从亲渡海涛，欲避兵祸辞官曹。
间关[①]仅得返乡里，脱命罗网真秋毫。
问我胡为亦憔悴，十月孤城陷围内[②]。
艰难两地得俱全，正荷[③]黄天怜我辈。
相看握手非偶然，痛饮岂得愁无钱。
城中故旧散欲尽，君来使我忘忧悁[④]。
还思当年事未改，车马红尘[⑤]浩如海。
等闲列第化秦灰[⑥]，试问主人谁复在？
请君看此应感吁，世间富贵皆空虚。
客游且莫更弹铗，读书归卧先人庐[⑦]。

[注释]

①间关：道路险峻，意谓辗转漂泊。

②“十月”句：自至正二十六年（1366）十一月徐达进攻苏州，筑长围困之，到至正二十七年（1367）九月苏州城破，整整十个月。

③荷：承蒙。

④城中故旧：指饶介和徐贲、张羽、余尧臣等北郭友人。 忧悁：忧愁愤恨。

⑤车马红尘：化用张耒《题海州怀仁令藏春亭》诗“故知车马红尘

地，催促东风不得闲”。

⑥列第：贵族官僚的邸宅。 秦灰：这里指秦阿房宫被项羽焚为灰烬。见刘禹锡《松滋渡望峡中》：“梦渚草长迷楚望，夷陵土黑有秦灰。”

⑦弹铗：典出《战国策·齐策》冯谖弹铗故事。 先人庐：古人为守丧而构筑在墓旁的小屋。

[评析]

本诗写与张醇劫后重逢，诗人感慨世事沧桑巨变、故交散尽，流露出隐居田园的追求。

诗歌语言明白如话，如叙家常，娓娓道出兵祸中的各自遭际，表现历经战火、知己重逢的幸运。 其中“脱命罗网真秋毫”“正荷黄天怜我辈”数句，真实再现苏州十月围城所遭受的摧残：生灵涂炭，民命如草，百姓流离失所，城市断壁残垣，生者憔悴不堪，故交四海飘零，巍峨门第化为灰烬，达官权贵不知所踪。 诗人亲身经历战争的巨大破坏，因而感慨“世间富贵皆空虚”，表达回归田园以求活命的想法。 同时劝慰张醇：生逢乱世莫再客游他乡，当归乡读书以求平安。

本诗叙事性强，真实记录了平江之乱带来的巨大破坏，形象展现了战争中百姓的生活状态与真实所想，颇具珍贵的史料价值。

晓　睡

野夫性慵朝不出，敝箦萧然掩闲室[①]。
村深无客早敲门，睡觉长过半檐日。
林深寂寂鸟鸣少，窗影交交[②]树横密。
此时攲枕意方恬[③]，一任床风乱书帙。
昔年霜街踏官鼓[④]，欲与群儿走争疾。
如今只恋布衾温，悟从前计应多失。
厨中黍熟呼未起，妻子嗔嘲竟谁恤？
天能容老此江边，无事长眠吾愿毕。

［注释］

①敝箦（zé）：破旧的席子。萧然：简陋。见陆游《自笑》："惟余数卷残书在，破箧萧然笑獠奴。"

②交交：错杂貌。见王安石《半山春晚即事》："春风取花去，酬我以清阴。翳翳陂路静，交交园屋深。"

③攲（yǐ）：通"倚"，斜靠着。恬：安逸。

④官鼓：古代京城内每到五更时分击鼓，城门坊市皆启，是为官鼓。

［评析］

本诗描写诗人辞归江上后眠足晚起的生活，表现了诗人慵懒闲适、恬静惬意的精神感受，表达了其向往自然、与世无争的生活态度。

诗歌以晨醒时的生活场景，展现独居江边、自由自在的安逸。其中“林深寂寂鸟鸣少，窗影交交树横密”两句，对工精妙，诗歌意境幽深静谧、恬淡自然。“此时攲枕意方恬”句摹写诗人慵懒形态生动传神，跃然纸上。“欲与群儿走争疾”句再现诗人步履匆匆、与群臣竞相早朝的生动情景，惟妙惟肖，如在目前，颇具嘲讽意味。而妻子呼叫起床的画面，如同唐传奇《枕中记》卢生黄粱梦醒，徒被嘲笑，故“厨中黍熟呼未起，妻子嗔嘲竟谁恤”两句栩栩如生，极富表现力。末两句则表达了诗人逍遥江边、乐天知命的生活态度。

本诗语言平易浅切，场面生动自然，尤其善于通过对环境、氛围的静态描写，营造艺术境界，表现诗意乐趣。

东池看芙蓉

江天摇落逢秋杪，满目残荷与枯蓼[①]。
东家喜有木芙蓉，几树繁开依绿沼[②]。
秾艳低将流水映，寒香远逐回风袅。
半愁霜露倚蒹葭，老去徐娘犹窈窕[③]。
天公似厌秋冷淡，故发芳丛媚清晓。
莫嗟不及见阳春，车马尘埃相污少。
吴王宫废断行客，湘女祠空掩啼鸟[④]。
何如此地独来寻，静对婵娟[⑤]散忧悄。
兰舟虽无美人采，日暮孤吟自行绕。
明朝重到恐消魂，零落红云波渺渺[⑥]。

［注释］

①秋杪（miǎo）：秋末。蓼（liǎo）：又名辛菜，是一种味道辛辣的植物。

②绿沼：绿色水池。

③“老去”句：典出《南史·徐妃传》，“帝左右暨季江有姿容，又与淫通。季江每叹曰：‘……徐娘虽老，犹尚多情。’”此处指芙蓉的风姿。

④吴王宫：指春秋时吴王的宫殿。见李白《登金陵凤凰台》：“吴宫花草埋幽径，晋代衣冠成古丘。”湘女祠：指纪念舜二妃娥皇、女英的祠堂。相传她们投身于湘水，遂为湘水之神。

⑤婵娟：形容芙蓉秀美动人。

⑥消魂：灵魂离散，形容极度的悲愁、欢乐。零落：凋谢。红云：比喻芙蓉花红如云。见秦观《临江仙·看花》："为爱西庄花满树，朝朝来扣柴门。墙头遥见簇红云。"

［评析］

本诗描写芙蓉妩媚艳丽、潇洒脱俗的姿态，表现出诗人对芙蓉丽质天成、娇媚可人的怜爱以及对花谢水流、落红渺渺的伤感。

首四句，诗人即以江天摇落、残荷枯蓼的衰败，反衬芙蓉临水盛开的艳丽之姿、潇洒之态。继而描摹芙蓉香艳，笔触细腻传神，尤其以半老徐娘喻芙蓉窈窕，形象逼真，想象新奇。"天公似厌秋冷淡"等四句说明芙蓉逢秋而开，想象大胆巧妙，不落俗套，如神来之笔。而借芙蓉美景吊古怀今，念吴宫、湘祠之衰颓，跨越时空，境界开阔，又点到为止。末四句，对芙蓉花谢、随水而逝感伤叹惋，寄寓深深怜惜与无可奈何之情，可谓"花谢水流红，闲愁万种"。"渺渺"二字，朦胧而蕴藉，含蓄而悠长。

本诗神思飘逸，想象丰富，境界开阔，才情丰赡，语言清丽婉转，优美流畅，堪见诗人高超的艺术技巧。

初入京寓天界寺西阁，对辛夷花怀徐七记室[①]

去年寺里开辛夷[②],君来忆我曾题诗。

今年我来君已去,思君还对花开时。

欲寻花下君行迹,日暮空庭古苔碧[③]。

殷勤[④]把酒问花枝,看过春风几行客。

[注释]

①徐七记室：徐贲，字幼文，排行第七，为“北郭诗社”成员、“吴中四杰”之一。因曾为张士诚丞相府记室，故云。平江城破，被谪临濠。洪武元年（1368）放还，曾在南京赋诗忆高启。

②辛夷：花名，木兰科，落叶乔木植物，有香气。见杜甫《逼仄行，赠毕曜》：“辛夷始花亦已落，况我与子非壮年。”

③空庭：静寂的庭院。此句见刘长卿《客舍喜郑三见寄》：“穷巷无人鸟雀闲，空庭新雨莓苔绿。”

④殷勤：频繁。

[评析]

本诗作于洪武二年（1369）春天，高启奉诏修史、寓居天界寺之际。诗歌以看花忆旧，表现对友人徐贲的强烈思念之情。

诗歌对比今昔看花，描写君在我不在、我在君不在的缺憾，表达与徐贲失之交臂、命运交错的无奈。诗中每两句即有“花”，正是诗人构思巧妙之处：以花为见证，以花为纽带，与花为友，因花见人，以花写事，借花抒情，并以花来拓展构思，营造诗句，同时寄寓对朋友的思念与关心。其中“思君还对花开时”句，有思念，有失落，有痴痴的情思凝聚，有深深的情感寄托，表现与徐赍天各一方、万里犹邻的深挚情谊。另外，以花下寻迹、把酒问花两个动作，追忆徐赍看花的情景，表现对其强烈思念之情，令人感念。

答余新郑[1]

前年吴门初解兵，君别故国当西行[2]。
有司临门暮驱发，道路风雨啼孩婴。
仓黄[3]不敢送出郭，执手暂立怀忧惊。
我时虽幸脱锋镝[4]，乱后生事无堪营。
移家江上托地主[5]，闲园借得亲锄耕。
春朝起沐日照屋，野卉杂发鸣鹂鹒[6]。
思君万里不可见，对此涕泪如盆倾。
有壶当轩忍自酌，有句在卷邀谁评？
走投北郭问消息，一客为我言分明：
君初随例诣阙下，有旨谪徙钟离城[7]。
赍无囊金从无仆，弃家独去何茕茕[8]？
长淮黏天趣前渡，牙眼怖客浮鼍鲸[9]。
到州鞠躬谒太守，脱去官籍侪编氓[10]。
城荒无屋寓来客，旋乞废地诛蓬荆[11]。
异乡何人恤同患？喜有杨子兼徐卿[12]。
日高破灶烟未起，闭户不绝哦诗声。
去年圣恩念逐客，特赐拂拭加朝缨[13]。
敕君赴汴听铨擢[14]，路算旧驿犹千程。
沙河无雨夏云热，茅苇夹岸多蚊虻。
舟中感疠得下泄，刃搅肠腹闻咿嘤。

荒途无药相救疗，伏枕两旬几殒生。
终藉神明佑吉士，疾势渐脱身强轻。
一官署作新郑簿，捧檄已去询田更[15]。
我虽历历听客语，虚实未察忧难平。
初春天子下明诏，欲纂前史罗儒英。
菲才亦辱使者召，辞谢不得来南京[16]。
日斜出局[17]访君舍，草满陋巷春泥晴。
入门小女识父友，延拜学诉艰难情。
且云父意念家远，新遣两卒来相迎。
须臾出君寄我札，上有秀句如瑰琼。
自陈前事颇一一，与客旧说无亏盈[18]。
读终呼卒问彼土，卒言几年经战争。
河山萧条县虽小，民少奸诈多淳诚。
春秋古称郐子国，溱洧水活鲂鱼赪[19]。
雌兔咻咻草间走，雄雉角角桑颠鸣[20]。
谷深稀逢种田者，时有射户居山棚。
霜天赤枣收几斛，剥食可当江南秔[21]。
官来抚民务无事，鞭挂壁上无敲搒[22]。
寒厅吏散独坐啸，远对嵩少[23]当檐楹。
闻之离抱顿舒豁，如吸清露醒朝酲。
便因卒还寄君语，此邑小鲜聊试烹[24]。
幸逢昌朝勿自弃，愿更努力修嘉名！
吾皇亲手拥高彗，洒扫六合氛尘清[25]。
海中夷筐已入贡，陇外户版初来呈[26]。

大开明堂议礼乐，学士济济登蓬瀛[27]。
太庙冬烝荐朱瑟，千亩春藉垂青纮[28]。
用材不肯略疏贱，铢寸尽上天官衡[29]。
况君磊落抱奇器，不异一鹗秋空横[30]。
岂容久屈簿领下，天道始塞终当亨。
文章期君归黼黻，借问报政何时成[31]？

[注释]

①余新郑：即余尧臣，字唐卿，永嘉人。曾仕于张士诚。苏州城破后，先与家人被押往南京，后谪戍临濠。不久被授新郑（今郑州）主簿，故称余新郑。

②解兵：解除武装，停止战争。据《明太祖实录》载：至正二十七年（1367）九月，姑苏城被围十个月后，城中木石俱尽，朱元璋大将徐达攻破葑门，常遇春攻破阊门，张士诚兵大败，姑苏于是被攻破。故国：指元朝。西行：指余尧臣同家人被押往南京。据《明太祖实录》载：姑苏城破后，凡所获官属将校，及官吏家属和外郡流寓之人，共二十余万人，皆送建康。

③仓黄：即仓皇。

④锋镝：刀刃和箭头。这里指战争。

⑤地主：当地的主人。

⑥鹒（gēng）：即鸧鹒，又名黄鹂，也写作仓庚。

⑦“君初”“有旨”两句：这两句说余尧臣先在南京等候发落，不久谪戍临濠。钟离城：秦置钟离县，故城在安徽凤阳东北，元代属临濠府。

⑧赍（jī）：持有，携带。茕茕（qióngqióng）：孤独的样子。

⑨黏：贴近。趣（cù）：督促，催促。“牙眼”句：化用韩愈《泷吏》：“鳄鱼大于船，牙眼怖杀侬。”鼍（tuó）：亦称“扬子鳄”“鼍龙”“猪婆

龙”。

⑩侪(chái)：辈，类。 氓(méng)：外地迁来之民。

⑪“旋乞”句：立刻乞求荒地，砍去荆棘蓬草，自建茅舍。

⑫杨子：指杨基。 徐卿：指徐贲。 三人同时被贬谪在临濠。

⑬去年：指洪武元年（1368），余尧臣获释，被授新郑主簿。 拂拭：提拔、赏识。

⑭敕：帝王的诏书、命令。 汴：指开封府，此指新郑。 铨擢：选拔启用。

⑮田更：田叟。 王志坚《表异录・人物》载：“田更，言其老而更事也，汉有三老五更。”

⑯菲才：浅薄的才能，多用作自谦之词。 南京：洪武元年（1368）八月，诏以汴梁为北京，金陵为南京。

⑰出局：从元史局出来。 当时史局设在天界寺，而余尧臣家在南京陋巷，故云。

⑱亏盈：出入。

⑲郐(kuài)子国：即郐国，周初封国，在溱、洧之间的郑州一带。 溱洧(zhēnwěi)：两条河的名称，在今河南省。 见《诗经・郑风・溱洧》：“溱与洧，方涣涣兮。”“溱与洧，浏其清矣。” 魴(fáng)鱼：鱼名。 赪(chēng)：浅红色。

⑳雌兔咻咻(xiūxiū)：化用苏轼《江上值雪，效欧阳体，限不以盐玉鹤鹭絮蝶飞舞之类为比，仍不使皓白洁素等字，次子由韵》诗句，“草中咻咻有寒兔”。 雄雉角角：化用韩愈《此日足可惜赠张籍》诗句，“百里不逢人，角角雄雉鸣”。

㉑秔(jīng)：同“粳”。

㉒搒(péng)：指用棍棒或竹板打。 见苏轼《送钱藻出守婺州得英字》：“古称为郡乐，渐恐烦敲搒。”

㉓嵩少：嵩山东峰叫太室山，西峰叫少室山。

㉔“此邑”句：典出《老子》，“治大国者若烹小鲜”。 林希逸注：“烹

小鲜者，搅之则碎。”

㉕高彗：即彗星，见屈原《九歌·少司命》：“登九天兮抚彗星。”意思是少司命升九天之上，抚持彗星，扫除邪恶。六合：天地四方，指宇内。此处颂扬朱元璋统一天下，海内安宁。

㉖“海中”“陇外”两句：洪武元年（1368），朱元璋以登位诏昭告天下，安南国王陈日煃很害怕，遣使朝贡。高丽国王进表祝贺朱元璋即位。琉球国中山、山南、山北，遣使朝贡。洪武二年（1369）四月，徐达进兵攻克陇州、秦州、巩昌，并派冯胜征伐临洮，李思齐举城投降。而后庆阳平章姚晖开门纳降。

㉗“大开”句：洪武元年（1368），朱元璋命中书省及翰林院、太常寺定拟三礼。次年诏“草泽道德文章之士，相与考订之，以为一代之制”（《立斋闲录》）。三年（1370）九月，修《礼书》成，名《大明集礼》。洪武二年（1369）九月，定朝会燕享舞乐之数。蓬瀛：指蓬莱、瀛洲，道教仙境。此处指文士云集、人才济济。

㉘“太庙”句：洪武元年（1368）十二月，朱元璋命协律郎冷谦，考定宗庙雅乐音律及钟磬等乐器。冬烝（zhēng）：冬祭。朱瑟：《礼记》云“清庙之瑟，朱弦而疏越。一唱而三叹，有遗音者矣”。“千亩”句：洪武元年（1368）十二月，朱元璋谕廷臣：“古者天子藉田千亩，所以供粢盛备馈饎，自经丧乱，其礼已废，上无以教，下无以劝。朕莅祚以来，悉修先王之典，而藉田为先，故首欲举而行之，以为天下劝。”于是次年春，朱元璋亲自在南郊耕田。纮（hóng）：古代冠冕上的带子。由颔下向上系在玉笄上，垂下的部分叫作缨。

㉙“用材”句：选拔人才不考虑出身。“铢寸”句：是不是人才都要通过吏部衡量。铢：古代衡制中的重量单位。天官：官名。《周礼》分设六官，以天官冢宰居首，总御百官。唐武后光宅元年（684）改吏部为天官，不久复旧。后世也称吏部为天官。

㉚磊落：壮伟貌。奇器：少有的才能。“一鹗秋空横”：典出《后汉书·庞参传》。庞参初为左校令，犯了罪被罚做苦役。御史中丞樊准上书

为他求情：“鸷鸟累百，不如一鹗。”鹗：性凶猛，背暗褐色，腹白色，常在水面上飞翔，捕食鱼类。俗称“鱼鹰”。鸷鸟，指凶猛的鸟，如鹰鹯之类，或为燕之别名。

㉛黼黻(fǔfú)：本义泛指礼服上所绣的华美花纹，后指华美的文辞。报政：陈报政绩。《史记·鲁周公世家》载：“鲁公伯禽之初受封之鲁，三年而后报政周公。周公曰：‘何迟也？’伯禽曰：‘变其俗，革其礼，丧三年然后除之，故迟。’”

[评析]

本诗作于洪武二年(1369)。诗歌叙述友人余尧臣从被押解南京、等候发落，到谪戍临濠、脱官入氓，再到长途跋涉、赴任新郑主簿的坎坷经历，真实再现了当时流人生活以及朝廷制礼作乐、平定陇外、四方朝贡等历史事件，层层铺叙，跌宕起伏，反映了一代历史图景，具有史诗般的宏大气魄。

诗歌构思巧妙，情景真实，叙事婉转，纵横自如。从情节构思看，全诗除首尾外，主体内容自北郭客、余尧臣女、新郑卒口中而出，既利于内容展开，又说明叙事之可信。诗中余尧臣书信既印证北郭客所叙，又巧妙呼应诗题“答余新郑”之缘由。而新郑风俗民情及余尧臣境况，则自新郑卒亲口说出，如若亲闻。诗歌总体构思非常巧妙，缜密新颖。

本诗叙事内容转换自然。诗歌自苏州城破、余尧臣押解南京起始，叙述自己移居江上，继而借北郭客之口交代余尧臣坎坷遭遇。之后，诗人以“便因卒还寄君语，此邑小鲜聊试烹”，寄语余尧臣，交待朝廷制礼作乐、百废待兴、求才若渴的盛世景象，期盼友人来日政绩卓著，天道亨通。全诗内容环环相扣，层层衔接，曲折跌宕，波澜起伏。

本诗情感表现真挚强烈，丰富自然。高启与余尧臣同为北郭诗友，相互往来唱和，友情深厚。孰料天地巨变，陵谷兴替。余尧臣身陷囹圄，远谪临濠。两人分别时，“执手暂立怀忧惊”。诗人移家江上后，“思君万里不可见，对此涕泪如盆倾”，足见两人情感真挚强烈，感人至深。而当诗人走投北郭、探听消息时，忐忑不安；听完北郭客陈述，“虚实未察忧难平”，仍担忧朋友安全；听完新郑卒语，诗人才长抒郁闷，心情疏缓，“如吸清露醒朝酲”。最后部分诗歌情感昂扬兴奋，对朋友期许与鼓励之情洋溢其间。全诗情感线索贯穿始终，从忧惊到思念，自忧虑而放心，终至昂扬兴奋，情感丰富，构思巧妙，转换自然。

本诗虽为酬答之作，但语言本色自然，既无艰深冷僻字词，用典亦十分巧妙。全诗一韵到底，文气充沛，流畅自然，如行云流水，读之给人酣畅淋漓的艺术享受。

穆陵行（并序）

永穆陵，宋理宗[1]陵也，在会稽。元至元初，西僧杨发辇真住[2]请发宋诸陵，许之；既取其殉宝，复以理宗顶骨为饮器，后籍入官，以赐帝师。天兵克元，诏求得之，命有司归葬焉[3]。

楼船载国沉海水，金槌昼入三泉里[4]。
空中玉马不闻嘶，日落寝园秋色起[5]。
鱼灯夜灭隧户开，弓剑已出空幽台[6]。
髡胡暗识宝气尽，六陵松柏悲风来[7]。
玉颅深注酡酥酒，误比戎王月支首[8]。
百年帝魄泣穹庐，醉骨饮冤愁不朽。
幸逢中国真龙飞，一函雨露江南归[9]。
环佩重游故山月，冬青树死遗民非[10]。
千秋谁解锢南山[11]，世运兴亡覆掌间。
起辇谷前马蹄散，白草无人浇麦饭[12]。

［注释］

①宋理宗：赵昀（1205—1264），1224 年至 1264 年在位。

②杨发辇真住：指西夏藏传佛教僧人杨琏真迦。 元世祖时，杨琏真迦是江南释教都总统，掌江南佛教事务，曾盗掘宋朝赵氏在钱塘、绍兴的皇家陵墓以及其他王侯将相的坟墓。

③《明实录》卷五十三载：洪武三年（1370），朱元璋曾与危素论宋、元兴替，危素言及宋陵遭盗发，理宗顶骨为西僧饮器，天下闻之，莫不心酸。朱元璋叹息久之，即命北平守将吴勉，访索顶骨所在，果得之于西僧庐中。既送至，命有司安置于城南。后绍兴献永穆陵图，遂敕葬于故陵。

④“楼船”句：指1279年陆秀夫背负皇帝赵昺投海而死，南宋灭亡。金槌：即金椎。《庄子·外物》载，儒者盗墓，要取死者口中珠宝，“以金椎控其颐”。三泉里：深泉。《史记·秦始皇本纪》载：“始皇初即位，穿治骊山，及并天下，天下徒送诣七十余万人，穿三泉，下铜而致椁，宫观百官奇器珍怪徙藏满之。”此处指宋理宗陵墓被盗发。

⑤玉马：金檀引《闻奇录》注，“沈传师为宣武节度，闻堂前马嘶，掘地丈余，得一穴，有玉马高三寸，长五寸，则若壮马声”。陈沚斋注云自李贺《金铜仙人辞汉歌》：“茂陵刘郎秋风客，夜闻马嘶晓无迹。”按传统的解释，汉武帝的魂魄出入汉宫，在夜中有人听到他的马嘶鸣。此处“不闻嘶”，意谓宋室已亡，历代先帝也无灵了。寝园：陵园。

⑥鱼灯：《皇览》载“秦始皇葬穴，内以人鱼膏为烛，度久不灭”。隧户：墓道的门。弓剑：据《山陵考》载宋宁宗崩，使吏部侍郎杨烨为按行使。烨归奏云：“独泰宁寺之山，山冈伟特，五峰在前，顾视有情，吉气丰盈，林木荣盛，以此先帝弓剑之藏，盖在于此。”

⑦髡（kūn）胡：当和尚的胡人，这里指杨琏真迦。髡，剃去头发。六陵：指南宋高宗永思、孝宗永阜、光宗永崇、宁宗永茂、理宗永穆、度宗永绍六位皇帝的陵墓。

⑧玉颅：指宋理宗的顶骨。酡酥酒：酒名，为西北游牧民族以骆驼奶酿制的饮品。见岑参《玉门关盖将军歌》：“灯前侍婢泻玉壶，金铛乱点野酡酥。”月支首：《汉书·匈奴传》载：“昌、猛与单于及大臣俱登匈奴诺水东山，刑白马。单于以径路刀、金留犁挠酒，以老上单于所破月氏王头为饮器者，共饮血盟。”

⑨真龙飞：《易》云“飞龙在天”。这里指朱元璋一统天下。“一函”

句：指朱元璋敕葬理宗颅骨于绍兴故陵。

⑩环佩：见杜甫《咏怀古迹》诗“环佩空归夜月魂”。后以环佩指归魂。冬青树：高启注“世传有士尝窃诸帝骨埋屏处，树冬青树为识”。《山陵考》云：“元世祖至元十五年，诏发宋会稽诸陵，以取宝器，从西僧嗣占、妙高之请也。宋遗民山阴唐珏，易以为骨，取真者瘗之于山阴天章寺前。六陵各为一函，独理宗颅巨，恐易之事泄，不敢易。杨琏真迦遂筑白塔于钱塘，藉其骨，而以理宗颅为饮器。”张孟兼《唐珏传》载：“珏独怀痛愤，阴召诸恶少，夜往收诸遗骸，瘗兰亭山后，上种冬青树为识。谢翱与珏友善，为作《冬青树引》，读者莫不洒泣。”

⑪“千秋”句：典出《汉书·张释之传》，“从行至霸陵，上居外，临厕……顾谓群臣曰：‘嗟乎！以北山石为椁，用纻絮斫陈漆其间，岂可动哉？’左右皆曰：‘善。’释之前曰：‘使其中有可欲，虽锢南山犹有隙；使其中无可欲，虽无石椁，又何戚焉？’”意思是如果皇帝以宝器厚葬，即便把整个南山铸成一椁，还是会被盗发的。

⑫起辇谷：元朝诸帝陵墓所在。马蹄散：蒙古风俗，人死后葬于平地，以群马奔践，使不见痕迹。浇麦饭：祭奠。最后两句以元陵作结，寄寓兴亡覆掌之感，意味深长。

[评析]

本诗以宋室王陵被盗、理宗颅骨被辱的悲惨史实，寄寓对南宋王室遭遇之同情，并抒发朝代更迭、世运兴亡沧桑之感。

诗歌起始即为全诗奠定悲怆、低沉的情感基调。首句以楼船载国、沉没海底写南宋覆亡悲剧，给人深沉同情之感。次句则以金椎直穿、陵墓被盗意寓王室遗存被彻底摧毁、王朝尊严被粗暴践踏，令人感受空幻毁灭。继而诗人写陵园环境，加剧宋陵被盗之悲。玉马不嘶，魂魄不再，残阳衰草，秋风萧瑟，处处笼罩沉沉死气。“六陵松柏悲风来”将松柏拟人化、情感化，以松柏悲歌为南宋哀悼，让人倍感凄怆。而“百年帝魄泣穹庐，醉骨饮冤愁不朽”将生前贵为人尊、死后任人羞辱的帝王悲剧推向极致，令人扼腕叹息。其中“泣”“愁”二字传神写意，表现力极强。

元异族统治下，南宋之亡非一家一姓之亡，宋帝悲剧也非一人一己之悲剧，而是事关民族尊严、汉人威仪的民族大义。朱明取代元，在诗人看来，实乃赢得民族尊严、恢复中华威仪的盛举，故喻朱元璋为“中国真龙”，以“雨露”喻圣王恩泽。“世运兴亡覆掌间”句，寄寓诗人对元灭南宋、复被明灭之感慨。朝代更迭，没有恒常，世运兴亡，难以摆脱，故末句“白草无人浇麦饭”，看似同情元诸陵无人祭奠的凄凉，实则寄寓朝代兴亡感慨，隐含对当世统治者的启示，意味深长。

本诗感情丰富强烈，深沉沧桑，表现了诗人独特而深刻的感受与思考。语言精当，用词生动，韵脚变换自如，节律铿锵，具有强烈的艺术表现力与感染力。

淮南张架阁家旧有楼在仪銮江上，经兵燹已废，与予会吴中乞追赋之①

秋风尝歌《远游篇》②，楼中举手招飞仙。
山奔海泻尽供览，逸思每出孤鸿前。
雕栏一别应非昨，几度淮南桂花落③。
酒酣却作望乡人，那得东归似黄鹤④？
风景如今总厌看，客愁何处共凭栏？
欲问日边知远近，浮云回首蔽长安⑤！

［注释］

①张架阁：张姓架阁库官，名不详。架阁为宋元时期储藏帐籍文案资料的机构。高启另有《逢张架阁》："花落江南酒市春，逢君归骑带京尘。一杯相属成知己，何必平生是故人。"仪銮江：在今江苏仪征市。仪征本为南唐时的迎銮镇，故又称銮江。

②《远游篇》：曹植作，中有"远游临四海，俯仰观洪波。大鱼若曲陵，承浪相经过"。

③"雕栏"句：与李煜《虞美人》"雕栏玉砌应犹在，只是朱颜改"有异曲同工之妙。"几度"句：王建《江南杂体二首》有"日夜桂花落，行人去悠悠"。

④望乡人：或化自白居易《庾楼晓望》诗句"三百年来庾楼上，曾经多少望乡人"。"那得"句：意近崔颢《黄鹤楼》"黄鹤一去不复返，白云千载空悠悠"。

⑤"欲问"句：典出《晋书·明帝纪》。晋明帝幼时聪慧，受元帝宠爱。明帝曾坐于元帝膝前。恰逢使者自长安来，元帝"因问帝曰：'汝谓

日与长安孰远？’明帝对曰：‘长安近，不闻人从日边来，居然可知也。’元帝异之。明日，宴群僚，又问之，对曰：‘日近。’元帝失色，曰：‘何乃异间者之言乎？’对曰：‘举目则见日，不见长安。’元帝由是益奇之。”“浮云”句：化用李白《登金陵凤凰台》诗句“总为浮云能蔽日，长安不见使人愁”。

[评析]

本诗为应酬之作。

诗歌巧妙化用前人诗句，融汇历史典故，勾勒楼阁临江气势，寄寓历史沧桑之感。起句才思俊逸，想象丰富，以曹植《远游篇》写出楼阁高矗江边的巍峨气势。“山奔海泻尽供览，逸思每出孤鸿前”写俯仰所见，视域寥廓，飞鸿缥缈，且笔触由远而近，直至下句“凭栏”。继而数句写张架阁对旧楼思念之情。经历兵燹，旧楼不复存在，而张架阁仍念念不忘东归。“几度淮南桂花落”喻指岁月流逝，人生无常，富有诗意。而“那得东归似黄鹤”，神思飘逸，想象奇特。末两句化用典故，表达历经兵燹旧楼已亡、岁月已逝而风物迥然之沧桑，以劝喻张架阁莫再执着念旧。

诗人笔触灵活，才情飘逸，挥洒自如，气势充沛，此诗读来脍炙人口，令人有飘然欲仙之感。

题李德新中宗射鹿图

赭袍玉带虬髯怒[①]，人如真龙马如虎。
英风犹似天可汗，肯信昏孱困韦武[②]？
上林草绿闻呦呦，飞鞚霹雳梢长楸[③]。
画旗围合晚犹猎，后庭双陆谁行筹[④]。
追游不记房陵辱，五王谪来势犹独[⑤]。
空夸大羽发无虚，不射妖狐射生鹿[⑥]。
画图令人生感嗟，天宝回首飘胡沙[⑦]。
神孙早解习祖艺，不遣衔出宫中花[⑧]。

[**注释**]

①赭(zhě)袍：赤色的袍子。唐朝皇帝穿赭袍。见杜牧《长安杂题长句》："觚棱金碧照山高，万国珪璋捧赭袍。"虬髯：蜷曲的连鬓胡须。

②天可汗：指唐太宗。《新唐书·太宗本纪》载：贞观四年（630）四月，西北君长请上号为"天可汗"。昏孱：昏庸孱弱。韦武：韦指韦后，武指武三思。《通鉴纪事本末》载："上在房陵，与后同幽闭……尝与后私誓曰：'异时幸复见天日，当唯卿所欲，不相禁御。'及再为皇后，遂干预朝政，如武后在高宗之世。"武三思得幸于韦后，出入禁中，图谋国事。后来谋划废除太子重俊未成功，为重俊所杀。以上四句讽刺中宗貌似勇武，实则徒有其表。

③上林：汉武帝时宫苑名。呦呦：鹿鸣声。见《诗经·小雅·鹿鸣》："呦呦鹿鸣，食野之苹。"飞鞚(kòng)：常指飞马，鞚指马笼头。见鲍照《拟古》："兽肥春草短，飞鞚越平陆。"梢：指马鞭。这里用作动

词。长楸(qiū)：高高的楸树，这里指大道。楸：树名，高可达十五米，常用作行道树。见曹植《名都篇》："斗鸡东郊道，走马长楸间。"

④后庭：后宫。双陆：古代的一种博弈游戏。《旧唐书·中宗韦庶人》载：中宗"及得志，受上官昭容邪说，引武三思入宫中，升御床，与后双陆，帝为点筹，以为欢笑，丑声日闻于外"。《通鉴纪事本末》也记载："上使韦后与三思双陆，而自居旁为之点筹。三思遂与后通。"

⑤房陵：古县名，在今湖北房县。房陵辱：武则天在嗣圣元年（684）夏四月，迁中宗于房陵。十五年（696）春三月，中宗还东都。"五王"句：神龙元年（705）春正月，张柬之、崔玄暐、敬晖、桓彦范、袁恕己等兴兵讨伐武氏之乱，发动"神龙政变"。张易之、张昌宗伏诛，中宗复位。任命张柬之、袁恕己为同三品，崔玄暐为内史，敬晖、桓彦范为纳言。五月，武三思用郑愔的计策，赐敬晖等五人王爵，罢其政事。二年（706）六月，武三思指使郑愔告敬晖等五人与王同皎谋乱，贬敬晖崖州、彦范泷州、柬之新州、恕己窦州、玄暐白州，任司马员外长任，削他们的勋封。

⑥"空夸""不射"句：讽刺中宗夸耀自己箭无虚发，却不射祸国韦后而射生鹿。

⑦胡沙：胡尘，这里指有胡人血统的安禄山叛乱。天宝年间（742—756），唐玄宗重用杨国忠，荒废朝政，安禄山拥兵叛乱，致使唐王朝由盛转衰，生灵涂炭。

⑧神孙：帝王子孙，这里指唐玄宗。见韩愈《平淮西碑》："圣子神孙，继继承承。"衔出宫中花：《全芳备祖》载唐玄宗时，野鹿衔去牡丹，后来有禄山之祸。这两句诗诗人巧妙联系，指出如果唐玄宗早懂得学习祖上中宗射鹿的射术，就不会叫野鹿衔走牡丹，也就不会发生安禄山之乱了。

[评析]

本诗借“题画”之名，对唐中宗李显貌似神勇威武、实则昏庸孱弱予以讽刺，并由此咏叹历史，抒发感慨。

开头三句，诗人描绘中宗神武如龙、勇猛如虎的傲岸形象，并将之与雄才大略、英风飒爽的其祖父太宗相比，的确给人高大威严的勇武印象。但第四句“肯信昏孱困韦武”，以怀疑、反问语气令中宗高大形象轰然倒塌。因中宗即位后，朝政被韦后、武三思等人操纵把持，中宗胸无大志、昏庸孱弱、徒有其表的本性暴露无遗。可见前三句看似正面描写，实则反讽意味更多。继而诗人借“射鹿图”讽刺中宗勇武徒在射猎，而于铲除奸恶无能为力，庸碌无为，自取其辱。其中“不射妖狐射生鹿”句，批评中宗对受辱房陵、贬谪五臣不以为然，寓意深刻，讽刺辛辣。《旧唐书》评中宗“诚以志昏近习，心无远图，不知创业之难，唯取当年之乐”。此处高启借图喻之，形象而深刻。最后四句，诗人想象丰富，巧妙联系唐玄宗后期“安史之乱”，讽刺玄宗晚年昏聩无为，导致朝政混乱，大唐帝国由盛转衰。

本诗名为“题画”，实则“咏史”。即借以中宗为主、参照玄宗的历史反思，对比英明神武的太宗，感慨时代兴衰治乱系于一人一身的历史教训，寓意深刻，意味深长。

偃松[1]行

龙门西冈魏公祠[2]，祠前有松多古枝。
长身蜿蜒横数亩，巨石作枕相撑搘[3]。
春泥半封朽死骨，冻藓尽裂皴生皮。
无心昂耸上霄汉，偃仰[4]独向荒丘陲。
蛰雷[5]震岳撼不动，千载一梦醒何迟。
政如[6]卧龙未起日，深意有待风云期。
太湖月出照夜魄，天峰雪积埋寒姿。
涛声时吼若鼾息，野老惊起山僧疑。
左伸右屈多异态，天自出巧非人为。
画师安能把笔写，樵子岂敢操斤[7]窥。
杜陵枯楠已憔悴，蜀相老柏非瑰奇[8]。
何如此树怪且寿，呵卫定想烦灵祇[9]。
不知已阅几人代，游客过尽今存谁。
明堂屡兴不见取，得全正爱同支离[10]。
我尝来观忍遽返，醉坐其上高吟诗。
葛陂筇竹亦腾化，神物终去可久羁[11]。
何当一叱使飞起，载我万里游天池[12]。
他年还访旧城郭，正是白鹤归来[13]时。

[注释]

①高启注："松在天平山狮子岩下，旧文正书院前。"偃：倒伏。

②龙门：在天平山。魏公：指范仲淹。范仲淹，字希文，吴县人。宋真宗大中祥符八年（1015）进士，官至参知政事。谥号文正。宋高宗绍兴年间，被追封为魏国公。

③撑搘(zhī)：支撑。

④偃仰：安居自得。

⑤蛰雷：惊醒蛰虫的春雷。

⑥政如：正如。

⑦操斤：持斧。斤，斧头。

⑧杜陵：古县名，在今陕西西安东南。杜甫曾居住于此，自号杜陵野老。枯楠：杜甫有《枯楠》诗："楩楠枯峥嵘，乡党皆莫记。不知几百岁，惨惨无生意。上枝摩皇天，下根蟠厚地。巨围雷霆坼，万孔虫蚁萃。冻雨落流胶，冲风夺佳气。白鹄遂不来，天鸡为愁思。犹含栋梁具，无复霄汉志。良工古昔少，识者出涕泪。种榆水中央，成长何容易。截承金露盘，袅袅不自畏。"蜀相：指诸葛亮。杜甫曾作《蜀相祠》："蜀相祠堂何处寻，锦官城外柏森森。"又有《古柏行》："孔明庙前有老柏，柯如青铜根如石。"

⑨呵卫：呵禁守卫。灵祇：神灵。

⑩明堂：古代天子宣明政教的地方，这里指朝廷。支离：残缺而不中用。见《庄子·人间世》："夫支离其形者，犹足以养其身，终其天年。"

⑪"葛陂"句：典出《后汉书·方术传》之"费长房传"。载费长房从市中老翁求道，后辞归，"老翁与一竹杖曰：'骑此任所之，则自至矣。既至，可以杖投葛陂中也。'……即以杖投陂，顾视则龙也"。

⑫一叱：传说中神仙令事物变化前，先叱喝一声。天池：传说中的海名。见《庄子·逍遥游》："穷发之北，有溟海者，天池也。"

⑬白鹤归来：典出《搜神后记》，载辽东人丁令威在灵虚山学道成仙，千年以后，化为白鹤归乡。作歌曰："有鸟有鸟丁令威，去家千年今始

归。城郭如故人民非，何不学仙冢累累？”

［评析］

本诗洋洋洒洒，以酣畅淋漓的笔墨描写魏公祠前千年卧松。主要有以下特点：

比拟形象新颖。诗人时而将卧松比拟为千年巨人，如“无心昂耸上霄汉”“千载一梦醒何迟”“涛声时吼若鼾息”；时而将卧松比拟为卧龙，“深意有待风云期”“何当一叱使飞起”。借助新颖的比拟，卧松奇异的禀性跃然纸上。

联想丰富，想象奇特。诗人将卧松与杜陵枯楠、蜀相老柏相联系，并假想神灵庇护此松，想象力十分丰富。末四句借《庄子·逍遥游》神话与丁令威传说，想象驾松游万里天池，或得道乘鹤归乡。想象奇特，令人眼界大开。

语言生动传神。如写卧松半枯，“春泥半封朽死骨”，“封”字用得极为巧妙；写卧松形状，“长身蜿蜒横数亩”“偃仰独向荒丘陲”“左伸右屈多异态”等句，活灵活现，宛在目前。

诗人还善于营造氛围，表现卧松的奇特。如“画师安能把笔写，樵子岂敢操斤窥”写卧松之神奇；“涛声时吼若鼾息，野老惊起山僧疑”写卧松之可怖；“太湖月出照夜魄，天峰雪积埋寒姿”写卧松之姿态。诗人造语不凡，充分展现卧松之奇特。事实上，诗歌表现卧松之奇，有比拟范仲淹的意味。诗人在《范魏公手书伯夷颂为其裔孙天章题》诗中曾赞扬范仲淹：“丰功茂烈何煌煌，信与日月争辉赫”，“丰姿劲直俨端人，气韵刚方著心画”。对比《偃松行》所写，此松正堪为范文正公自身写照。

喜家人至京

家人远来如我归，骨肉已是乡园非。
妻羸[1]女病想行苦，尘土覆面风吹衣。
装车日暮解牛轭[2]，呼烛买酒敲邻扉。
客还乍见不得语，一室相对情依依。
忆昨初蒙使者征，远别田舍来京畿。
小臣微贱等虮虱[3]，召对上殿瞻天威。
诏从太史校金匮，每旦珥笔趋彤闱[4]。
春游禁苑侍鹤驾，冬祀泰畤随龙旂[5]。
有时青坊坐陪讲，宫壶满赐沾恩辉[6]。
草茅[7]被宠已逾分，不才宁免诮与讥。
海鸟那知享钟鼓，野马终惧遭笼鞿[8]。
江湖浩荡故山远，归梦每逐鸿南飞。
常时出院就空馆，僮仆愁对语者稀。
知君在舍亦岑寂，岁暮雨雪吟蛜蝛[9]。
今宵得见信可乐，如获美馔饱我饥。
但忧兄姊尚远隔，言笑未了仍嘘唏。
何当乞还弃手版，重理吴榜寻渔矶[10]。
门前亲种一顷稻，婢供井臼妻鸣机。
秋来租税送县毕，村酒可醉鸡豚肥。
谁言此愿未易遂，圣泽甚沛宁终违。

[注释]

①羸(léi)：弱。

②轭(è)：牛拉车时架在脖子上的器具。

③虮虱：比喻卑微或微小。见陆游《杂兴》："区区牛马走，龌龊虮虱臣。"

④太史：明初翰林院掌修史之职，故称翰林为太史。金匮：古代保存书契文献之处。珥(ěr)笔：古代史官、谏官上朝，常插笔于冠侧，以便记录，称为珥笔。彤闱：朱漆宫门，借指朝廷。

⑤鹤驾：指太子的车驾。据《列仙传》记载，周灵王太子晋吹笙作凤鸣，后在缑氏山乘白鹤升仙，故称太子之驾为鹤驾。泰畤(zhì)：古代天子祭天神之处。龙旂(qí)：也作"龙旗"，画有两龙蟠结的旗帜，天子仪仗之一。

⑥青坊：即青宫，皇太子所居之处。洪武三年（1370）年正月，高启侍学东宫，为太子讲经。宫壶：御酒。壶为盛酒器，用以指代酒。

⑦草茅：诗人自喻鄙陋微贱。

⑧海鸟、野马：诗人自喻。见《庄子·至乐》："昔者海鸟止于鲁郊，鲁侯御而觞之于庙。奏《九韶》以为乐，具太牢以为膳。鸟乃眩视忧悲，不敢食一脔，不敢饮一杯，三日而死。"笼靰(jī)：马笼头和马嚼子。

⑨岑寂：寂寞。蛜蝛(yīwēi)：虫名，又名鼠妇。

⑩手版：笏。古时大臣朝见时，用以指画或记事的狭长板子。见韩愈《卢郎中云夫寄示送盘谷子诗两章歌以和之》："行抽手版付丞相，不待弹劾还耕桑。"吴榜：大棹，划船工具。也指船。

[评析]

本诗表达妻女来京后诗人欣喜之情，并对比在京仕宦生活，表明回归田园生活之愿望。

首四句表达与妻女相见之惊喜、兴奋，同时对妻女风餐露宿、奔波劳累深切同情。其中后两句写妻弱女病、满面尘土之形状，令人心酸。“一室相对情依依”，写漫长相离而强烈思念，一朝相见却相顾无言。这一细节看似尴尬，实则符合生活的逻辑，“此时无声胜有声”，更加生动传神。继而诗人自述在京仕宦生活，有荣耀，有孤单，有担忧，自由散漫本性被压制，故一直向往摆脱桎梏。“江湖浩荡故山远，归梦每逐鸿南飞”句承前启后，境界空阔。意谓身在京师，念念思归，怎奈江湖浩荡，山高水长，欲罢不忍，欲归不能。“知君在舍亦岑寂”推己及人，一笔双写，表现对妻子的同情与理解。“何当乞还弃手版”及以下诗句，表明诗人回归田园、回归自然、回归自由生活的人生愿望。

本诗写家人之间的真挚感情，细致传神，语气亲切，如叙家常，读罢令人感动不已。

晓出城东门闻橹声

城门朝开路临水，人语烟中近鱼市。
谁摇飞橹入苍茫？带梦惊凫[1]柳边起。
过处寒波动拍沙，远闻呕轧复咿哑[2]。
征夫车转山头阪[3]，工女机鸣竹外家。
我身本是江湖客，偶堕黄尘晓行役[4]。
此声空忆旧曾听，舟中酒醒东方白[5]。

［注释］

①惊凫：见骆宾王《在军中赠先还知己》，“落雁低秋塞，惊凫起暝湾”。

②呕轧、咿哑：形容摇橹声。见薛逢《潼关河亭》：“橹声呕轧中流渡，柳色微茫远岸村。”韩偓《南浦》：“应是石城艇子来，两桨咿哑过花坞。”

③阪：山坡。

④黄尘：比喻尘世。行役：泛指出行，也指因服兵役、劳役或公务而出外跋涉。见《诗经·魏风·陟岵》：“予子行役，夙夜无已。”

⑤东方白：指天亮。见苏轼《前赤壁赋》：“相与枕藉乎舟中，不知东方之既白。”

［评析］

高启才情丰赡，诗歌题材广泛，可谓“无意不可入、无事不可言”。即便闻听橹声，亦可诉诸笔端，欣然命笔。

诗人于嘈杂鱼市之中，忽然闻听橹声，神机自来。“谁摇飞橹入苍茫”句，似疑问，更是感慨。诗人无意于船家船客姓名，更多感于人在旅途之苦辛。“苍茫”二字，音声深沉，寄寓人生行旅之感。接下来数句写橹声呕轧，惊凫散起，水波动荡，惟妙惟肖，画面感强。“我身本是江湖客”两句，感慨人生如寄、尘世沧桑，堪称佳句。正所谓：“人生如逆旅，我亦是行人。”（苏轼《临江仙》）结尾两句，以橹声空忆、醉醒舟中想象他日场景，寄托世事如幻、人生如梦之感。

本诗写俗世生活场景，真实生动，如在目前。抒发人生感受，深刻而形象。首尾呼应亦巧妙自然。

始归江上，夜闻吴生歌，因忆前岁别时

前年月夜闻君唱，秋满芦花此江上。
一声离思水茫然，云逐孤帆共摇飏①。
惊鱼喷浪栖鹘飞，木叶散落风吹衣。
莲歌尽歇松陵浦，渔笛还沉笠泽矶②。
停杯数到临终拍，露下无声斜汉白③。
满船相送尽凄然，况我当为远行客。
解绂今去别紫宸④，归舟江上又逢君。
一尊⑤重听当年曲，相对浑疑梦里闻。
东方欲曙余声绝，悲喜盈襟竟谁说。
愿长把酒听君歌，从此天涯少离别。

[注释]

①离思：离别的思绪。曹植《九愁赋》："嗟离思之难忘，心惨毒而含哀。"摇飏(yáng)：摇曳。

②松陵：吴淞江的古称。笠泽：吴淞江源头的古称，一说指太湖。

③"停杯"句：参见蔡琰《胡笳十八拍》，"十八拍兮曲虽终，响有余兮思未穷"。斜汉白：见陆游《四鼓酒醒起步庭下》，"天高河汉白，月淡烟雾青。"

④解绂(fú)：辞官。绂，系官印的丝绳，也代指官印。紫宸：宫殿名，也指朝廷。

⑤尊：通"樽"。

［评析］

本诗写于洪武三年（1370）诗人辞官归乡之际。江上重逢吴生，乡音入耳，诗人于是忆起离别时吴生唱歌的情形。回首一年多来的仕宦生涯，恍如隔世，诗人写下此诗。

诗歌起始即把读者带至一年前芦花苍苍、江水茫茫的离别现场：友人远行，亲朋默送，气氛凝重。而“一声离思水茫然”，令人临水而感到彷徨。诗人描写离别场面真实生动，如在目前。接下来数句续写吴生悠扬歌声：声传云霄，惊鱼喷浪，令木叶散落，莲歌停歇，渔笛声沉，主客停杯，和声共鸣。诗人想象丰富，诗句境界阔大，余韵悠长。“满船相送尽凄然”句，气氛压抑，场面感人。从江水茫然、云帆飘然、鱼鸟跃然再到万物寂然、主客泣然，诗人写景状物细腻真切，情景若现，且善于营造氛围，烘托主题。

江上重逢，其人依旧，其歌依然，诗人却仿佛置身梦境：“相对浑疑梦里闻。”看似描写情景相似的诗人幻觉，实则表达物是人非恍惚之感，故此句凝聚了诗人一年来所经历的悲欢离合、酸甜苦辣。“悲喜盈襟竟谁说”，无人倾诉，更无人理解。末两句呼应开头，表达诗人回归乡里、尽享天伦的情感渴望。

本诗情感丰富而挥洒自如，境界宏阔而细节传神；韵脚转换流畅自然，语言运用生动亲切，读来一气呵成，朗朗上口。

京师苦寒[1]

北风怒发浮云昏，积阴惨惨愁乾坤。
龙蛇蛰泥兽入穴，怪石冻裂生皴痕。
临沧观下飞雪满，横江渡口惊涛奔[2]。
空山万木尽立死，未觉阳气回深根。
茅檐老父坐无褐，举首但望开朝暾[3]。
苦寒如此岂宜客，嗟我岁晚飘羁魂[4]。
寻常在舍信可乐，床头每有松醪[5]存。
山中炭贱地炉暖，儿女环坐忘卑尊。
鸟飞亦断况来友，十日不敢开衡门[6]。
朅来京师每晨出，强逐车马朝天阍[7]。
归时颜色黯如土，破屋暝作饥鸢蹲[8]。
陌头酒价虽苦贵，一斗[9]三百谁能论？
急呼取醉径高卧，布被絮薄终难温。
却思健儿戍西北，千里积雪连昆仑。
河冰踏碎马蹄热，夜斫坚垒收羌浑[10]。
书生只解弄口颊[11]，无力可报朝廷恩。
不如早上乞身疏[12]，一蓑归钓江南村。

［注释］

①高启注“洪武己酉”，故本诗作于洪武二年（1369）冬天。苦：很，非常。

②临沧观：一作劳劳亭，在南京市南，始建于三国东吴。自古为分别、送行场所，常出现于历代诗人笔下。其中李白有《劳劳亭》："天下伤心处，劳劳送客亭。春风知别苦，不遣柳条青。"横江渡口：即横江浦，在安徽和县长江北岸，与采石矶相对，水流湍急。李白有《横江词》："人道横江好，侬道横江恶。一风三日吹倒山，白浪高于瓦官阁。"

③朝暾（tūn）：早上刚升起的太阳。

④羁魂：羁旅之心。见戴叔伦《过柳州》："羁魂愁似绝，不复待猿吟。"

⑤松醪（láo）：用松肪或松花酿制的酒。见戎昱《送张秀才之长沙》："松醪能醉客，慎勿滞湘潭。"

⑥衡门：横木为门。指简陋的房屋。见《诗经·陈风·衡门》："衡门之下，可以栖迟。"

⑦朅（qiè）：去、离去。天阍（hūn）：天门，这里指宫门。

⑧暝：日暮，夜晚。鸢（yuān）：鸷鸟，俗称老鹰。

⑨一斗：化用杜甫《逼仄行，赠毕曜》"速宜相就饮一斗，恰有三百青铜钱"句。

⑩斫（zhuó）：砍。羌浑：西羌与吐谷浑，泛指西北少数民族。"夜斫"句实写明军与元朝残余军队战事。

⑪口颊：口舌，言辞。《金史·王庭筠传》载："闻文士多妒庭筠者，不论其文，顾以行止为訾，大抵读书人多口颊，或相党。"遂迁庭筠为翰林修撰。

⑫乞身：古代称做官为委身事君，故称请求辞职为乞身。语出《史记·张仪列传》："今闻齐王甚憎仪，仪之所在，必兴师伐之。故仪愿乞其不肖之身之梁，齐必兴师而伐梁。"疏：奏章。

[评析]

本诗写洪武二年（1369）隆冬时节南京遭遇苦寒情状，表现诗人避寒求暖、渴望与家人共享天伦之愿。

本诗内容大致包括：京师遭遇苦寒情状；先前家乡苦寒生活；冬季仕宦京师之苦；边塞将士饱受苦寒、建功立业情形；摆脱仕宦、回归家乡之愿。

诗人描写京师严寒，用词生动、夸张，极力渲染寒冷氛围。其中既有整体性描写，如北风怒发、积阴惨惨、天昏地暗，也有细节性场面描写，如临沧观下、横江渡口等。既有动物畏寒之描写，如龙蛇蛰泥，也有植物冻死之描写，如空山万木。还有对普通民众之描写，如茅檐老父。其中"怪石冻裂生皴痕"描写夸张奇特，令人不寒而栗。

诗人还对比家乡温暖与京师苦寒时的生活情形，表现仕宦生涯之苦。居家时，妻女环坐，松醪常存，炭贱炉暖，紧闭衡门；在京师，披星戴月，颜黯如土，酒价奇贵，布被难温。高明的是，诗人还联想到长年饱受苦寒、戍守边塞的将士，使诗歌境界别开生面。巍巍昆仑，冰天雪地，戍边健儿，马蹄火热，河冰踏碎，夜斫坚垒。数句描写字句铿锵，气魄雄放。

诗人还善于在不同内容间变换笔触，转接自如。如由"嗟我岁晚飘羁魂"转写"寻常在舍信可乐"；由"朅来京师每晨出"转写仕宦京师；由"却思健儿戍西北"别开境界，写边塞将士；再由"书生只解弄口颊"过渡到自身，并巧妙收结全诗。

总而言之，本诗内容层层转折，诗笔挥洒自如，境界频开生面，语言生动传神，情感表现自然巧妙，气魄沉雄，笔势跌宕，韵调流畅，慷慨豪放。

京师午日有怀彦正[1]、幼文

去年归乡过重午，柳雨莎风满南浦[2]。
白莲阁[3]上与君吟，遥忆徐君隔淮楚。
今年风雨又端阳，却在秦淮忆故乡。
徐君已归若相见，应言前事一凄凉。
客愁欲断翻长笑，人事推迁[4]古难料。
明年未省又何之，一杯且听江南调[5]。

［注释］

①彦正：杜寅，字彦正，吴县（今苏州）人。洪武二年（1369），应召修《元史》。史成后，官岐宁卫知事。洪武八年（1375），死于叛军之乱。

②重午：即端午。莎(suō)：草名。南浦：古代诗词中，常指送别之地。江淹《别赋》有："送君南浦，伤如之何？"

③白莲阁：旧址在甫里，位于今江苏昆山市。《姑苏志》载："白莲讲寺在长洲县二十都甫里，即陆龟蒙别业，祠堂在焉。"

④推迁：推移变迁。见陶渊明《荣木》诗序："日月推迁，已复九夏，总角闻道，白首无成。"

⑤江南调：江南曲调。见刘铄《拟行行重行行》："悲发江南调，忧委子衿诗。"

［评析］

此诗作于洪武二年（1369）端午。诗人回忆去年此时与杜寅登白莲阁怀念徐贲，如今身在京师怀念故乡友人，于是颇感人事交错推迁，作诗忆人怀旧。

本诗入手擒题，自追忆去年端午与杜寅同登家乡白莲阁写起。“柳雨莎风满南浦”似写景，更似寓意平江乱后世事茫茫如柳雨莎风。“遥忆徐君隔淮楚”，句意深广沉重，令人唏嘘感慨。平江城破，徐贲谪居安徽临濠，生死未卜。作为知己好友，高启与杜寅对徐贲命运非常牵挂。然而世事如梦，人生难料。现在徐贲放归乡里，自己却被征召入京，反在他乡思故乡。“应言前事一凄凉”句中“前事”，既指徐贲谪居临濠，也应指北郭友人诗酒盛事风流云散。世事沧桑，往事如烟，诗人倍觉人世凄凉。

经历元明鼎革动荡，诗人渐悟历史沧桑而世事纷繁，人生空幻而命运无常，故感慨“人事推迁古难料”。此句寓意深刻，发人深省。而末句“一杯且听江南调”，融世间兴衰治乱、悲欢离合、荣辱浮沉于举杯听曲，细节传神，寄慨遥深，思致悠长，令人回味不尽。

送王孝廉游京归钱塘

江南草长蝴蝶飞，玉缸碧酒流春辉①。
相逢上客同买醉，白马新自燕山归②。
燕山归来不堪说，易水寒风蓟门雪③。
朝邸空随使者车，帝阍不受书生谒④。
笳声杳渺歌苦辛，短衣笑拂京华尘。
不留东阁观奇士⑤，还觅西湖别故人。
此行莫叹知音寡，曾到黄金旧台⑥下。
荒台遗址今已平，更有何人致贤者。

［注释］

①江南草长：语出丘迟《与陈伯之书》，“暮春三月，江南草长，杂花生树，群莺乱飞”。玉缸：酒瓮的美称。见岑参《韦员外家花树歌》：“朝回花底恒会客，花扑玉缸春酒香。”

②上客：尊客，贵宾。燕山：指大都。

③易水：在河北省西部。源于易县境内，流入拒马河。荆轲入秦行刺秦王，燕太子丹饯别于此。见《战国策·燕策三》：“高渐离击筑，荆轲和而歌，为变徵之声，士皆垂泪涕泣。又前而为歌曰：‘风萧萧兮易水寒，壮士一去兮不复还。’复为慷慨羽声，士皆瞋目，发尽上指冠。于是荆轲遂就车而去，终已不顾。”蓟门：古地名，在今北京城西德胜门外西北隅。

④朝邸：朝廷。帝阍：宫门，禁门。

⑤“不留”句：典出《汉书·朱云传》，讲薛宣为丞相，朱云去拜访

他，薛宣留朱云住下，说："在田野亡（无）事，且留我东阁，可以观四方奇士。"朱云答："小生乃欲相吏耶？"

⑥黄金旧台：指黄金台、幽州台，故址在今北京大兴。相传战国时，燕昭王在易水东南筑黄金台，置千金于其上，以招纳天下贤士。陈子昂有《登幽州台歌》："前不见古人，后不见来者。念天地之悠悠，独怆然而涕下。"

［评析］

钱塘王孝廉赴京拜谒朝廷，以求仕宦。不料频遭冷落，无功而返。路过苏州，高启赠诗劝慰送别，并借以表达对元末政风昏乱、人才埋没的失望之情。

首二句自江南美景美酒写起，即景赋诗，表达欢迎之意。江南风景如画，清酒流溢春辉，这对自大都归来、失魂落魄的朋友而言，自然有宾至如归之感。而在京师时，王孝廉频遭冷遇，身心已憔悴不堪。其南归钱塘，悲壮如荆轲一去不返，"易水寒风蓟门雪"颇具象征意味，与开头两句形成鲜明对比。"帝阍不受书生谒"句表现统治者冷酷无情，同时也对朝廷能否长治久安产生隐忧。"笳声杳渺歌苦辛，短衣笑拂京华尘"两句，形象传神，表现王孝廉在京城遭遇冷眼后的伤心与无奈。末四句意味深长，既借黄金台典故安慰朋友不枉此行，又吊古伤今，表达对元朝统治者埋没人才、昏庸失察的失望之情。

本诗构思巧妙，韵脚变换自如，语调流畅，字里行间表现了对朋友的关心与同情。

赋钱散人江村二题·钓雪滩[1]

江流欲澌鱼不起,一蓑犹钓寒芦里[2]。

渔村茫茫烟火微,雪满晚篷人独归。

[注释]

①钱散人：名不详，或为钱复。散人，闲散自在的人。陆龟蒙《江湖散人传》：“散人者，散诞之人也。心散、意散、形散、神散，既无羁限，为时之怪民，束于礼乐者外之曰：‘此散人也。’”钓雪滩：地名，在吴江市淞江之滨，柳塘花屿，景物秀美。

②澌(sī)：解冻后随水流动的冰块。《楚辞·九歌·河伯》：“与女游兮河之渚，流澌纷兮将来下。”寒芦：冬天的芦苇丛。“一蓑”句：或自柳宗元《江雪》“孤舟蓑笠翁，独钓寒江雪”化出。

[评析]

本诗意境清冷孤寂，深幽如画，有柳宗元《江雪》之致。

诗中描写了一个孤独的渔者形象。江流冰冻似解未解，冰下游鱼似起未起，渔人却身着蓑衣，独坐寒芦，挥竿垂钓。一“犹”字，表明其钓意不在鱼，而在闲散自在之乐，更像是一份对自我的坚持与坚守。黄昏时候，暮烟霭霭，渔村茫茫，渔人独自划着撒满飞雪的篷船回家，如同“风雪夜归人”。一“独”字突出了渔者寄身江湖、独来独往的孤寂形象，境界幽僻，意味深长。

诗中所展现的正是闲居钓雪滩的钱散人的形象。全诗诗中有画，境界清幽，传神写意，蕴藉含蓄，体现了诗人高超的构思立意技巧。

幻住精舍寻梅[1]

郭西雪后寻僧院，短竹穿沙水如练。
梅花有待我来催，十日春寒未开遍。
忽思前日渡江水，夜解征帆宿山县[2]。
偶逢一树在官廨[3]，为写新诗冰满砚。
关山梦别今五年，缟袂[4]谁家月中见。
自惭丧乱尚漂泊，泪眼如看故人面。
黄昏酒醒逐寒影，绕树千回意无倦。
南枝北枝乱如雪，未许东风吹一片。
名园桃李尽荆榛，空谷独开君莫怨[5]。
重来省视两何如，惆怅归时有余恋。

［注释］

①幻住：即幻住寺，旧址在阊门西五里雁荡村。精舍：道士、僧人修炼居住之所。

②山县：山区邑县。

③官廨（xiè）：官署，官吏办公的房舍。

④缟袂：白衣。此处借喻白色花卉。

⑤“空谷”句：见高启《西山幻住期看梅花雨雪不果三首》其三，“此花不少繁华种，只合空山独自开”。

[评析]

本诗描绘幻住寺观梅，表现出诗人对梅花之钟情，并抒发其历经丧乱、寄情梅花之感慨。

首四句诗人踏雪寻梅，以示钟爱梅花。而“梅花有待我来催”则表现梅花对“我”之期待。故此四句从物我双方，表现诗人与梅花知心故人般的亲近感情。接着诗人回忆南游观梅。南游吴越苦乐颇多，而诗人犹记官廨咏梅，可见诗人对梅花一往情深。历经元末社会丧乱后，诗人更寄慨于梅花。“泪眼如看故人面”的场面描写，情感真切，令人感动。而“绕树千回意无倦”之动作描写，更见诗人的情思缱绻。

诗人对比名园桃李，歌咏梅花历经风霜，空谷独开，枝头绽放，赞赏其高洁脱俗、冰清玉洁品格。同时，诗人将梅花拟人化，“空谷独开君莫怨”，语意亲切，如同劝慰友人。而末两句亦如老友分别，道声珍重，流露诗人对梅花依依不舍之情。

五言古诗

早过萧山，历白鹤、柯亭诸邮[①]

客起何太早？村荒绝鸡鸣。

况时江雨晦，不得见启明[②]。

凌兢度高关[③]，山空县无城。

隔林闻人呼，已有先我行。

侧身避径滑，聚足[④]防崖倾。

衣寒复多风，㶁㶁[⑤]远水声。

千峰雾中过，不识状与名。

岚[⑥]开见前邮，始觉历数程。

越禽啼枫篁[⑦]，冷日傍午晴。

烟生沙墟寂，叶落涧寺清。

登临亦可悦，但恨时非平。

［注释］

①萧山：地名，在杭州东部，钱塘江下游。白鹤：地名，在萧山东三十里。柯亭：地名，在绍兴西北二十余里。邮：驿站。

②启明：启明星，即金星。

③凌兢：战栗、恐惧的样子。见王安石《九井》："飞虫凌兢走兽骇，霜雪夏落雷冬鸣。"高关：在边界设置的高门。

④聚足：登台阶时一步一并足。见《礼记·曲礼上》："拾级聚足，连步以上。"

⑤㶁㶁（guōguō）：水流声。

⑥岚：山中的雾气。

⑦篁(huáng)：竹子。

[评析]

本诗作于至正十八年（1358）冬高启南游吴越期间。高启途经萧山、白鹤亭、柯亭等地，前往绍兴，写下此诗。

荒芜的村落，连绵的阴雨，高大的关门，破败的县城，凛冽的寒风，弥漫的雾霭，静寂的沙墟，冷清的涧寺，等等。诗人沿途所见阴冷灰暗，境界凄清寂寥，读来令人感到沉重压抑。诗人以时间为序，将以上意象巧妙连缀。从晨起雾气弥漫、不见启明星，到“岚开见前邮”，再到“冷日傍午晴”“叶落涧寺清”，诗人一路写来，不疾不徐而一气呵成，并巧妙带出了行踪。其中，既有“凌兢度高关”时的战战兢兢、“侧身避径滑，聚足防崖倾”时的小心翼翼，还有“岚开见前邮，始觉历数程”时的欣喜自得，情态生动形象，宛在目前，使诗中的画面有了动感。同时，诗人还巧妙地把声音嵌入其中，如行人的呼叫声，潺潺的流水声，鸟儿的啼叫声，使诗境生动而有灵气。本诗以移步换景写途中所见，笔触细腻，色彩协调，层次感强，宛如一幅山水画卷。

吴越之游是高启首次离乡远游，怀有对外界的好奇与向往，带着壮游天下的胸怀与豪情。但本诗色彩灰暗，语调沉重。这固然与冬日时节有关，其实也反映了诗人真实的心理感受。自至正八年（1348）开始，各地义军风起云涌，元朝统治摇摇欲坠。张士诚占据浙西，朱元璋攻占金陵，并遣兵取浙东，到处风雨飘摇。高启从杭州到绍兴，一路亲眼所见破败衰颓的景象，既让他心感沉重，无心观赏浙中盛景，也让他对旅途心怀隐忧，甚至恐惧。因此，最后两句“登临亦可悦，但恨时非平”，言简而意丰，含蓄而悠长，颇令人回味。

登风凰山[1]寻故宫遗迹

兹山势将飞，宫殿压其上。
江潮正东来，朝夕似奔向[2]。
当时结构意，欲敌汴都壮[3]。
我来百年后，紫气愁不王[4]。
乌啼壁门空，落叶满阴障。
风悲度遗乐，树古罗严仗[5]。
行人悼降王，故老怨奸相[6]。
苍天何悠悠，未得问兴丧。
世运今复衰，凄凉一回望。

[注释]

①凤凰山：山名，在杭州城南。南宋建都时曾将其纳入内苑。

②奔向：奔逐。

③结构：建筑。汴都：北宋都城汴州，在今河南开封。"欲敌"句：当初南宋建都杭州，意在形胜上超过汴州。

④紫气：紫色的云气。古代以此为祥瑞之气，为帝王、圣贤等出现的预兆。王：通"旺"，旺盛、兴旺。

⑤度：度曲，演奏。罗：罗列。

⑥降王：指宋恭宗赵显。《宋史纪事本末》载德祐二年（1276）春正月，伯颜进次皋亭山，太后遣监察御史杨应奎上传国玺、降表。奸相：指贾似道，事见《宋史·贾似道传》。

[评析]

高启南游吴越期间登上杭州凤凰山，探寻南宋故宫遗迹，感慨朝代兴替与世运沧桑，写下这首咏史怀古之作。

本诗整体上以欲抑先扬、今昔对比，写南宋故宫历史变迁。首句落笔不凡，写凤凰山山势欲飞而宫殿之态力压其上，突出宫殿雄伟傲立的气势。而钱塘江潮朝夕奔逐，滔滔而来，与宫殿气势遥相呼应，代表南宋王朝恢宏壮观的盛世气象。此六句，诗人借南宋宫殿昭示其国运国威，为讽刺其覆亡作铺垫。百年之后，南宋安在？“乌啼壁门空，落叶满阴障。”对比昔日宫殿的威严与荣光，而今乌啼残垣、落叶遍地、风吹哀乐、古树严仗的衰败景象更像是无情的嘲讽。

赵宋王朝最终未能摆脱覆亡的历史悲剧，其结局令人叹惋，其原因令人深思。在诗人看来，不管是哀悼降王，还是痛恨奸相，朝代的兴亡盛衰任人感慨。而眼下的元王朝由治而乱，世运转衰，同样只能令人凄凉回望。诗人怀古伤今，寄寓感慨，表现了对历史规律的深入思考与对天下苍生的关切怜悯。

宿汤氏江楼，夜起观潮

舟师[1]夜惊呼，隔浦乱灯集。
潮声若万骑，怒夺海门[2]入。
初来听犹远，忽过顾无及。
震摇高山动，喷洒明月湿。
霜风助翻江，蛟龙苦难蛰[3]。
应知阴阳气[4]，来往此呼吸。
登楼觉神壮，凭险方迥立。
何处望灵旗[5]，烟中去波急。

［注释］

①舟师：船夫。

②海门：钱塘江入口处，两山相对，谓之海门。因江岸逼仄，潮流汹涌，世称“海门潮”。

③蛰：蛰伏，潜藏。

④阴阳气：据《临安志·高丽图经》，“一昼一夜，合阴阳之气。凡再升降，故一日之间，潮汐皆再焉”。古人以为潮汐是天地的呼吸，郭璞《江赋》曰：“呼吸万里，吐纳灵潮。”

⑤灵旗：神旗，此处指水神的旗子。见刘禹锡《七夕》诗之一：“河鼓灵旗动，嫦娥破镜斜。”

［评析］

钱塘江潮名闻天下，以每年农历八月十八日海宁所见为最。本诗生动描绘了钱塘大潮的壮观景象。

诗人从声响、形状、速度以及众人反应等多个角度描写涌潮来袭时的气势情状，以及大潮对人视觉、听觉及心理上的冲击，境界宏阔，笔触逼真，令人如闻其声，如睹其形，如临其境。诗人辅以潮洒明月、天地呼吸、蛟龙难藏、水神出没等渲染涌潮气势，想象丰富，绘状鲜明。

本诗以潮来、潮涨、潮退建构全诗，层次井然。潮来之时，如万马驰骋，飞奔而至，地动山摇，轰鸣暴响，似远犹近，避之不及。涨潮之时，其势、其声、其形令人惊愕万状，凭栏方定。潮退也急，如水神灵旗在烟波中迅速隐没。此结构既可连续展现潮涨潮落之壮观景象，又能集中表现某一时段特定画面，进而塑造钱塘江潮完整而鲜明的艺术形象，给人酣畅淋漓的审美享受。

过奉口战场

路回荒山开，如出古塞门。
惊沙四边起，寒日惨欲昏。
上有饥鸢[①]声，下有枯蓬根。
白骨横马前，贵贱宁复论？
不知将军谁，此地昔战奔[②]。
我欲问路人，前行尽空村。
登高望废垒，鬼结愁云屯[③]。
当时十万师，覆没能几存。
应有独老翁，来此哭子孙。
年来未休兵，强弱事并吞。
功名竟谁成，杀人遍乾坤[④]。
愧无拯乱术，伫立空伤魂。

［注释］

①鸢（yuān）：鸟名。属猛禽类。俗称鹞鹰、老鹰。

②战奔：征战。

③屯：积聚。

④“功名”“杀人”两句：化用曹松《己亥岁二首》其一，“凭君莫话封侯事，一将功成万骨枯”。

[评析]

本诗真实再现萧条荒凉的奉口战场，借此反映元末社会动荡，表现诗人控诉战争、悲悯苍生的真挚情怀。

起句即令读者仿佛置身边塞古战场：黄沙、落日、枯蓬、空村、废垒，累累白骨、凄厉鸢叫、残垣断壁。画面之中，既无鲜活生命，亦无美丽自然，目光所及，唯死亡与衰败，气息令人感到沉重而压抑。诗中不仅控诉战争对文明的巨大破坏，也对为功名而残暴杀人的将军进行谴责。将军为功名与疆土，连年征战，杀人如麻，不仅令无数士兵身死沙场，更造成普通百姓的大量伤亡，正所谓“一将功成万骨枯”。诗人由此立意，识见颇高。同时，面对战争所带来的巨大灾难，诗人又表现出对苍生百姓的悲悯与愧疚之情。

诗人以亲身所历所见，一路写来，巧妙贯串各种意象及场面，使诗歌内容过渡自然，衔接自如。始为“如出古塞门”，接以“前行尽空村”，续以“登高望废垒”，结以“伫立空伤魂”。这种构思使静止画面动感化，并利于诗人自我形象的塑造。

舟次敢山阻风累日[①]，登近岸荒冈僧舍

高岸鸣枯桑，湖阴北风厉[②]。
寒涛汹[③]我前，几日不得济。
孤舟恐漂荡，石根暮牢系。
忧来厌闲卧，近寺聊独诣。
雀饥残林空，人倦危磴细。
年荒无居僧，树死石门闭。
神伤却欲返，微霰洒征袂。
穷冬已峥嵘，故国尚迢递[④]。
仰看浮云驰，东路阻归计。
长叹复何言，吾生信多滞。

[注释]

①次：停留。 敢山：山名，在今浙江湖州。

②“高岸”句：化用汉乐府《饮马长城窟行》“枯桑知天风，海水知天寒”。 湖阴：湖的南面。

③汹：水势盛大。

④峥嵘：形容岁月逝去。 见鲍照《舞鹤赋》：“岁峥嵘而愁暮，心惆怅而哀离。”迢递：遥远。 诗人因滞留他乡，故有此感叹。

[评析]

本诗描写诗人滞留敢山、登荒冈僧舍之所见所感。

岁暮严冬，寒风凛冽，对于漂泊在外的高启来说，最迫切的愿望莫过于早日返乡与家人团聚。然而由于水急浪高，孤舟难济，他被迫滞留敢山数日。开头数句，诗人自高处、远处依次写来，先言高岸枯桑，呼啸北风，次及汹涌浪涛，漂荡孤舟，系舟石根，终写闲卧舟中的诗人自己，井然有序，转接自如。而叩访僧舍所见之残林、危磴、死树、石门，荒凉破败，了无生气，不仅未消解诗人郁积心中的孤寂之感，反而让人触目伤怀，黯然销魂。“穷冬已峥嵘，故国尚迢递”句，形象贴切，道出了诗人内心深沉的感慨与悲哀。时光流逝而家国路遥，思乡情切而杳无归期，忧伤的诗人仰观且长叹，将内心的伤感与无奈归咎于人生不可逆转之境遇：“长叹复何言，吾生信多滞。”

本诗自始至终以诗人情感之变化贯穿其间：闲卧无聊而登山解闷，目睹僧舍而黯然神伤，欲归未归却念念思归。末尾“仰看”与“长叹”两个动作细节，更是传神地表现了诗人内心的煎熬与无奈。

谒双庙[1]

维昔天宝末，君王宠奸虏[2]。
雄边委强兵，遗患同养虎[3]。
叛闻遽西幸[4]，骨肉弃榛莽。
河北二十州[5]，义士谁御侮？
两公[6]起誓众，恸哭告玄祖。
横身遏其冲，江淮保安土[7]。
孤城无全堞[8]，百战霜月苦。
力穷援不来，啮齿骂益怒[9]。
残兵日饥疲[10]，秋风仆旗鼓。
男儿不生降[11]，一死冠今古。
故乡有遗庙，俗祭巫屡舞。
丹青网尘中，爽气犹可睹。
嗟今属丧乱，戎马正旁午[12]。
临危肯捐躯，如公未多数。
独立为悲伤，斜阳下寒楚。

［注释］

①双庙：祭祀唐代“安史之乱”期间两位功臣张巡、许远的庙。此处指开平二年（908）在海宁建的双庙。各地祭祀张巡、许远的庙很多，如韩愈《张中丞传后叙》：“愈尝从事于汴、徐二府，屡道于两州间，亲祭于其所谓双庙者。其老人往往说巡（张巡）、远（许远）时事。”

②维：助词，无意义。“君王”句：天宝末年，唐玄宗李隆基宠信杨国忠、安禄山，耽溺声色，致使唐王朝危机四伏。《新唐书·安禄山传》载：“时杨贵妃有宠，禄山请为妃养儿。帝许之。其拜，必先妃后帝。帝怪之。答曰：‘蕃人先母后父。’帝大悦。”

③雄边：地势险要的边地。天宝元年（742），安禄山为平卢节度使。三年，兼范阳节度使。六年，兼御史大夫。七年，蒙赐铁券。九年，获封东平郡王。十年，兼河东节度使。十三年，加封左仆射。经十数年扩张，安禄山兵雄天下。“遗患”句：即养虎遗患，典出《史记·项羽本纪》。“项王已约，乃引兵解而东归。汉欲西归，张良、陈平说曰：‘……楚兵罢（疲）食尽，此天亡楚之时也，不如因其机而遂取之。今释弗击，所谓养虎自遗患也。’”

④西幸：安禄山起兵叛乱，官军节节败退，唐玄宗采纳杨国忠建议，逃往四川，即所谓“西幸”。行经马嵬驿，随从禁军发难，迫使唐玄宗杀死杨国忠，令杨贵妃自缢。

⑤河北：黄河以北。二十州：《资治通鉴》卷一五八载，刘裕采纳大臣朱异建议，将海内之州分为五品：上品二十州，次品十州，次品八州，次品二十三州，下品二十一州。二十州意谓上品土地。

⑥两公：指张巡与许远。《新唐书·张巡传》载“安史之乱”爆发后，叛军张通晤攻陷宋、曹数州，谯郡太守杨万石降贼，逼张巡为长史，西迎叛军。张巡率吏哭于玄元皇帝祠，遂起兵讨贼，从者千余。

⑦“江淮”句：《新唐书·张巡传》载，“贼知外援绝，围益急。众议东奔，巡、远议以睢阳，江淮保障也，若弃之，贼乘胜鼓而南，江淮必亡。且帅饥众，行必不达。”张巡、许远死守睢阳，保护了江淮大地，为唐王朝军队重整旗鼓赢得了宝贵的时间。

⑧“孤城”句：据《新唐书·张巡传》，张巡率众与叛军战四百余回，斩将三百、兵十余万。堞：城上呈齿形的矮墙，也称女墙。

⑨“力穷”句：据《新唐书·张巡传》，张巡、许远死守睢阳之时，御史大夫贺兰进明屯兵于临淮，坐视不救。张巡派南霁云求请救兵，也被贺

兰进明拒绝。“啮齿”句:《新唐书·张巡传》载,“城陷,与远俱执。巡众见之,起且哭。巡曰:‘安之,勿怖,死乃命也。’众不能仰视。子琦谓巡曰:‘闻公督战,大呼辄眦裂血面,啮齿皆碎,何至是?’答曰:‘吾欲气吞逆贼,顾力屈耳。’子琦怒,以刀抉其口,齿存者三四。巡骂曰:‘我为君父死,尔附贼,乃犬彘也,安得久?’”

⑩“残兵”句:《新唐书·张巡传》载,“士多饿死,存者皆痍伤气乏。巡出爱妾曰:‘诸君经年乏食,而忠义不少衰,吾恨不割肌以啖众,宁惜一妾而坐视士饥!’乃杀以大飨,坐者皆泣。巡强令食之;远亦杀奴童以哺,卒至罗雀掘鼠,煮铠弩以食”。

⑪“男儿”句:《新唐书·张巡传》载,“(贼兵)以刃胁降,巡不屈。又降霁云,未应,巡呼曰:‘南八,男儿死尔!不可为不义屈。’霁云笑曰:‘欲将有为也,公知我者,敢不死!’亦不肯降。乃与姚訚、雷万春等三十六人遇害”。

⑫旁午:纷繁交错。

[评析]

本诗生动再现“安史之乱”期间张巡、许远挺身而出,阻击叛贼又力挽狂澜的英勇事迹,歌咏其“守一城,捍天下”(韩愈《张中丞传后叙》)守卫国家的历史功绩,表达了对英雄视死如归、“一死冠今古”的由衷敬佩,同时也流露了对元末将领的不满和对动荡时局的担忧。

诗人自天宝末年玄宗昏庸宠奸写起,再现当时朝政废弛、国家危亡的局势:安禄山拥兵自重,以虎狼之心觊觎天下;唐玄宗仓皇出逃、威仪不保;叛军势如破竹,所向披靡;唐朝军队望风而逃,甚或拱手献城,令河山沦陷、生灵涂炭。在此背景之下,张巡、许远等人临危不惧的抗敌形象跃然纸上。诗人怀着悲怆、壮烈之情,描写张巡、许远艰苦抗敌直至牺牲的境遇,千古而下,令人感泣。据司马光《资治通鉴》记载,张巡、许远所守的睢阳城中,兵少粮尽,守城将士罗雀掘鼠杀战马,杀老弱妇女以坚守城池，张巡甚至献出其妾，人人知必死而无人降敌。最终城池虽破，但他们保护了江淮大地，也为唐朝军队赢得了宝贵的时间。诗中“恸哭”“横身”“孤城无全堞，百战霜月苦”等词句表现了英雄义无反顾、舍生忘死的大无畏气概。而“男儿不生降，一死冠今古”两句，铿锵有力，掷地有声，更是对英雄至高功绩的赞颂。

最后六句，诗人吊古怀今，难掩对动荡时局的担忧。元末朱元璋、张士诚、方国珍、陈友谅等揭竿而起，征战杀伐，致使民不聊生。而元朝将领中无人像张巡、许远那样身捐国难、慷慨赴死，致使元朝统治江河日下、大势已去。“独立为悲伤，斜阳下寒楚”两句，寓情于特定画面，饱含对时局的担忧与无奈。

本诗内容沉郁，感情充沛，笔力雄健，一气呵成，字里行间透出正义与力量，具有强烈的情感冲击力与艺术感染力。

秋怀十首（其一）

少时志气壮，不识秋气悲[①]。
呼俦射鸣雁，深骛东山陂[②]。
中年渐多怀，恻恻[③]当此时。
登高望原陆[④]，不见车马驰。
思我平生欢，高坟郁累累。
世人非羡门，谁能久华滋[⑤]？
惟有盈觞酒，可以持自怡[⑥]。

［注释］

①秋气悲：秋天充满肃杀、悲凉之气。宋玉《九辩》："悲哉，秋之为气也！萧瑟兮草木摇落而变衰。"

②俦：同类，伴侣。骛：疾驰。见《南齐书·文学传论》："少卿离辞，五言才骨，难与争骛。"

③恻恻：凄凉。

④原陆：原野。

⑤羡门：方士名。《史记·封禅书》载："羡门子高，燕人，为方仙道。"华滋：形容面色丰美滋润。骆宾王《同辛簿简仰酬思玄上人林泉》之二："坐叹华滋歇，思君谁为言？"

⑥自怡：怡然自得。

[评析]

诗人自述生平，慨叹人生，抒发青春不再、世事难常之无奈与悲凉。

起句追忆少时情形，寄寓伤逝之情。“呼俦射鸣雁”句简洁传神，“呼”与“射”动作连贯，先后相继，“鸣”字突出了呼朋射雁的画面感。与意气风发的少年相比，中年时则怀古恋旧，倍觉凄凉，登高望远，郁郁寡欢。尤其面对故旧凋零，高坟累累，更令人有不堪悲凉之叹。在对比少年、中年之后，诗人若有所悟——唯以饮酒，排解忧愁。

本诗以对比谋全篇，情绪先昂扬，后感伤，再悲凉，最终转为无奈与平淡，不着痕迹而水到渠成，体现了高超的艺术构思技巧。

秋怀十首(其二)

明月出远林,流辉鉴床帏①。
促促②草下虫,催我索故衣。
起叹秋夜长,欲取鸣琴挥③。
掩抑不成弄,中心复乖违④。
有怀难自宣,勿谓知音稀⑤。

[注释]

①鉴：照。“流辉”句：意近阮籍《咏怀诗》其一“薄帷鉴明月”句。

②促促：象声词，虫鸣声。见王建《当窗织》：“草虫促促机下啼，两日催成一匹半。”

③“起叹”“欲取”两句：这两句化用阮籍《咏怀诗》其一，“夜中不能寐，起坐弹鸣琴”。

④掩抑：形容声音低沉。见王融《咏琵琶》：“掩抑有奇态，凄怆多好声。”弄：曲调。中心：内心。乖违：错乱反常。

⑤知音稀：语出《古诗十九首》“西北有高楼”，“不惜歌者苦，但伤知音稀”。

[评析]

本诗描写诗人心事重重、难以入眠，而又无人倾诉的苦闷心情。

就诗歌内容而言，诗人内心有难以倾诉的愁闷，欲言又止、欲罢不能。明月流辉不解人意，促促草虫紧催故衣。在此氛围中，诗人既不能像李白“我寄愁心与明月”，亦不能与草虫诉情衷。 秋夜漫漫，辗转反侧，有心弹琴不成曲调，有意抒怀难觅知音，诗人内心的苦闷无法排遣。

就意境营造而言，开头数句中以秋夜寂静清冷之月光、聒噪烦人之虫鸣映衬诗人孤独苦闷之情，景中有情，情景交融。 其意境颇近阮籍《咏怀诗》：“夜中不能寐，起坐弹鸣琴。 薄帷鉴明月，清风吹我襟。”刘勰《文心雕龙·明诗》曾评阮诗“阮旨遥深”，就高启本诗而言，晦涩难懂，亦有深不可测之忧思。

秋怀十首(其四)

志士忧岁晚,羁人感秋早[①]。
骚骚鬓丝垂,索索枯叶槁[②]。
谁言众芳歇,时菊正鲜好。
日暮餐其英[③],聊开我怀抱。
贫贱难久居,欲去恐违道。
时命恐未通,徜徉[④]以终老。

[注释]

①志士:有理想、有抱负的人。见曹丕《典论·论文》:“日月逝于上,体貌衰于下,忽然与万物迁化,斯志士之大痛也。”羁人:旅客。鲍照有《代悲哉行》:“羇人感淑景,缘感欲回辙。”“羇人”亦作“羁人”。

②骚骚:寂寞凄凉。见姚合《秋日书事寄秘书窦少监》:“秋气日骚骚,星星双鬓毛。”索索:瑟瑟,形容细碎之声。见董解元《西厢记诸宫调》卷六:“衰草萋萋一径通,丹枫索索满林红。”

③“日暮”句:句意出自屈原《离骚》,“朝饮木兰之坠露兮,夕餐秋菊之落英”。

④徜徉:安闲自得的样子。见韩愈《送李愿归盘谷序》:“膏吾车兮秣吾马,从子于盘兮,终吾生以徜徉。”

[评析]

本诗表现诗人伤感失落却餐英自得、不甘贫贱又无可奈何的复杂心情。

岁暮晚秋，志士羁人为节令交替而伤感。志士因建功立业、立德扬名而迫不及待，羁人为漂泊辗转、孑然一身而倍感凄凉。首两句“忧”“感”二字巧妙精当，表现志士、羁人面对同一时节的不同心态。次两句叠字“骚骚”与“索索”对工精巧，用秋景萧条比拟容颜衰老，形象且传神。

本诗中，诗人情感变化一波数折。先是感于秋之萧瑟而悲伤，既而因秋菊鲜好而欣喜自得，后又因身处贫贱而不安，最终因时命未通而归于旷达。情感波动构成本诗铺展之暗线，并与时序、秋景、衰颜相结合，表现了诗人矛盾而复杂的心态。

秋怀十首（其八）

弱龄弄篇翰①，出门结群贤。
俯仰②几何时？已有好新年。
欢娱虽常逢，忧患亦屡牵。
世故逐人老，发鬓能久玄③？
沉思复何为，省④我既往愆。
问道行已歇，中途曷归旋。

[注释]

①弱龄：泛指幼年、青少年。篇翰：篇章，一般指诗文。见鲍照《拟古诗》："十五讽《诗》《书》，篇翰靡不通。"

②俯仰：比喻时间短暂。见王羲之《〈兰亭集〉序》，"夫人之相与，俯仰一世，或取诸怀抱，悟言一室之内；或因寄所托，放浪形骸之外"。

③玄：黑色。

④省：反省。

[评析]

诗人追忆少时以文会友，成年忧患相伴，感慨时光流逝、人生易老，表现了反省既往、沉思人生时的稳重心态。

岁月已逝而往事如昨，知交零落却言犹在耳，偶有欢娱但忧患牵绊，沉思往事却踯躅难言，诗人准确而真切地表现了人生心态的阶段性变化。其中"世故逐人老，发鬓能久玄"句感慨岁月悠悠，人生易老，揭示了人世间残酷的时间法则。诗人不止于感慨人生，而是自外而内，反省既往过失，探求心路轨迹，表现了对人生的深入思考。本诗自远而近回望人生，层层深入探究哲理，表现了诗人难能可贵的人生态度与理性自觉。

答张山人宪[1]

听君辛苦词[2],感我艰难情。
百年自有为,安用文章名?
鸡鸣海光动,车马尘满城[3]。
相逢无新旧,言合意自倾。
奉觞置君前,长歌发哀声。
时乎苟未得,饮此全其生。

[注释]

①张山人宪:张宪,字思廉,山阴人。曾学诗于杨维桢。一生负才不羁,壮游四方,发誓不娶。曾赴京师,指点天下大事,众惊其狂。又入富春山中,混迹于僧道间疏狂自放。后寄食于杭州报国寺,以此终老。山人,隐居于山中的士人。

②“听君”句:化用戎昱《苦辛行》“且莫奏短歌,听余苦辛词”。

③海光动:自范成大《梦中作》“碧云万里海光动,何处书来金鹤鸣”句化出。尘满城:自杜甫《哀江头》“黄昏胡骑尘满城,欲往城南望城北”句化出。

[评析]

本诗表达了对友人张宪的欣赏、同情与劝慰。

张宪一生恃才自傲而怀才不遇,放浪形骸而仕途坎坷。对于这样一位满腹经纶却未能见用的狂士,高启同情其遭遇,赞赏其为人。“鸡鸣海光动，车马尘满城”句境界宏大，气势雄放，对张宪的名气与影响给予高度评价；而“相逢无新旧，言合意自倾”句表现了张宪豪爽仗义、以意气交游天下的至真性情，言辞间表达了对张宪的仰慕与钦佩。末四句则与张宪英雄相惜，互为知己，诗酒唱和，表现了同情、怜悯张宪的真挚情怀。

诗歌塑造、展现了张宪奇伟高大的人格形象。其不阿世媚俗、不欺世盗名的耿介人格，磊落坦荡、意气慷慨的宽广胸怀，给人留下深刻印象。

会宿城西客楼送王太史[1]

君来欢不足，君去忧何遽！

共听枫桥钟[2]，留连恐将曙。

蛩鸣故苑草，鸟起高城树。

明日独登楼，归帆渺何处？

［注释］

①王太史：指王彝，字常宗，自号妫蜼子，嘉定人。少孤贫，读书于天台山。洪武初，以布衣召修《元史》。史成，赐金币遣还。不久选入翰林，又以母老乞归养。后因魏观《上梁文》事，与高启并诛于南京。此诗写于洪武六年（1373）。王彝自海上来苏州，与高启相见，停留数日将返乡，高启赋诗赠别。

②枫桥钟：即寒山寺钟。见张继《枫桥夜泊》："月落乌啼霜满天，江枫渔火对愁眠。姑苏城外寒山寺，夜半钟声到客船。"

［评析］

本诗表现了对王彝来访的喜悦之情和即将离别的伤感与失落。

起句"君来欢不足"，掩饰不住诗人对王彝来访的兴奋与激动，同时包含了故交相见后把酒言欢的生活场景。而与王彝的再次分别，令人猝不及防，顿觉感伤。首两句以对比张本，表现了相见与别离所带来的强烈情感体验。接着写送行时惜别的深情。一边是钟声入耳，声声催人，一边是觥筹交错，杯杯难舍，所谓相见难，别离更难。诗人以共听枫桥钟入诗，巧妙借用张继《枫桥夜泊》“夜半钟声到客船”的意境，寓意深刻，韵味悠长。而蛩鸣聒噪，飞鸟惊起，故交依依惜别，凄凉之极，着实令人不堪别离！而更令人黯然神伤的是明日独立高楼，极目远望，“归帆渺何处”？此句意近李白“孤帆远影碧空尽”，含不尽之意于言外，将依依惜别的深情与归帆渺渺的场景融为一体，情景交融，余味悠远。

因病不饮

我昔无所求，但愁酒杯空。
引满先四座，醉豪压春风。
年来病稍侵，积忧复相攻。
举觞不能吞，若有物梗胸。
岁晏[①]风雨多，拥炉坐窗中。
酒徒散去尽，欢呼与谁同？
三杯即頳然，憔颜映灯红。
后老当奈何？即今已如翁。
斯味禹所恶，摄生笑无功[②]。
从此便可止，赋诗继陶公[③]。

[注释]

①晏：晚，迟。

②"斯味"句：典出《孟子·离娄下》，"禹恶旨酒而好善言"。摄生：养生。老子《道德经》："盖闻善摄生者，陆行不遇虎兕，入军不被甲兵。"

③"从此""赋诗"两句：化自陶潜《止酒诗》"始觉止为善，今朝真止矣"句。

[评析]

本诗流畅自然，明白如话，描写以酒交友的乐趣、因病不饮的苦恼以及戒酒赋诗的旷达。

诗人以今昔对比写病前豪饮与病后颓然的生活。病前以酒为乐，以酒交友，不忧柴米油盐，不屑功名利禄，座上客满，杯中不空，觥筹交错，豪压春风。病后则心怀积忧，欲饮不能，酒徒散尽，寂寞遂生，三杯颓然，鬓颜憔悴，独守空窗，风雨为伴。从场面到容颜，再到心态，诗人生动表现了因病不饮前后截然不同的生活。最后，诗人自我开导，效仿陶公，止酒赋诗。

本诗语调轻松，风趣自然，展现了诗人伤感无酒、颓然憔悴而又热爱生活、乐观旷达的自我形象。

青丘道中

霖雨江暴溢，奔流绝津涯①。
茫茫野田白，何由见春华②？
居人久已亡，流萍③满其家。
昔我过此土，极目桑与麻。
故道不可寻，舟行但蒹葭。
岁凶岂宜客？四顾空长嗟。

[注释]

①霖雨：连绵大雨。津涯：边际。
②春华：春天的生机。
③流萍：漂荡的浮萍。

[评析]

本诗描写青丘遭遇大雨，江河暴涨，禾苗房屋被淹的景象，并对比先前所见，表现此次水灾的灾难性后果。

诗人以惊惧心态描写此次水灾。首两句着笔写暴雨气势情状。"霖雨""暴溢""奔流""绝"等字词，令人惊愕乃至恐惧。接着描写水灾严重后果：作物被淹，房屋倒塌，流萍遍布，四野茫茫。场面逼真，情景如见。对比昔日桑麻遍野、生机勃勃的丰收气象与今日灾荒画面，表现诗人对百姓的同情与怜悯。尤其末句"四顾空长嗟"，诗人面对水灾而无能为力、忧心似焚，流露出关心百姓、心系苍生的真挚情怀。

我愁从何来

我愁从何来？秋至忽见之。
欲言竟难名，泯然[①]聊自知。
汲汲岂畏老，栖栖讵嗟卑[②]。
既非贫士叹，宁是迁客悲[③]。
谓在念归日，故乡未曾离。
谓当送别处，亲爱元无睽[④]。
初将比蔓草，夕露不可萎[⑤]。
又将比烟雾，秋风未能披[⑥]。
蔼然[⑦]心目间，来速去苦迟。
借问有此愁，于今几何时。
昔宅西涧滨，尚乐山水奇。
兹还东园中，重叹草木衰。
闲居谁我顾，惟有愁相随。
世人多自欢，游宴方未疲。
而我独怀此，徘徊自何为？

[注释]

①泯然：消失净尽。
②汲汲：忧惶不安。 栖栖：孤寂零落貌。 讵：难道。
③迁客：遭贬谪流放之人。

④亲爱：亲友。 暌(kuí)：别离。

⑤“初将”“夕露”两句：这两句意谓欲把愁思比作蔓草，却无枯萎之时。

⑥“又将”“秋风”两句：这两句意谓欲把愁思比作烟雾，却不能被秋风吹散。 披：散去。

⑦蔼然：云烟弥漫状。

［评析］

愁，作为人类普遍情感之一，迷离朦胧，难名其状。 但愁之缘由，一般具体可寻，或生计艰辛，或骨肉分离，或怀才不遇，或兄弟反目，不一而足。 但此处诗人所写之愁，其来，不知所自，其去，不见所踪。 非关岁老，不是迁谪，更与思乡、离别无关。 总之难以理喻，无法捉摸。 同时此愁难以消解，无法排遣。 诗人以有形之蔓草与无形之烟雾喻之，不料其与蔓草、烟雾根本不同，弥漫心间，久不能散。 诗人摹写愁情形状，笔触轻灵，惟妙惟肖，生动传神。

就本诗而言，高启的愁情似与政治、现实无关，更近古代文人逢秋而悲的无意识呈现。 因起始言“秋至忽见之”，后亦有“重叹草木衰”之句，可见其愁情与文人悲秋传统有关。 但秋仅为悲秋的触点，至于何以如此长久、强烈地影响心情，则难以推论了。 事实上，此种无端而愁的情感体验，虽人人经历，但少有人深探细究。 诗人的高明之处即在于此，把人人皆有的普遍情感予以生动、形象的表现，故能引起读者的情感共鸣，给人真切的心理体验。

孤鹤篇

凉风吹广泽，日暮多浮埃。
中有失侣鹤，孤鸣迥[①]且哀。
修翮[②]既摧残，一飞四徘徊。
矫首望灵峤，云路何辽哉[③]！
渚田有遗粟，欲下群鸿猜。
岂不怀苦饥，惧彼罗网灾。
翩翩浮丘伯[④]，朝从东海来。
相呼与之归，谓是仙骥[⑤]材。
荫之长林下，濯之清涧隈[⑥]。
圆吭[⑦]发高唳，华月中宵开。
誓从临玄景，永戏昆丘台[⑧]。

[注释]

①迥：指历时久。

②修翮（hé）：长的翅膀。

③矫首：抬头。灵峤（qiáo）：仙山。峤：本指高而尖的山，泛指高山或山岭。辽：遥远。

④浮丘伯：古代神话传说中的仙人，也称浮丘公。《列仙传》载：“王子晋好吹笙，作凤凰鸣，于伊洛之间，有道士浮丘伯，接以上嵩高山。”

⑤仙骥：即仙鹤，传说鹤为仙人所乘，故云。《艺文类聚》引《相鹤经》云：“鹤，阳鸟也，而游于阴。盖羽族之宗长，仙人之骐骥也。”

⑥隈（wēi）：山水弯曲处。

⑦吭：鸟喉。见鲍照《舞鹤赋》：“引员吭之纤婉，顿修趾之洪姱。”

⑧玄景：传说中的神仙首领。《云笈七签》载：“太极有玄景之王，司摄三天之神仙者也。”昆丘台：据《十洲记》载：“昆仑山，其旁有瑶台十二，上安金台五所。”

［评析］

古诗中，鹤常以清高自赏、不与世俗同流合污的形象展现于诗人笔下，白居易、张九龄、崔颢等多有借白鹤表达志向的诗歌。高启此诗亦以失伴孤鹤之遭遇，表达超脱世俗、结交知己之期待。

孤鹤修翮摧残，失去侣伴，却仍向往仙山，而非止步当下，混同流俗，表现出高远的志向。“矫首”二字表达力强，表明了孤鹤高傲而坚决的态度。但可悲的是，孤鹤受群鸿猜忌，惧怕罗网捕捉而高飞不坠。此处诗人对孤鹤心理的刻画形象而真实。孤鹤幸遇浮丘伯后，寻到归宿，终不再有以往的惊惧与愁闷。

本诗前后两部分分别象征现实与理想。现实庸俗、残酷、险恶，而理想高雅、自由、不同凡俗。“誓从临玄景，永戏昆丘台”，诗人借孤鹤以明心志，表达了对现实生活的厌恶，寄寓了对理想生活的追求。

天平山[1]

入山旭光迎，出山月明送。
十里松杉风，吹醒尘土梦。
兹山凡几到，题字遍岩洞。
阳崖树冬荣，阴谷泉夏冻。
怪石立谁扶，灵草生岂种。
白云蓊然[2]来，诸峰欲浮动。
高鹘有危栖，幽禽无俗哢[3]。
凌藓知履滑，披岚觉裘重。
尝登最上巅，远见湖影空[4]。
渔樵渡溪孤，鸟雀归村众。
还寻老僧居，隔竹听清诵[5]。
慰我跻攀[6]劳，为设茶笋供。
几年历忧欢，造物若揶弄[7]。
迷途远山林，迟暮堪自讼[8]。
谁追谢公游，空发阮生恸[9]。
身今解组绶[10]，明时愧无用。
闲持九节筇[11]，寻访事狂纵。
石屋秋可眠，山猿许分共。

[注释]

①天平山：在苏州城西十五千米处。山多奇石，林木秀润，以红枫、清泉、奇石并称三绝，有“吴中第一名山”之誉，系北宋范仲淹先祖归葬之地。

②蓊(wěng)然：密集貌。

③哢(lòng)：鸟鸣。

④“尝登”“远见”两句：登天平山顶可远眺太湖，故云。

⑤“还寻”“隔竹”两句：天平山有白云寺。据《吴郡图经续记》，“山有白云泉，始见于白公诗。其寺建于宝历二年（826），乃乐天为苏州刺史之岁，盖因泉以兴寺也。范文正公之先葬其旁，赐额‘白云寺’，中有文正公祠堂”。

⑥跻(jī)攀：攀登。

⑦揶弄：捉弄。

⑧迷途：错误的道路，此处指误入仕途。自讼：对自己的过错进行自责。见《论语·公冶长》：“子曰：‘吾未见能见其过而内自讼者也。’”

⑨谢公游：典出《宋书·谢灵运传》。谢灵运喜“寻山陟岭，必造幽峻，岩嶂千重，莫不备尽。登蹑常着木履，上山则去前齿，下山则去后齿。尝自始宁南山伐木开径，直至临海，从者数百人”。阮生恸：典出《晋书·阮籍传》，阮籍“时率意独驾，不由径路，车迹所穷，辄恸哭而反”。

⑩组绶：本指佩玉的丝带，此借指官爵。

⑪九节筇(qióng)：竹杖名。见陆游《老学庵笔记》卷三，“筇竹杖蜀中无之，乃出徼外蛮峒。蛮人持至泸、叙间卖之，一枝才四五钱。以坚润细瘦九节而直者为上品”。另，陆游有诗《醉题》：“九节筇边秋万里，长明灯下雨三更。”

[评析]

本诗作于洪武三年（1370）高启辞官归乡之后。

天平山景观独特，风光秀丽，为江南胜景。首二句写诗人登天平山晨入夜出，给读者留下诸多悬念。其中次句妙处在以“出山”相承，避免顺笔写入山所见之俗套。旭光相迎，明月相送，诗人赋予天平山人格化情感，让人倍觉亲切。次二句语意双关，既巧妙叙述松杉遍野、徒步十里的山中旅途，又以风吹尘梦表明淡泊名利的登山心态。可见首四句起笔自如，顺接巧妙，无心走笔而语含深意。

诗人接着写一路所见的岩洞、题字、树木、清泉、怪石、灵草、白云、山峰、高鹘、幽禽、苔藓、雾气，直至登顶巅峰。笔触所至，生动自然，灵巧多变。如写怪石特立，灵草异生，令人惊异；写白云相聚，山峰浮动，亦给人奇异想象。另外，高鹘与幽禽，有高下、显隐之别；凌藓与披岚，有高低、轻滑之异。而自山巅远望太湖心影，近观渔樵鸟雀，亦足见视线由远而近之游移。于僧居喝茶，听闻诵经，既是途中所遇之实，又为下文反省人生巧妙铺垫。

本诗一韵到底，一气呵成，“长篇强韵，层出不穷，无一懈笔”（赵翼《瓯北诗话》卷八），表现了诗人厌恶官场、爱好自由、亲近自然的疏狂本性。

太　湖

长溪如白虹，分走荆霅[1]派。
具区纳群流，襟带三郡界[2]。
太虚混鸿蒙，元气流沆瀣[3]。
初疑溟渤宽，稍觉云梦隘[4]。
茫茫雁飞迟，飒飒[5]帆度快。
雨来鼍报鸣，风起鸥惊迈[6]。
神龙作渊都，岂复数鳞介[7]？
珠光照水府[8]，不受白日晒。
朝看炮车云，雪浪动澎湃[9]。
声吹地将浮，势击山欲坏。
黄头虽轻生，捩柁不敢懈[10]。
有时湛明镜，峰吐青几块。
烟中树若莎，波上舟如芥[11]。
渔就沙岸炊，客来水祠拜。
震泽思禹功，夫椒记吴败[12]。
白鱼逢夏出，黄柑待秋卖[13]。
我性好游观，夙负云水债。
欲寻鸱夷舸[14]，不顾涉险戒。
人生亦何为？世故自拘械[15]。
万事风飘花，百年露垂薤[16]。

何当叩林屋[17]，秉炬访仙怪。

试探不死方，为人起痾瘵[18]。

［注释］

①荆霅（zhà）：指荆溪与霅溪。荆溪在江苏宜兴南，以近荆南山而得名。溪水自永阳江而来，注入太湖。霅溪在浙江吴兴境内，溪水来自天目山，注入太湖。

②具区：太湖的别称。三郡：指苏州、湖州、常州。

③太虚：指宇宙。鸿蒙：宇宙形成前元气未分貌。沆瀣：指水汽。

④溟渤：溟海和渤海，多泛指大海。云梦：指云梦泽。司马相如《子虚赋》载，云楚有七泽，其小者曰云梦，方圆九百里。

⑤飒飒：疾速貌。

⑥"雨来"句：金檀引《埤雅》注，"鼍遇雨则鸣"。鼍（tuó），亦称扬子鳄，产于长江下游，亦称"鼍龙"，俗称"猪婆龙"。"风起"句：金檀引《南越志》注，"江鸥一名海鸥，在涨海中，颇知风云，若群飞至岸必风，渡海者以此为候"。

⑦鳞介：泛指有鳞和介甲的水生动物。

⑧"珠光"句：自姚合《庄居野行》"采玉上山巅，探珠入水府"中化出。

⑨炮车云：一种预示暴风即将到来的云。《国史补》："暴风之候，有炮车云。"雪浪：白色浪花。见杜牧《题池州贵池亭》："蜀江雪浪西江满。"澎湃：波浪相互冲击状。

⑩黄头：水军。汉代习于水战的羽林军，着黄帽，故云。轻生：不畏死。捩柁（lièduò）：转动船舵。见王安石《彭蠡湖》："东西捩柁万舟回，千岁老蛟时出戏。"

⑪芥：形容细小。见《庄子·逍遥游》："覆杯水于坳堂之上，则芥为之舟。"

⑫震泽：太湖的别称。禹功：大禹治水的功绩。夫椒：在太湖中，洞庭山西北。吴王夫差曾击败越兵于此。

⑬白鱼：指太湖白鱼。《吴郡志》载："白鱼出太湖者为胜……吴人以芒种日谓之入梅，梅后十五日谓之入时。白鱼于是盛出，谓之时里白。"叶梦得《避暑录》："太湖白鱼，实冠天下。"黄柑：指洞庭黄柑。《吴郡志》载："真柑出洞庭东、西山，柑虽橘类，而其品特高。芳香超胜，为天下第一。"苏舜钦《望太湖》："笠泽鲈肥人脍玉，洞庭柑熟客分金。"

⑭鸱夷舸：据《史记》，范蠡功成身退，"浮海入齐"，变姓名为鸱夷子皮。

⑮拘械：束缚羁绊。

⑯"百年"句：意思是人命如薤上之露易于消失。

⑰林屋：即林屋洞。《具区志》载："林屋洞在洞山下，道书十大洞天之第九洞……中有石室、银房、石钟、石鼓、金庭、玉柱、白芝、隐泉、金沙、龙盆、鱼乳泉、石燕，内有石门，名隔凡。"《娄地记》载：吴大帝使人行三十余里而后返，云上闻波涛声，有大蝙蝠如鸟，拂杀人；火穴中高处，火照不见巅，穴有鹅管钟乳冰，寒不可得入，春夏方可入。

⑱不死方：指长生不老之方。起疴瘵（kēzhài）：治愈疾病。此处指起死回生。起：治愈。疴瘵：病。见韦应物《闲居赠友》："闲居养疴瘵。"

[评析]

本诗大气磅礴，恢宏壮阔，想象丰富，尽现太湖山水雄奇瑰丽之美。

首四句写太湖水源之邈，外围之广，境界寥廓，有尺幅千里之势。以白虹喻溪水之长，比喻奇特，形象鲜明。继而写太湖疆域之广、风云之暴、湖水之深、波浪之险。具体而言，以太虚元气写其苍茫，以溟渤云梦衬其广博，以飞雁迟迟、帆船飒飒喻其浩瀚，以雨来鼍鸣、风起鸥惊映其激荡，以渊都水府见其深阔。此数句描写，上下浑成，层次井然，想象丰富，将太湖的波澜壮阔、浩瀚神奇表现无遗。“茫茫”“飒飒”，言意相合，生动传神，富有韵味。“朝看”以下六句，写太湖水面风云相激，雪浪澎湃，声势浩荡，节奏明快，势如天翻地覆，极度夸张，夺人魂魄。

诗后半部分写湖边美景、丰饶物产、历史神话，节奏平缓，结尾数句抒发人生易老、万事浮云之叹，表达林屋访仙、长生不老之愿，寄寓深沉。诗写碧波万顷、平静如镜时，如同优美山水画卷，情趣闲适。正因太湖美景绝胜东南，美不胜收，故诗人试探不死之方，欲求长生。前后转接自然，水到渠成。

赵翼《瓯北诗话》评此诗：“长篇强韵，层出不穷，无一懈笔。”诗人才思飘逸，酣畅淋漓，辗转生发，纵横自如。或惊心动魄，或意趣盎然，或感慨深沉，读罢令人击节叹赏、心驰神往。

剑　池[1]

干将[2]欲飞出，岩石裂苍矿。
中间得深泉，探测费修绠。
一穴海通源，双涯树交影。
山中多居僧，终岁不饮井。
杀气凛犹在，栖禽夜频警。
月来照潭空，云起嘘壁冷。
苍龙已化去[3]，遗我清绝境。
听转辘轳声[4]，时来试新茗。

[注释]

①剑池：在虎丘山。相传为吴王阖闾葬身之处，埋有宝剑、珍宝。

②干将：古剑名。据《吴越春秋·阖闾内传》，相传春秋时期吴有干将、莫邪夫妇善铸剑，为阖闾铸阴阳剑，阳曰“干将”，阴曰“莫邪”。干将藏阳剑献阴剑。吴王视为重宝。又据干宝《搜神记》，相传春秋时期楚人干将、莫邪夫妇为楚王铸雌雄二剑，三年才成功。干将因为误期自认为必死，于是留下雄剑嘱咐妻子：如果生男孩，告之剑所在之处。干将果然被杀。其子长大后，为父复仇。

③“苍龙”句：典出《晋书·张华传》，雷焕得丰城双剑，送一与张华，留一自佩。张华报焕书曰：“详观剑文，乃干将也，莫邪何复不至？虽然，天生神物，终当合耳。”焕卒，其子华“持剑行经延平津，剑忽于腰间跃出堕水。使人没水取之，不见剑，但见两龙各长数丈，蟠萦有文章，

没者惧而反。须臾光彩照水，波浪惊沸，于是失剑。”

④“听转”句：据《苏州府志》载，唐代李秀卿品剑池水为天下第五泉。

[评析]

本诗对剑池的描写，既有古剑干将的刀光剑影、苍龙腾空的历史传说，还有穴通海源、深不可测的池底想象，更有双涯古树交错的斑驳树影，氛围幽深、阴森，令人心惊。诗人尤擅以意象的动态描写营造艺术境界。如“杀气”等四句中杀气凛然、栖禽惊叫、冷月空潭、浮云冷壁，足以把剑池的阴森恐怖、深不可测推向极致，令人不寒而栗。

尽管山中僧人终岁不敢饮剑池深泉，诗人却认为历史已逝，人事已非，剑池只是留给后人的一个清幽绝佳的去处。故尾句“时来试新茗”与众僧终岁不饮井形成鲜明的对比，表现了诗人面对历史人事时淡定、通达的人生态度。

拟古（其四）

离离[1]白云翔，悠悠清川逝。
天地如传邮，阅人以为世[2]。
良时[3]难再得，游乐咸阳中。
咸阳名都会，衣冠集王公。
南山对魏阙，嘉树何茏葱[4]？
九衢十二城[5]，逶迤回相通。
卫霍开上第[6]，车马争春风。
娱意勿自惜，当至百年终。

[注释]

①离离：盛多的样子。见《诗经·小雅·湛露》："其桐其椅，其实离离。"

②"天地""阅人"两句：这两句谓岁月悠悠，天地相传，众生芸芸，阅人为世。传邮：传递。见欧阳修《与曾舍人巩书》："然俯仰年岁间，如传邮尔，初亦不以为佳，盖自便其近颍尔。"

③良时：化用李陵诗，"良时不再至，离别在须臾"。

④南山：指终南山。魏阙：古代宫门外两边高耸的楼观。楼观下常为悬布法令之所。亦借指朝廷。茏葱：葱茏，青翠茂盛。

⑤九衢：纵横交叉的大道。见韦应物《长安道》："归来甲第拱皇居，朱门峨峨临九衢。"十二城：传说道教天庭中有十二座城。见李商隐《月夜重寄宋华阳姊妹》诗："偷桃窃药事难兼，十二城中锁彩蟾。"

⑥卫霍：指汉代名将卫青、霍去病。两人抗击匈奴有功，获得功名富贵。韦应物《长安道》中有“贵游谁最贵，卫霍世难比。何能蒙主恩，幸遇边尘起。归来甲第拱皇居，朱门峨峨临九衢”。上第：上等。

[评析]

这首拟古之作表现了诗人对人生的感慨与思考。

诗歌以白云、清川起兴，感慨人生如寄、时光匆匆。“离离”“悠悠”两叠词用得巧妙，不仅朗朗上口，而且一为仰观，一为俯视，对比鲜明。同时“翔”与“逝”两个动词让人感受俯仰之际世间生生不息的变动，寄寓人生之短暂，个人之孤单。而“天地如传邮，阅人以为世”堪称诗中佳句，形象而传神地表现了天地间芸芸众生代相更替的生命形态。

看透人生的“真相”后，诗人化悲慨为冲淡，诗歌内容围绕“游乐”展开、收束。游乐自然首选大都会：衣冠人物云集，大道纵横交通，王宫府邸巍峨，南山嘉树葱茏，都会繁华绚丽，声色犬马春风。诗人刻意铺写、渲染都市繁华的氛围，寓意置身大都会，更能满足欲望，不枉虚度此生。事实上，愈繁华，愈凄凉；愈热闹，愈落寞。“娱意勿自惜，当至百年终。”劝人及时行乐的背后是对生命短暂的无奈叹息。

拟古（其十）

明星[1]烂东方，北斗亦已旋。
独宿悲夜徂，空床藉兰荃[2]。
鸡鸣整环佩，思奉君子筵。
君子行未归，新妆为谁妍？
意疏觉去遥，咫尺越与燕[3]！
含情乏彤管，何以写中悁[4]。
君如绠上瓶[5]，妾如井底泉。
不垂汲引惠，澄莹[6]徒终年。

［注释］

①明星：启明星，即金星。见《诗经·郑风·女曰鸡鸣》："子兴视夜，明星有烂。"

②徂(cú)：消逝。藉(jiè)：坐在上面。温庭筠有《秋日》诗："芳草秋可藉，幽泉晓堪汲。"

③"意疏""咫尺"两句：这两句意思是如果情意有隔阂，距离再近也感觉遥远。越与燕：越国与燕国，一南一北，相距遥远。

④彤管：杆身漆朱的笔，古代女史记事用。见《诗经·邶风·静女》："静女其娈，贻我彤管。"悁：忧闷。见《诗经·陈风·泽陂》："寤寐无为，中心悁悁。"

⑤绠上瓶：化用白居易《井底引银瓶》诗，"井底引银瓶，银瓶欲上绳欲绝。石上磨玉簪，玉簪欲成中央折。瓶沉簪折知奈何？似妾今朝与君

别”。绠(gěng)，汲水用的绳子。

⑥澄莹：清澈透明。

[评析]

本诗以女子深夜独自的孤寂与愁闷，表现其对君子相偕相依、侍奉左右的期盼，也委婉表达了有才之士怀才不遇的苦闷。

诗中对女子心理的描写细腻而真实。北斗已旋，星河灿烂，独宿空床，长夜漫漫。然而经历一夜无眠的煎熬后，女子仍然“鸡鸣整环佩，思奉君子筵”，可见其贤惠与痴情。“整环佩”的细节描写，既是女子生活的日常，也表现了其心系君子的衷情。然而，君子远行，无以相奉。女子积蓄已久的哀怨与愁闷终于暴发，正是由于君子有意疏远，情意冷淡，自己才空床独守、虚度华年。

“越与燕”“绠上瓶”“井底泉”的比喻，形象表现了女子与君子之间相距遥远而音信不通、君子“不垂汲引惠”而致女子青春独守的人生悲剧。“井底引银瓶”的典故本意比喻绳断瓶沉的恩断义绝，此处诗人巧妙借用为“瓶泉之喻”，表现男女相识相遇之欢，精当而巧妙，也可解释为有才之士“澄莹终年”而怀才不遇。

本诗表现女子哀怨情态婉转，惟妙惟肖，合情入理。

拟古（其十一）

人生一沤水，所欲乃无涯①。
志意苦未毕，荣华忽然衰②。
天地有终坏，谁能待其期？
聊为一日欢，勿作千载悲③。
神仙俱好饮，得醉复何疑？

［注释］

①沤(ōu)：水中浮泡，比喻虚空无常的世事。《楞严经》曰："空生大觉中，如海一沤发。"无涯：见《庄子·养生主》，"吾生也有涯，而知也无涯"。

②志意：意愿。 荣华：指美好的容颜或年华。

③千载悲：自曾巩《尹师鲁》"众人生死如尘泥，一贤废死千载悲"句化出。

［评析］

此诗揭示人生痛苦的根源在于生命短暂而欲望无穷，故当及时饮酒行乐，勿作他想，正所谓"东门酤酒饮我曹，心轻万事皆鸿毛"（李颀《送陈章甫》）。

人生的困境在于欲望无限而能力有限。 正如庄子所云："吾生也有涯，而知也无涯。 以有涯随无涯，殆已。"（《庄子·养生主》）欲望难以满足，而老之忽至，容颜衰颓，行将就木，即便天塌地陷，谁能活到那时？ 诗人真切感受到了时间流逝之无情。 故而诗人处处以对比手法点化人生哲理：沤水人生与无涯之欲，志意未毕与荣华忽衰，天地终坏与难待其期，一日之欢与千载之悲，鲜明的对比令读者茅塞顿开，释然开怀。

寓感二十首(其一)

天旋海水运,日月驰奔辉[1]。
不知此往来,伊谁斡[2]其机?
谅由任元气,推迁不能违[3]。
人生处宇内,行止无定依。
唯当乘大化[4],逍遥随所归。

[注释]

①“天旋”“日月”两句:天旋时变,海水流转,日月交辉,万物不息。天旋:见蔡邕《月令章句》:“天左旋,出地上而西,入地下而东。”海水运:张华《博物志》载:“天地四方,皆海水相通。”驰:追逐。

②斡(guǎn):古同“管”,主管、掌握。《汉书·食货志下》载:“浮食奇民,欲擅斡山海之货。”

③谅由:料想。元气:天地之气。推迁:推移变迁。见骆宾王《萤火赋》:“委性命兮幽玄,任物理兮推迁。”

④大化:宇宙,大自然。见陶渊明《神释》诗:“纵浪大化中,不喜亦不惧。”

[评析]

本诗表现诗人面对天地自然变化的深邃哲思。天旋地转,寒来暑往,日月交辉,潮落潮涨,元气推迁,万物相从。冥冥之中,谁是主宰?诗人感慨在浩瀚的苍穹之下,个人渺小如沧海一粟,不能自主行止,不能自定沉浮。 无奈之下，诗人深刻感悟到：唯有顺其自然，才能逍遥自适。

本诗境界宏大而玄思精微，立论高远而落脚当下，表现了诗人神思飘逸而挥笔自如的笔力与气魄。

寓感二十首(其三)

盛衰迭乘运,天道果谁亲?
自古争中原,白骨遍荆榛①。
乾坤动杀机,流祸及蒸民②。
生聚亦已艰,一朝忽胥③沦。
阳和④既代序,严霜变肃晨。
大运有自然,彼苍非不仁⑤。
咄咄堪叹嗟,沧溟亦沙尘⑥。

[注释]

①荆榛:泛指丛生灌木,多用以形容荒芜场景。

②“乾坤”句:自汪元量《杭州杂诗和林石田》化出:“日月往来毂,乾坤生杀机。”蒸民:百姓。见《孟子·告子上》:“《诗》曰:‘天生蒸民,有物有则。’”

③胥:都。

④阳和:春天的暖气。

⑤“彼苍”句:《道德经》有“天地不仁,以万物为刍狗”。此处高启反用其意。

⑥咄咄:感叹声,表示感慨。“沧溟”句:沧海桑田之变,如同尘世推迁。典出葛洪《神仙传·王远》:“麻姑自说:‘接待以来,已见东海三为桑田。向到蓬莱,又水浅于往日会时略半耳,岂将复还为陵陆乎?’王远叹曰:‘圣人皆言海中行复扬尘也。’”

［评析］

本诗表现诗人对天道自然的敬畏及对芸芸众生的同情。

春秋代序，朝代更迭，时世治乱，苍生祸福，谁操控着四季轮回与人世巨变？ 不是皇权，不是鬼神，而是来自天道与自然的神奇力量。 此种力量不知所自，不知所往，无所不在，令人感到神奇甚至恐惧。“乾坤动杀机”一句令人惊悚。 诗人联想到白骨累累、荒芜苍凉的中原地区，念及动荡流离、辗转漂泊的百姓生灵，不由对战争所带来的悲剧感慨万千，同时哀叹个人渺如沙尘，无能为力。“大运有自然，彼苍非不仁”道出诗人敬畏天道自然，希望其以仁爱慈悲之心垂怜无辜百姓的赤诚之心。

本诗具体写作背景不详，但是我们可以从中感受到高启洞察古今的睿哲智慧与心系苍生的爱民情怀。 高启亲历元末社会动荡，目睹战争对文明的破坏以及所带来的人间悲剧，对历史演变、自然更替、人类命运有更强烈、更深刻的思考与感受。

寓感二十首（其十一）

人虽异草木，不若松柏寿。
欲于百年间，辛苦图不朽。
形质天所畀[①]，名姓我自取。
形名两未立，谁我竟何有？
不能知我先，谁能恤[②]我后！
遗臭与流芳，冥然付杯酒[③]。

［注释］

①畀（bì）：赐予。

②恤：体恤，怜悯。

③“遗臭”句：见《晋书·桓温传》，“既不能流芳后世，不足复遗臭万载邪？”付杯酒：典出《晋书·张翰传》。张翰纵任不拘，嗜酒放荡，有如阮籍。或谓之曰：“卿乃可纵适一时，独不为身后名邪？”答曰：“使我有身后名，不如即时一杯酒。”

［评析］

此诗感慨人生短暂，名声虚无，表现悲观消极的人生态度与纵酒自适的人生追求。在诗人看来，人生的矛盾在于生命短暂而希冀不朽，形质天赐而一己难立，生前无闻而身后冷清。故诗中时时以对比表现困境，以两难表达困惑，充满对人生的思考。而最后一句“遗臭与流芳，冥然付杯酒”，则表现了对人生苦苦思索而不得其解的沉痛与无奈。

寓感二十首(其十八)

千秋取丞相,一语悟君衷①。
长孺多谠言②,白头摈居东。
人命有通塞,主听无违从③。
失如鱼去波,得若云遇龙。
会合感冥相④,佳期谅难逢!
卞生⑤未闻道,无事涕沾胸。

[注释]

①千秋:此处指西汉车千秋,原姓田。 君衷:君王的深衷。 典出《汉语·车千秋传》:车千秋为高寝郎时,卫太子遭江充谗害身败。 车千秋为太子上书鸣冤:"子弄父兵,罪当笞;天子之子,过误杀人,当何罪哉? 臣尝梦见一白头翁教臣言。"汉武帝遂感悟,召见千秋,立拜其为大鸿胪。

②长孺:西汉汲黯字长孺。 谠(dǎng)言:正直之言。 典出《汉书·汲黯传》。 汲黯位列九卿时,公孙弘、张汤为小吏,等到公孙弘至丞相封侯,张汤为御史大夫,汲黯仍为丞史。 汲黯觐见武帝时说:"陛下用群臣如积薪耳! 后来者居上。"被免官,几年后被召回,最终官至淮阳太守。

③通塞:顺境与逆境。 见李商隐《酬别令狐补阙》:"人生有通塞,公等系安危。"违从:违背与顺从。 见欧阳修《资政殿学士户部侍郎文公范公神道碑铭》:"事有罪功,言有违从。"

④相:辅助、佑助。

⑤卞生:楚人卞和,一作和氏。 典出《韩非子》:卞和在山中偶得璞

玉，献给楚厉王，厉王使人相之以为石，砍卞和左脚。楚武王即位，卞和再次献玉，武王使人相之仍以为石，砍卞和右脚。楚文王即位，卞和抱璞玉哭于楚山三日三夜，泪尽继之以血。文王使人理其璞而得宝，命曰“和氏之璧”。

［评析］

此诗感慨人生穷达、命运通塞，表现诗人对仕途顺逆、人生际遇的思考与无奈。

首四句以对比喻理：车千秋仅凭一语而位居丞相，汲长孺为人正直而久居太守。继而诗人生发感慨：“人命有通塞，主听无违从。”即在封建皇权专制下，个人命运实际系于君王一人一身，君主专制才是决定士人荣辱穷达、命运跌宕起伏的主导力量。此两句识见精深，基于万千悲剧得出，概括力强，发人深省。人生无法选择时代，也无法选择明君还是昏君，故有“失如鱼去波，得若云遇龙”的霄壤之别。此两句写人生境遇之顺逆悲欢，形象巧妙。最后，诗人指出卞和的悲剧在于没有明白其中的道理，所以一而再再而三遭遇挫折。

全诗用典恰切，比喻形象，对比鲜明有力，表现了高启对历史、人生的深刻洞察与深邃思考。

迁娄江①寓馆

寓形百年内，行止固无端②。
我生甫三九，东西宜未阑③。
去年宅山陲，今年徙江干。
野性崇俭陋，经营唯苟完④。
闲窗俯平畴，幽扉临远湍。
岂忘大厦居，弗称非所安。
披榛始来兹，霜露凄以寒。
谁云远亲爱，弟子相与欢。
室中有名酒，岁暮聊盘桓⑤。

[注释]

①娄江：《吴地记》载，“松江东北行七十里，得三江口，东北入海，为娄江；东南入海，为东江；并松江为三江”。

②寓形：寄托形体。见白居易《和答诗·和〈思归乐〉》：“人生百岁内，天地暂寓形。”行止：行踪。见杜甫《奉送王信州崟北归》：“别离同雨散，行止各云浮。”

③三九：指时二十七岁。阑：阻隔，阻拦。

④苟完：大致完备。见《论语·子路》：“子谓卫公子荆：‘善居室。始有，曰苟合矣。少有，曰苟完矣。富有，曰苟美矣。’”

⑤盘桓：徘徊，逗留。

[评析]

本诗作于至正二十二年（1362），诗人辞去记室、迁居娄江寓馆之际，抒发了人生漂浮不定的深沉感慨。

诗人由人生百年、行踪不定写起，追忆壮年漂泊生活，继而对从山陲迁居娄江生发感慨。“闲窗俯平畴，幽扉临远湍”，诗人俯视广阔原野与婉转江河，有静有动，境界阔大，胸怀翕张。然独居寓馆，诗人颇觉冷清孤寂，但“弟子相与欢”可驱散心头愁思，取代独处异地的凄凉低落。尾句中诗人以酒为友，相伴岁暮年终，两相缠绵，余味不尽。

登西城门

登城望神州，风尘[1]暗淮楚。

江山带睥睨，烽火接楼橹[2]。

并吞何时休？百骨易寸土[3]。

向来禾黍地，雨露长榛莽[4]。

不见征战场，那知边人苦。

马惊西风笳，鸟散落日鼓[5]。

呜呜城下水，流恨自今古。

[注释]

①风尘：战火烽烟。见杜甫《赠别贺兰铦》：“国步初返正，乾坤尚风尘。”这里指朱元璋、张士诚、陈友谅之间的争战。

②睥睨（pìnì）：一作“埤堄”，城墙上锯齿形的短墙。楼橹：古代军中用以瞭望、攻守的无顶盖的高台，建于地面或车、船之上。《三国志·吴志·朱然传》有：“起土山，凿地道，立楼橹临城，弓矢雨注。”

③并吞：兼并。见《史记·秦始皇本纪》，载秦孝公有“席卷天下、包举宇内、囊括四海之志，并吞八荒之心”。“百骨”句：意近曹松《己亥岁》“一将功成万骨枯”句意。

④榛莽：芜杂丛生的草木。

⑤笳：古管乐器，即胡笳。汉时流行于塞北和西域一带，其声悲凉。落日鼓：见《卫公兵法》，载“军城及野营，行军在外，日出日没时挝鼓一千槌”。

[评析]

本诗描写元末战乱对生命的摧残和对生活的破坏，抒发了诗人对无辜百姓、将士的同情和对危害无能为力的悲愤。

“风尘暗淮楚”的“暗”字有力表现了烽烟笼罩下淮楚大地的战争氛围。诗人接着描写战争对百姓生活的巨大破坏：烽火连天，废垒遍布，白骨横野，榛莽丛生。无休无止的战争何时才能结束？“百骨易寸土”，句意警策，讽刺和批评了乱军首领野蛮残暴、漠视民命的严重罪行。

诗歌后半部分对浴血拼杀的将士寄予深切同情。为此诗人特写灰暗昏沉的边塞画面：西风凄紧，笳声悲凉，鼓声四起，飞鸟惊散。这一画面令人深感悲凉无奈。而末两句“呜呜城下水，流恨自今古”，既与开头呼应，将诗人登楼遥望之目光与遥想之思绪收归当下，又以流水呜咽与沙场笳鼓遥相呼应，寄寓哀感，蕴含悲愤。

本诗境界苍茫阔大，琢句浑成高朗，情调忧思悲愤，表现了诗人深挚的忧国爱民情怀。

秋日山中

山泽含雾雨,偶来若居夷。
我无远游志,何与亲爱离?
暑退初可喜,秋来转堪悲。
壮颜岂草木?憔悴同此时!
中心与百忧,日暮如有期。
悄悄出空宇,悠悠适荒陂[①]。
阨穷勿复叹,天欲昌吾诗[②]。

[注释]

①适:去。荒陂:荒芜的山坡。

②"阨穷"句:用阮籍典故。《晋书·阮籍传》载(籍)"时率意独驾,不由径路,车迹所穷,辄恸哭而反"。阨穷:困境。"天欲"句:见韩愈《贞曜先生墓志铭》,"维卒不施,以昌其诗"。昌:使昌盛。句意为忧愁苦闷,正是上天想要我施展才华。正所谓"不平则鸣""诗穷而后工"是也。

[评析]

本诗写秋游山中,抒发岁月流逝、空落无奈之叹。

首句总写山中雾雨弥漫情状,境界缥缈朦胧,孤寂凄清。"含"字表现山野整体笼罩于雾雨之中,水气茫茫,漫无边际。"何与亲爱离"则表现疏离之感。诗人久而未至，故置身其中，若感陌生。“壮颜”两句，诗人由悲秋而伤悼壮颜不再、岁月流逝之憔悴。“悄悄出空宇，悠悠适荒陂”两句，写诗人满腹愁情难诉、踟蹰前往山坡，形象宛然如见。“悄悄”“悠悠”表现诗人内心缠绵忧伤情态，增强诗歌韵律感。尾句则一反前句低沉情绪，自我解嘲，或许正是诗人基于登山览胜后的豁然达观。

送贾凤进士

新逢洛阳客，握手共游般[①]。
如何异乡土，乃得此交欢。
相逢既不易，相违[②]亦良难。
驱马夕云返，北风野多寒。
登高望山川，浮云杳漫漫。
群兽相号呼，哀音摧心肝。
游子念高堂，岁晚身得安。
人生如蓬萍，飘流无定端[③]。
重合谅有日，长歌聊自宽。

[注释]

①游般（pán）：游乐。

②违：离别。《诗·邶风·谷风》：“行道迟迟，中心有违。”

③蓬萍：飘蓬和浮萍。见陆游《古风》：“吾本淡荡人，转徙如蓬萍。”定端：固定的地方。见李白《古风》：“白日掩徂晖，浮云无定端。”

[评析]

诗人追忆与贾凤进士相识的情形，表现今日离别的伤感，同时对来日重逢寄寓期盼。

相逢相识易，相处相知难。高启与贾凤一见如故，言倾意合，携手游赏，大有相见恨晚之感。“相逢既不易，相违亦良难”句不仅概括普遍的人生道理，且在全诗中承前启后。相识不久却遽然离别，对于重视手足情深的高启而言，无疑是突如其来的情感打击。然而，本诗高明之处在于，没有过多表现诗人的伤感，而是为即将远行的朋友着想：北上洛阳，山高水长，顶风冒寒，浮云漫漫，群兽号呼，摧折心肝，诗人在对艰难路途的想象中，寄寓对朋友的担忧与牵挂。同时，诗人也对朋友心念高堂、岁暮还乡给予理解与同情。而“人生如蓬萍，飘流无定端”，意近苏轼“人生到处知何似，应似飞鸿踏雪泥”，表现对人生漂泊不定的无奈与忧伤。末两句诗人于感喟与叹息中，放眼未来，期待来日重逢，故独自放歌以自我宽慰。“长歌聊自宽”，凸显长歌悠悠、孤独凄冷的诗人自我形象，诗意深厚，余味无穷。

梦杨二礼曹[1]

今夕复何夕？梦我平生友。
握手无所言，但道离别久。
觉来闻秋虫，空堂竟何有。
不知千里途，君魂果来否？
当年亦如梦，聚散一回首。
起坐与谁亲，钟鸣月穿牖[2]。

[注释]

①杨二礼曹：指杨基。杨基被流放大梁后，又迁荥阳主簿。后乞养老亲返京，任太常典簿。杨基《白门答高二聘君·序》："戊申（1368）秋，余谪大梁。季迪尝梦余，与若平生。明日道路传余已死。季迪有梦余诗。"

②月穿牖（yǒu）：月色穿过窗户。见白居易《梦与李七、庾三十三同访元九》："残灯影闪墙，斜月光穿牖。"

[评析]

本诗表现诗人对好友杨基的思念及对北郭往事的感慨。

诗歌描写梦境，尤其是"握手无所言，但道离别久"句，形象真切，切合现实。而"空堂无所有""起坐与谁亲"，写梦醒后孤寂、空落与惆怅，自然流露，毫无造作之感。"不知"以下四句，分别从空间、时间写梦，层次井然，承接巧妙。诗人作此诗时，杨基远在荥阳，故"千里"之问从空间起句。而北郭盛事，恍然数年前，亦如梦境，故“当年”之慨从时间落笔。梦好友是真梦，北郭事恍然似梦，两梦虚实之间，虽令人真假莫辨，但人生如梦，伤感心同。

全诗情感真实自然，语言明白如话，真实表现了诗人与杨基的深情厚谊。

晓起春望

今朝有春意，原野晴始绿。
疏花未破烟，新禽稍鸣旭[①]。
物情各欣荣，客意胡刺促[②]？
居闲厌寂寞，从仕愁羁束。
两事不可齐，人生苦难足。
安得长放歌，花开酒醅[③]熟。

[注释]

①“疏花”“新禽”两句：这两句写清晨鲜花尚处于朦胧轻烟中，飞禽渐渐啼鸣破晓。疏：鲜明。稍：渐渐。

②欣荣：指草木生机茂盛。客意：离乡在外之人的心怀。刺促：忙碌急迫。

③醅（pēi）：酿造。

[评析]

本诗写春意来临、绿遍原野、万物欣荣之状，表达居闲放歌、把酒赏花之趣。

诗歌前半部分写春天生机，后半部分抒人生胸怀。写春以疏花新禽、物情欣荣喻之，笔触巧妙，感人心意；以不应“刺促”收结，寄寓惜春、爱春之意。后半部分感慨人生出处困境，情感真实自然，寄寓人生无圆满完美之叹。结尾以放歌、饮酒、赏花收束，表达自得其乐、追求闲适的美好愿望。“花开酒醅熟”句画面温馨，情趣盎然。

本诗情感朴质自然，语言清净平和，表达了诗人辞官后恬淡自适的人生趣味与追求。

初开北窗晚酌[①]

春暄[②]罢凄风，朝始开北牖。

青山入吾座，不异延[③]故友。

自扫榻上尘，琴册列左右。

悠然坐其间，傲兀[④]醉杯酒。

况当江花落，微雨斜日后。

远见帆度川，高闻鸟鸣柳。

孰云非吾庐？居止亦可久。

人生处一席，累榭[⑤]复何有？

幽怀悟淡泊，末事辞纷揉[⑥]。

更拟长夏眠，风期结陶叟[⑦]。

［注释］

①高启注："时寓江上外舅周隐君宅。"高启婚后不久随岳父周仲达住在青丘。

②春暄：春暖。见谢庄《宋孝武帝哀策文》："雨零露湛，冬暖春暄。"

③延：请。

④傲兀：傲岸。见韩愈《寄崔二十六立之》诗："傲兀坐试席，深丛见孤罴。"

⑤累榭：重重台榭。见《楚辞·招魂》："层台累榭，临高山些。"

⑥纷揉：纷乱。

⑦风期：风度品格。见《晋书·习凿齿传》：“其风期俊迈如此。”陶叟：陶渊明。见《晋书·陶潜传》：“高卧北窗之下，清风飒至，自谓‘羲皇上人’。”

[评析]

本诗表现诗人初开北窗时的欣喜、兴奋之情。

漫漫冬季过去，融融春日来临。万物复苏，花红柳绿，处处勃然生机，故诗人按捺不住喜悦之情，初开北窗，放眼天地。“青山入吾座，不异延故友”句，想象奇特，将青山拟人化，与诗人如故友相见，相看不厌。“入”字巧妙，绘青山迤逦而来之状，形象生动。次四句，清扫居室，摆列琴册，悠然落座，开怀畅饮，这一系列动作表现诗人尽享美好春日的欢快心情。

窗外流水落花，春日微斜，处处洋溢春的气息。由近及远，川上帆度，柳上鸟鸣，富有诗情画意。诗人进而感慨人生处一席一地，淡泊方是真味，幽居才是生活本然，故可效仿陶潜，旷世相契，做隔代知音，自在自得、适意自足之情溢于言表。

本诗意境自然优美，情调活泼轻快，脉络清晰，流畅自如，不愧为兼具才情与襟怀之佳作。

月林清影[1]

疏林逗[2]明月，散乱成清影。

流藻舞波寒，惊虬翔壑冷[3]。

云来稍欲翳[4]，风动纷难整。

圆魄[5]忽西倾，愁看堕空境。

［注释］

①本诗题自杜甫《游龙门奉先寺》诗“阴壑生虚籁，月林散清影”化出。

②逗：透、露。见梁武帝《藉田诗》：“严驾仁霞昕，浥露逗光晓。”

③流藻：流动的水藻。见苏轼《记承天寺夜游》：“庭下如积水空明，水中藻荇交横，盖竹柏影也。”虬：传说中的一种无角龙。

④翳（yì）：遮蔽，隐藏。

⑤圆魄：圆月。魄，指月，月光。

［评析］

本诗描绘由疏林、明月、清影、流藻、惊虬、寒波、冷壑组成的清冷空寂的艺术境界，意境幽深孤峭。与以上意象相关的形容词如疏、散、乱、清、流、寒、惊、冷等字眼色调冷峻，着力表现诗人孤寂凄清之心境。末句“愁看堕空境”，悠然勾勒出诗人形象，将前面所写内容摄入诗人眼界，且与首句明月相呼应，笔法巧妙，意境圆融。综观本诗意境营造与词语色调，“愁”为本诗情感总基调，诗人愁情满怀，难以排遣，故诉诸物象，寄托愁情，所谓“有我之境，物皆着我之色彩”是也。

西台恸哭诗（并引）

越人谢翱，尝为宋丞相文山公之客。公死之十二年，登钓台祭公以哭，自为文，识其哀，曰《西台恸哭记》。东阳张孟兼持示求诗，仆感其谊，遂赋一首[①]。

峨峨子陵台，其下大江奔[②]。
何人此登高？恸哭白日昏。
哀哉宋遗臣！旧客丞相门。
丞相既死节[③]，有身耻空存。
北望万里天，再拜奠酒尊。
阴云暮飞来，恍如载忠魂。
所哭岂穷途[④]，中抱千古冤。
上悲宗周陨，下念国士恩[⑤]。
凄凉当世事，感慨平生言。
空山谁知哀[⑥]，惟有猴与猿。
岂不畏众惊，声发不忍吞。
人言天有耳[⑦]，此哭宁不闻？
愿因长风还，吹此血泪痕。
往堕燕山隅，一洒宿草根[⑧]。
田横[⑨]去已远，兹道不复论。
作歌悼往事，庶使薄俗敦[⑩]。

[注释]

①谢翱（1249—1295）：福建长溪人。文天祥组织勤王军时，谢翱献出全部家财，招募兵勇，并在文天祥幕中做谘议参军。文天祥就义后，谢翱只身漫游东南一带。至元三十一年（1294），谢翱登严子陵钓台，祭拜文天祥，恸哭而写有《登西台恸哭记》一文，云："登西台，设主于荒亭隅，再拜，跪伏，祝毕，号而恸者三，复再拜，起。又念余弱冠时，往来必谒拜祠下。其始至也，侍先君焉。今余且老，江山人物，眷焉若失，复东望，泣拜不已。"文山公：即文天祥（1236—1283）。文山是文天祥家乡江西吉水对岸的山岭，故取以为号。元兵渡江后，文天祥奉诏起兵勤王。后出使元军被拘。脱险南归之后，继续招募各地将士抗元，后兵败被俘至大都就义。张孟兼（1338—1377）：浙江东阳人，明初文学家，曾参与编修《元史》，有《白石山房稿》，后被朱元璋杀害。其《登西台恸哭记注》："若其恸西台，则恸乎丞相也；恸丞相，则恸乎宋之三百年也。"

②峨峨：高峻。子陵台：子陵，严光之字。《一统志》载："严州府城东五十里东西二台，各高数百丈，汉严子陵垂钓处。"大江奔：钓台下为富春江七里滩，水势浩大。

③"丞相"句：据《元史》，文天祥被羁押大都三年，坚决不事元朝。"临刑，从容南向拜而死。"

④"所哭"句：典出《晋书·阮籍传》，传阮籍每次出游，常率意行路，行至无路处，恸哭而返。

⑤宗周：周王朝是其他诸侯国的宗主，这里指宋王朝。陨：覆亡。国士：国之勇士。《史记·刺客列传》载春秋时晋国勇士豫让，因其主智伯为赵襄子所杀，数次行刺之。后为赵襄子所擒。赵襄子诘问时，豫让答曰："智伯，国士遇我，我故国士报之。"此处指谢翱为文天祥所重，有如国士。

⑥"空山"句：参见谢翱《登西台恸哭记》，"乃以竹如意击石作楚

歌，招之曰：‘魂朝往兮何极，暮来归兮关水黑。化为朱鸟兮有咮焉食。’歌阕，竹石俱碎……呜呼，阮步兵死，空山无哭声且千年矣”。

⑦天有耳：典出《三国志·蜀志·秦宓传》，载吴遣使张温来聘，“温曰：‘天有耳乎？’秦宓答曰：‘天处高而听卑，《诗》云：鹤鸣九皋，声闻于天。若其无耳，何以听之？’”

⑧燕山：此处指大都。文天祥被杀于柴市，但后来归葬江西庐陵。其墓地不在燕山，高启此处未考。宿草：坟上隔年的草。见《礼记·檀弓上》：“朋友之墓，有宿草而不哭焉。”

⑨田横：秦末狄县人，原为齐国贵族。在楚汉战争中，拥兵自立，兵败后率五百余人逃往海岛。后汉高祖命他到洛阳，田横不愿称臣于汉，在途中自杀。留在海岛的五百余人闻听其死讯，也全部自杀。

⑩庶：希望。敦：厚。见王安石《贺留守侍中启》：“高风所洎，薄俗以敦。”

［评析］

本诗借谢翱恸哭西台，抒发对文天祥英勇就义、谢翱刚直忠烈的崇敬之情，境界宏阔苍茫，感情真挚悲壮，语调慷慨激昂。

首二句起笔不凡，境界阔大，以“峨峨”状子陵钓台之高峻，以富春江奔为英雄登台恸哭造势。次四句，自问自答，展现谢翱之壮伟。谢翱恸哭高台，致令白日无光，天昏地暗。“哀哉宋遗臣”句语意悲愤，令人痛惜！南宋覆亡多年，文丞相就义十数载，遗民谢翱仍登台祭祀恸哭，岂不为人推崇敬重？“旧客丞相门”句为下文对谢翱心态、形象展示做铺垫。“阴云暮飞来，恍如载忠魂”两句想象奇特，别开生面，突出谢翱恸哭感天动地的感染力。世事沧桑，人事渺茫，谢翱为南宋覆灭与丞相知遇之恩而恸哭不已。

诗歌后半部分对谢翱身处当世而孤独恸哭给予深切同情。当世多数人顺应时代，步入新朝，而谢翱心怀故国，难忘旧主，朝代更迭给他留下了巨大的、难以磨灭的精神伤痛。其恸哭无人能懂，也无人怜惜。此处诗人巧妙以“惟有猴与猿”“人言天有耳”为其恸哭寻慰藉。“愿因长风还”四句，更以丰富想象力，将谢翱恸哭与丞相忠魂相联系，并以“燕山隅”“草根”书写英雄身后凄凉，给人深切悲哀之感。而末四句，看似借田横事对故国已亡、壮士已矣轻描淡写，实则寄寓深刻含义，即身处元末动乱之世，诗人希望有英雄豪杰之士，挺身而出，振衰起敝，搁置一己之私，以文丞相、谢翱等人为榜样，心系苍生，忧怀天下，怀浩然正气，行大忠大义。

本诗境界阔大，感情激荡，语含悲愤，音节顿挫。尤其以峨峨、大江、万里、千古、长风等词强力表现风物情状与情感起伏，有力地营造出恢宏壮阔的艺术境界。

送家兄西迁[1]

昔别归有期，此别去何极！
西迁属事变[2]，咎责非己得。
家贫无行资，空橐辞故国。
匆匆逐徒旅，宛宛[3]谢亲识。
牵攀不能留，恸哭野水侧。
离鸿为回翔，浮云暮愁色。
别时虽云苦，未若别后忆！
愿行勿忧家，养亲自我职。
殊方气候异，炎雾[4]秋未息。
委命毋怨尤，长年强餐食[5]。

［注释］

①本篇为高启送别其兄高咨征戍所作，约作于至正二十六年（1366）前后。

②事变：至正二十六年（1366），朱元璋军队攻占张士诚在淮北、苏杭等地的地盘，张士诚被迫征戍大量民众赶赴前线迎战。

③宛宛：迂回缠绵貌。见岑参《龙女祠》诗："祠堂青林下，宛宛如相语。"

④炎雾：暑气。

⑤委命：听任命运支配。见张华《鹪鹩赋》："动翼而逸，投足而安，委命顺理，与物无患。""长年"句：意近《古诗十九首》之"行行重行

行”“弃捐勿复道，努力加餐饭”句意。

［评析］

本诗表达送别家兄征戍的悲痛、无奈之情。

遭逢乱世，应征赴战，生离无异于死别，“此别去何极”！ 此句给人深沉悲痛之感。 乱世飘萍，人命何辜？ 动荡战乱之世，人命如草，咎非自得。“匆匆逐徒旅，宛宛谢亲识”句，形象逼真传神。“匆匆”叙奔跑追逐行伍之切，“宛宛”状与亲人缠绵难舍之貌。 而“牵攀不能留，恸哭野水侧”，情景悲惨，意近杜甫《兵车行》“牵衣顿足拦道哭，哭声直上干云霄”。 同时以飞鸿回翔，浮云生愁衬托，此情此景令人何等悲愤！ 何等无助！

无奈之下，诗人叮嘱兄长勿担心父母，适应异地环境，将西行征戍视为命运安排。 末句以“长年强餐食”收结全诗，而未寄期待，可见诗人对时局及兄长前途的忧虑和无奈。

移家江上别城东故居

人情恋故乡，谁乐远为客？
我行岂得已，实为丧乱迫。
凄凄顾丘陇，悄悄别亲戚。
不去畏忧虞，欲去年隔离。
虽有妻子从，我恨终不释。
出门未忍发，惆怅至日夕。

［评析］

本诗作于平江城为朱元璋军攻破之后，表达了诗人不愿离乡却又迫不得已的依依惜别之情。

诗歌起始即以不容置疑的语气，表明爱恋故乡为人之本性常情，移家江上实因遭遇丧乱，心怀忧虑。“凄凄顾丘陇，悄悄别亲戚”句，“凄凄”“悄悄”两叠词，形象生动地表现诗人神情心态，且符合避乱远去的心理。

尽管妻小一同移居江上，但诗人内心别绪萦怀，不肯遽然离去。离愁千丝万缕，“剪不断，理还乱”，如一江春水，连绵不尽。此处对诗人心理的表现非常真实，细致入微。尤其诗人作为一家之主，纵然有深深离愁，也难以告知家人，故独自惆怅至夜晚。此细节描写合乎生活逻辑，诗人忧心忡忡、若有所思的状宛在眼前。

本诗看似浅易，但日常化、生活化的细节描写和心理揭示细致入微，合乎人世情理，故更能拉近同读者之心理距离。

见花忆亡女书①

中女我所怜，六岁自抱持。
怀中看哺果，膝上教诵诗。
晨起学姊妆，镜台强临窥。
稍知爱罗绮，家贫未能为。
嗟我久失意，雨雪走路岐②。
暮归见欢迎，忧怀每成怡。
如何属疾朝，复值事变时③。
闻惊遽沉殒，药饵不得施。
仓皇具薄棺，哭送向远陂。
茫茫已难寻，恻恻犹苦悲④。
却思去年春，花开旧园池。
牵我树下行，令我折好枝。
今年花复开，客居远江湄⑤。
家全尔独殁，看花泪空垂。
一觞不自慰，夕幔风凄其⑥。

［注释］

①高启有三女一子，子祖授生于洪武六年（1373），次女高书殁于至正二十七年（1367）。本诗作于洪武元年（1368）。

②“嗟我”“雨雪”两句：比喻人生失意，谋生艰辛。

③属(zhǔ)疾：生病。见陆游《属疾》诗："白头属疾卧丘园，药物枝梧且仅存。"事变：指朱元璋军围攻平江。

④茫茫：生死茫茫，空洞悠远。见白居易《长恨歌》："上穷碧落下黄泉，两处茫茫皆不见。"恻恻：忧伤，悲痛。见杜甫《梦李白》："死别已吞声，生别常恻恻。"

⑤江湄：江边。平江兵乱后，诗人移家于江上。

⑥凄其：寒凉。见张养浩《长安孝子》："退省百无有，满屋风凄其。"

[评析]

本诗追忆亡女高书，表达痛失爱女、肝肠寸断的惨痛。

首四句诗人自述父女慈爱深情：六岁仍抱持，看吃果，教诵诗。数个细节生动自然，跃然纸上。次四句，写高书晨起学妆、对镜自照、喜爱罗绮，表现她活泼可爱、天真无邪的童趣。以上八句塑造出父慈子娇的父女形象。"家贫未能为"启发下文，为诗人表现怀才不遇、谋生艰辛做一铺垫。而"暮归见欢迎，忧怀每成怡"，则表现天伦之乐，场面动人。

兵临城下，高书病中受惊吓而亡。对诗人而言，这是最痛彻心扉的精神打击！烽火狼烟，兵荒马乱，诗人忍痛把爱女埋葬在郊外。"仓皇具薄棺，哭送向远陂。茫茫已难寻，恻恻犹苦悲"，表现其与爱女阴阳两隔、生死茫茫的悲苦之情。"茫茫""恻恻"两叠词着力表现诗人无边无际、挥之难去的情感伤痛。

爱女虽殁，音容犹在。与女儿牵手树下、为其折枝的场面萦怀不去，其娇憨顽劣形象如在眼前。花朵复开，爱女长逝，此情此景，令人不堪忍受！结句"一觞不自慰，夕幔风凄其"，以景结情，在夕阳、帷幔、寒风的意境中，寄托悲怆凄凉、空落无奈的伤悼之痛。

本诗细节、场面真实生动，字里行间流露沉痛悲悼之情，语言平易，情感质朴，读来令人不胜唏嘘，几欲泪下。

独　酌

白日下远川，寒风振高柯。

萧条掩关卧，暮雀忽已过。

我有羁旅愁，郁如抱沉疴。

起坐呼清尊①，独饮还独歌。

一斟解物累，再酌回天和②。

数觞竟复醺，翻恨愁无多。

所以古达士，但饮不顾他。

回头向妇笑，戚戚③终如何！

[注释]

①清尊：酒器，亦借指清酒。见王勃《寒夜思》诗：“复此遥相思，清尊湛芳渌。”

②物累：外物给予人的拖累。见《庄子·外篇·天道》：“故知天乐者，无天怨，无人非，无物累，无鬼责。”天和：自然和顺之理，天地之和气。见《庄子·杂篇·庚桑楚》：“故敬之而不喜，侮之而不怒者，唯同乎天和者为然。”

③戚戚：忧伤的样子。

[评析]

本诗表现诗人因感到孤寂落寞而借酒消愁。

首二句，诗人描绘苍茫寥廓、寒风凛冽、万物萧条的冬日画面，给人凄凉、萧瑟之感。“远”“高”二字，为营造宏阔悠远的艺术境界，起到点睛作用。后数句写诗人愁情：萧条独卧，孤独寂寞，如染沉疴，为饮酒消愁、长歌抒怀张本。一斟、再酌、数觞，酒愈饮愈多，愁愈来愈少，且动作连贯，如行云流水，一气呵成。至此诗人渐悟“所以古达士，但饮不顾他”之箴言。诗歌至此，本可结束，诗人偏以游戏之笔，回头笑问妻子，画面生动，充满生活乐趣，让人读后忍俊不禁。

赠薛相士①

我少喜功名，轻事勇且狂。
顾影每自奇，磊落七尺长。
要将二三策，为君致时康[2]。
公卿可俯拾，岂数尚书郎[3]？
回头几何年，突兀渐老苍[4]。
始图竟无成，艰险嗟备尝。
归来省昨非，我耕妇自桑。
击木野田间，高歌诵虞唐[5]。
薛生远拿舟[6]，访我南渚旁。
自言解相人[7]，视余难久藏。
脑后骨已隆，眉间气初黄[8]。
我起前谢生，弛弓[9]懒复张。
请看近时人，跃马富贵场。
非才冒权宠，须臾竟披猖[10]。
鼎食复鼎烹，主父[11]世共伤。
安居保常分，为计岂不良？
愿生毋多言，妄念[12]吾已忘。

［注释］

①高启注："至正辛丑，嘉禾薛月鉴过予求诗，因赠。"该诗写于至正二十一年（1361）。

②"要将""为君"二句：化用杜甫《奉赠韦左丞丈二十二韵》"致君尧舜上，再使风俗淳"。

③"公卿"句：说明功名富贵易于得到。《汉书·夏侯胜传》："胜每讲授，常谓诸生曰：'士病不明经术；经术苟明，其取青紫如俯拾地芥耳！'"尚书郎：官名。东汉之制，取孝廉中有才能者入尚书台，在皇帝左右处理政务，初入者称守尚书郎中，满一年称尚书郎，三年称侍郎。魏晋以后有侍郎、郎中等官，综理职务，通称为尚书郎。杜甫有《暮春题瀼西新赁草屋五首》："欲陈济世策，已老尚书郎。"

④突兀：形容突然发生，时间很快。老苍：形容容颜苍老。见杜甫《壮游》："脱略小时辈，结交皆老苍。"

⑤"击木"句：典出《新唐书·陆羽传》，"上元初，更隐苕溪，自称桑苎翁，阖门著书，或独行野中，诵诗击木，徘徊不得意，或恸哭而归。故时谓今接舆也"。虞唐：唐尧、虞舜的并称，或作唐虞。古人认为尧舜之时是太平盛世。《论语·泰伯》："唐虞之际，于斯为盛。"

⑥拿舟：撑船。

⑦解相人：相士，古代以命相为职业的人。

⑧"脑后"句：《新唐书·袁天纲传》载，袁天纲见马周，曰："马君伏犀贯脑，背若有负，贵验也。近古君臣相遇，未有及公者，然面泽赤而耳无根，后骨不隆，寿不长也。""眉间"句：命相学中以眉间黄色为吉兆。韩愈有《郾城晚饮奉赠副使马侍郎及冯李二员外》："城上赤云呈胜气，眉间黄色见归期。"

⑨弛弓：放松弦的弓。见《仪礼·乡射礼》："加弛弓于其上。"高适自喻弛弓，无意于入仕。

⑩冒：假冒，冒充。披猖：失意；狼狈。典出《北齐书·王晞传》：

“帝欲以晞为侍中，苦辞不受。或劝晞勿自疏，晞曰：‘我少年以来，阅要人多矣。充诎少时，鲜不败绩。且性实疏缓，不堪时务。人主恩私，何由可保？万一披猖，求退无地。非不爱作热官，但思之烂熟耳。’”

⑪主父：指主父偃，汉武帝时人。参见《汉书·主父偃传》载主父偃曰：“丈夫生不五鼎食，死则五鼎烹耳！吾日暮，故倒行逆施之。”后来主父偃官至齐相，揭发齐王奸事，齐王自杀，武帝怒，族诛主父偃。

⑫妄念：指不切实际或不正当的念头。见陆游《禹迹寺南有沈氏小园四十年前尝题小阕壁间》：“年来妄念消除尽，回向禅龛一炷香。”

［评析］

本诗表现高启淡泊功名富贵、甘于平凡人生之旷达心态。

前数句诗人自述心志，表露由志向远大、追求功名到安守本分、淡泊名利的心态变化。娓娓道来，不疾不徐，线索分明。自“轻事勇且狂”，到“突兀渐老苍”，甘于“我耕妇自桑”，诗人心态恰折射元末时局动荡变迁。自至正八年（1348）台州方国珍起兵、拉开元末动乱序幕，到颍州刘福通、蕲水徐寿辉、濠州郭子兴、泰州张士诚等相继起兵，天下纷争，局势动荡。至正十六年（1356），张士诚占据平江府，诗人更是切身感受到时局动荡影响生活、威胁生命。至正十八年（1358）高启《送张贡士祥会试京师》中有“坐令王纲复大正，乾坤共仰天中旋”，希望政治清明，社会安定，并有济世报国之志。然而三年之后，时势急剧恶化，希望愈加渺茫。或许正由于此，高启遂弃追求功名之志。“击木野田间，高歌诵虞唐”句，“击木”“高歌”动作形象，足见诗人对太平盛世之向往，以及对当下时势的悲愤与无奈。

诗中薛生来访、相面吉言以及致谢辞别的描写，形象生动，如在眼前。而冷眼观世之语及对得势小人的辛辣讽刺，更见诗人安守本分、自甘贫贱的人生态度。

本诗才情丰赡，飘逸自如，起伏变化，文气充沛，音节铿然。

召修元史将赴京师别内

承诏趣严驾[①]，晨当赴京师。
佳征岂不荣，独念与子辞。
子自归我家，贫乏久共之。
闺门蔼[②]情欢，宠德不以姿。
天寒室悬罄[③]，何忍远去兹。
王明待紬文[④]，不暇顾我私。
匆匆愧子勤，为我烹伏雌[⑤]。
携幼送我泣，问我旋轸[⑥]时。
行路亦已遥，浮云蔽川坻[⑦]。
宴安圣所戒，胡为守蓬茨[⑧]。
我志愿裨国，有遂幸在斯[⑨]。
加餐待后晤，勿作悄悄思。

［注释］

①趣（cù）：同“促”，督促，催促。严驾：整备车马。见曹植《杂诗》之五：“仆夫早严驾，吾将远行游。”

②蔼：笼罩，布满。见《文选·刘铄〈拟古·明月何皎皎〉》：“落宿半遥城，浮云蔼层阙。”

③悬罄：也作悬磬，形容空无所有，极贫。见《国语·鲁语上》：“室如悬磬，野无青草，何恃而不恐？”

④紬（chōu）：缀集。见《史记·太史公自序》：“迁为太史令，紬史记

石室金匮之书。”䌷文此处指编修《元史》。

⑤伏雌：指母鸡。见《乐府诗集·琴曲歌辞四·秦百里奚妻琴歌一》：“百里奚，五羊皮。忆别时，烹伏雌，炊扊扅。今日富贵忘我为！”

⑥旋轸：指回车，返回。

⑦川坻：河岸。见王粲《从军》其一：“陈赏越丘山，酒肉逾川坻。”

⑧宴安：逸乐。见《汉书·景十三王传赞》：“是故古人以宴安为鸩毒，亡德而富贵，谓之不幸。”蓬茨：用蓬草作顶的房屋。指贫穷者所住的陋室。见《汉书·王褒传》：“今臣辟在西蜀，生于穷巷之中，长于蓬茨之下。”

⑨裨(pí)：辅佐的。遂：道路。见《史记·苏秦列传》：“臣闻越王勾践战敝卒三千人，禽夫差于干遂。”

[评析]

本诗作于洪武二年（1369）春，高启应召赴南京修《元史》之际。

为新朝所看重，被召赴京师修史，对一般人而言，此荣耀足以令人喜不自胜，然而高启却因与妻子离别而伤感不已。诗人以心怀歉意的口吻，叙说妻子在天寒室空、家徒四壁、衣食不继的家境中，甘于贫贱、与自己相濡以沫的贤惠品行，言辞流露出深深的敬意，情感真挚，发自肺腑。诗句描写妻子备足酒食、携幼泣别并问归期的细节，既见妻子有见识、顾大局、深明大义，又显示出夫妻间互相依赖、情意笃厚。“行路亦已遥，浮云蔽川坻”两句看似写景，实则委婉表现诗人因远望路途、山高水长、浮云蔽日，不忍离去的难舍情怀。

“宴安圣所戒”句表明诗人赴召之缘由。朱元璋急于招贤纳士，共治国家，如不合作，即便安于陋室，也难免有性命之虞，故诗人不得已离妻别子，应召赴京。“加餐待后晤，勿作悄悄思”如缠绵情话，语气俏皮又私密，表现诗人对妻子挚爱之深。

寓天界寺[1]，雨中登西阁

片云出钟山[2],阴满江东晓。
幽人[3]阁上寒,风雨啼莺少。
红尘禁陌净[4],绿树层城绕。
不为怨春徂[5],离怀自忧消。

[注释]

①天界寺：据《江宁府志》载，“天界寺在聚宝门外，善世桥南，旧在城中大市桥北”。元代名为龙翔集庆寺，明初改名天界寺。洪武二年（1369）春，高启应召赴南京修《元史》，寓居天界寺。

②钟山：位于南京东郊，又名紫金山。《江宁形势》载：“钟山龙蟠，石城虎踞。”

③幽人：指幽居之士。见苏轼《定惠院寓居月夜偶出》：“幽人无事不出门，偶逐东风转良夜。”

④红尘：俗世。诗人在天界寺登高远望，所见为红尘俗世。禁陌：京城道路。

⑤徂(cú)：消逝。

[评析]

本诗描写诗人登天界寺西阁所见，并表达身在异乡、借景消愁的无奈。

首句“片云”悄然而出，情态可爱；次句阴云笼罩，景象宏阔。这两句隐含行云流走变化，富有动感，并为后文雨中景象铺垫。次二句则表现诗人独立西阁形象，情景如见：雨雾弥漫，莺啼声无，独立高处，超脱清冷。写南京城“红尘”“绿树”相映，色彩对比鲜明，如同美丽山水画卷。末句借美景消解伤春之情、故乡之思，看似愁消，实则独居他乡孤独无奈之情愈重。

答内寄

落月入晓闺，相思不须啼。

我非秋胡子，君岂苏秦妻①？

风从故乡来，吹诗达京县②。

读之见君心，宁徒见君面。

拔草不易绝，割水终难开。

行云会有时，飞下巫阳台③。

莫信长安道，花枝满楼好④。

白马系春风⑤，离愁坐将老。

［注释］

①“我非”句：用秋胡戏妻典故。《列女传》有载：秋胡娶妻五日即赴陈国为官。多年后回乡，见一美妇采桑，秋胡调戏她，妇人怒骂秋胡。后秋胡返家看望母亲，母亲唤来儿媳，儿媳正是秋胡在桑园调戏的女子。秋胡羞惭，他的妻子也羞愤难当，投水而死。“君岂”句：用苏秦典故。《战国策》载苏秦游说秦王没有成功，“归之家，妻不下纫，嫂不为炊，父母不与言。苏秦喟叹曰：‘妻不以我为夫，嫂不以我为叔，父母不以我为子，是皆秦之罪也！’”后来，苏秦游说成功，贵为六国之相。“路过洛阳，父母闻之，清宫除道，张乐设饮，郊迎三十里。妻侧目而视，倾耳而听。嫂蛇行匍伏，四拜自跪而谢。”

②京县：旧称国都所在的县，此处指金陵。

③“行云”“飞下”两句：化用“巫山云雨”典故。《高唐赋》：“昔者

先王尝游高唐，怠而昼寝，梦见一妇人曰：‘妾，巫山之女也，为高唐之客，闻君游高唐，愿荐枕席。’王因幸之。妇去而辞曰：‘妾在巫山之阳，高丘之阻，旦为朝云，暮为行雨，朝朝暮暮，阳台之下。’”

④“莫信”“花枝”二句：化用白居易诗《长安道》，“花枝缺处青楼开，艳歌一曲酒一杯。美人劝我急行乐，自古朱颜不再来”。长安道是大唐帝国盛世繁华、功名富贵的象征。高启身在京师，但并不以帝都为乐。此处“花枝满楼”或暗示自己不涉青楼。

⑤“白马”句：纵然白马春风，自己宁愿待在原地，伴离愁以老。化用李白《少年行》：“五陵年少金市东，银鞍白马度春风。落花踏尽游何处，笑入胡姬酒肆中。”

[评析]

本诗为高启寄给妻子周氏的诗。周氏出身青丘巨室，温柔贤惠，且能赋诗。其父周仲达亦欣赏高启，曾以诗试高启诗才。

开篇以落月起兴，劝慰爱妻，极为体贴。“月”为古诗表达离别相思最为常见的意象，此处诗人以“月”入诗，顺理成章。月落晓闺，暗示梦中相思，情韵丰富。继而诗人以轻佻秋胡子、势利苏秦妻反喻，剖白心扉，表达夫妻坚贞之志。“风从故乡来，吹诗达京县”，想象丰富，别开生面，将前句沉重气氛一扫而空，表现情书迤逦而来的情态淋漓尽致。“读之见君心，宁徒见君面”，情味丰富自然，足见诗人深切思念之情、相思之苦。而拔草不绝、割水难开，浅切形象，比喻夫妻难分难舍、相依为命之情。花枝满楼无“缺处”，暗喻远离青楼之志，款款心曲，极为体贴。末二句更见诗人情志专一、白头之誓的坚定。

本诗行文始终关合双方，情感真挚，细腻丰富，纵笔自如，境界开阔，且每四句一换韵，节奏铿然，掷地有声。

真氏女（并序）

余在史馆日，谈次有言姚文公承旨翰林时，尝饮玉堂，有侍妾闽语者，询之，乃真文忠公裔孙也，父为筦库，负县官钱，鬻之以偿，遂流于娼家。公愍之，白于执政，落其籍；以嫁院吏黄棣，棣后至显官。同馆之士闻之，多赋诗者，余亦为作一首。[①]

妾恨非缇萦，上书动天子[②]。
自鬻偿县官，幸得脱父死。
谁知故相家，失身居狭斜[③]。
遂令园中柏，翻作道旁花。
当筵唱《金缕》，朔客惊闽语[④]。
相问忽相怜，开笼放鹦鹉[⑤]。
弃置舞衣裳，新理嫁时装。
良人身作吏，不是贩茶商[⑥]。
花钗映罗扇，初与郎相见。
贵贱古难常[⑦]，妾心那敢怨！
愿郎去作官，莫掌官[⑧]钱谷。
生子但生男，家门免多辱[⑨]。

［注释］

①姚文公：姚燧（1238—1313），元代文学家，字端甫，号牧庵，原籍

营州柳城（今辽宁朝阳县），迁居河南洛阳。官翰林学士承旨、集贤大学士。能文，与虞集并称。玉堂：宋以后对翰林院的称呼。真文忠公：真德秀（1178—1235），字实夫，后改景元、希元，号西山，福建浦城人，南宋著名理学家，曾任礼部侍郎、户部尚书、参知政事等职。筦(guǎn)：同“管”。愍(mǐn)：怜悯。

②“妾恨”“上书”两句：用“缇萦”典故。《史记·仓公列传》载：汉文帝四年，太仓令淳于意以刑罪系于长安。“意有五女，随而泣。意怒骂曰：‘生子不生男，缓急无可使者!’于是少女缇萦伤父之言，乃随父西上。”后上书请求为官婢，以赎父刑罪。文帝悲其意，除肉刑，缇萦父得免。

③狭斜：小街曲巷，多指妓院。

④金缕：《金缕曲》《金缕衣》的省称。见杜牧《杜秋娘诗》：“秋持玉斝醉，与唱金缕衣。”朔客：北方人。姚燧原籍营州柳城，故称朔客。

⑤“开笼”句：《新唐书·新罗传》载贞观五年，新罗王献女乐二人。“太宗曰：‘比林邑献鹦䴊，言思乡，丐还，况于人乎！’付使者归之。”这里指姚文公帮助真氏女落籍。

⑥良人：指黄棣，黄棣为翰林属官。“不是”句：化用白居易《琵琶行》“老大嫁作商人妇。商人重利轻别离，前月浮梁买茶去”。

⑦“贵贱”句：感慨真氏女本贵为故相裔孙，却流落烟花之地，后复嫁显宦的跌宕人生。

⑧官：管理。

⑨“家门”句：真氏女烟花经历有辱真德秀故相门第。

[评析]

本诗以真德秀孙女口吻，自叙流落娼家，幸遇姚燧，除落娼籍，嫁与黄棣的坎坷身世，寄寓诗人对真氏女的深切同情，抒发人生荣辱、世事沧桑的深沉感慨。

真德秀贵为南宋故相、理学名儒，其孙女却因父过而流入娼家，辱没门第，败坏家风，不仅一己受辱，且令百年府第声名扫地。这一题材本身传奇色彩极强，又关乎道德名望代际流传，故多有文人题咏。

本诗将真氏女与缇萦并论，赞颂其自鬻偿债救父的过人勇气。但缇萦上书惊动天子，自身不曾受辱，而真氏女卖身救父，受尽人间委屈，故相形之下，真氏女遭遇远非缇萦所及。开头一“恨”，道出真氏女罕见的人生遭遇。出身故相门第，身陷青楼娼家，这一人生荣辱巨变令人慨叹。诗人以“园中柏”“道旁花”对比，形象独特，表现力强。

所幸真氏女幸遇翰林院姚文公，后者不仅帮其落籍，还将其嫁与翰林院吏黄棣。后真氏女随黄棣夫贵妻荣。真氏女由名流之后堕落至社会底层，复返归荣耀，人生跌落起伏，命运坎坷不平，令人唏嘘叹息。末两句寓意尤其深刻：“生子但生男，家门免多辱。”虽然自今人看来，此句有贬低女性之嫌，但在封建时代，女子贞节关乎道德名望、家门荣辱，更何况真氏女为名门之后！

本诗叙事婉转流畅，情感悲喜抑扬，每四句一韵，韵脚频变，诗句铿然，随真氏女之遭际频转，可见诗人构思之精之巧。

寺中早秋

秋风入寺早，孤客惊离索[①]。

斜日数虫悬，槐花雨余落。

砧声起废苑，簟色[②]凄高阁。

独怜明镜中，玄鬓[③]犹如昨。

[注释]

①离索：离群索居。

②簟(diàn)色：簟竹的颜色。

③玄鬓：黑色鬓发。

[评析]

本诗作于洪武二年（1369）初秋。当时高启寓居天界寺修《元史》。

一开始，诗人描绘了寺中早秋场景：瑟瑟秋风，簌簌槐花，斜日悬虫，秋意清冷。诗人的内心是敏感的，笔触是清丽的。而“孤客惊离索”句更见诗人客居他乡的孤单、冷清。尤其“孤”“惊”二字格外引人注意。秋风乍起，“孤客”惊变，其内心孤寂落寞之情难以排遣。第五、六句又分别从声音与色彩、低处与高处渲染秋之气氛，层次分明，使愁情更加凝重。结尾两句感慨身处异乡、形影相吊，给人惆怅、悲哀之感。

本诗写秋，虽有秋景，更重在表现“离索”、自怜之情。通过此诗，我们更加深入了解了高启南京修史时的心境，并对他后来辞官归乡的原因有了进一步的认识。

天界玩月（有序）

洪武二年八月十三日，《元史》成，中书表进，诏赐纂修之士一十六人银币，且引对奖谕，擢授庶职，老病者，则赐归于乡。阅二日中秋，诸君以史事甫成，而佳节适至，又乐上赐之优渥，而惜同局之将违也，乃即所寓天界佛寺之中庭，置酒为玩月之赏，分韵赋诗，以纪其事，启得衢字云。

圣主念前鉴，述作征名儒[①]。
群来高馆间，厕迹[②]愧我愚。
孰谓此责轻，毫端有褒诛。
书成进丹陛，召对共拜趋[③]。
去留虽不同，雨露均沾濡。
已淹三时劳[④]，可废一夕娱？
况逢端正月[⑤]，当空照眉须。
流光满金界[⑥]，境与人间殊。
广庭布长筵，嘉肴荐芳腴[⑦]。
岂唯多士集，亦有名僧俱。
兴酣贵形忘，谐笑不复拘。
觞行岂辞勤，仰看转斗枢[⑧]。
明晨即分袂[⑨]，此乐诚须臾。
人生四海间，相见皆友于[⑩]。
不知谁使令，流荡无根株。

忽然此相遇，旋复成天隅[11]。
愿各崇令名，逍遥步亨衢[12]。
明年重见月，相忆当长吁。

[注释]

①圣主：指朱元璋。前鉴：指前代之鉴。洪武二年（1369）二月，朱元璋诏修《元史》，以垂鉴戒。高启《奉天殿进元史》有“书成一代存殷鉴”句。述作：《礼记·乐记》：“作者之谓圣，述者之谓明。明圣者，述作之谓也。”述，传承。作，创新，后用以指撰写著作。

②厕迹：置身。

③“书成”句：洪武二年（1369）八月，《元史》修成，李善长等奉表进献。丹陛：指宫殿前的台阶，也借指朝廷或皇帝。拜趋：侍奉于尊长左右。

④淹：满。三时：三个季节。高启等人纂修元史，自二月至八月，历时春、夏、秋三个季节。

⑤端正月：指中秋月。见韩愈《和崔舍人咏月二十韵》：“三秋端正月，今夜出东溟。”

⑥金界：佛地，佛寺，此处指天界寺。见高适《和窦侍御登凉州七级浮图之作》：“铁冠雄赏眺，金界宠招携。”

⑦嘉肴：美味菜肴。见《诗经·小雅·正月》：“彼有旨酒，又有嘉肴。”荐：接连。

⑧斗枢：北斗七星的第一星，名天枢，亦泛指北斗。见高适《真定即事奉赠韦使君二十八韵》：“月换思乡陌，星回记斗枢。”

⑨分袂：分别。见杜甫《寄司马山人十二韵》：“关内昔分袂，天边今转蓬。”

⑩友于：兄弟友爱。见《尚书·君陈》：“惟孝友于兄弟。”

⑪天隅：天边，极远的地方。见杜甫《雨》："物色岁将晏，天隅人未归。"

⑫崇：尊崇，推重。令名：美好的声誉。见鲍照《行京口至竹里》："君子树令名，细人效命力。"亨衢：通达的大道。比喻美好的前程。见李商隐《咏怀寄秘阁旧僚二十六韵》："粝食空弹剑，亨衢讵置锥！"

［评析］

本诗描写史馆同仁庆祝元史修成，表现诗人参与修史的荣耀，感世事变迁、人生无常。

开篇数句诗人以"圣主"发端，一则心念隆恩，表达修史之意愿，二则以敬畏之心对待修史盛事。大功告成之时，丹陛呈史，论功得赏，去留升转，"雨露均沾"。"已淹三时劳，可废一夕娱"两句，承前启后，巧妙过渡，由修史之劳转向一夕欢庆。诗人接着以酣畅笔墨，铺写庆功天界寺宏大场景：皓月当空，明朗如昼，流光泻地，如同仙境；名僧大儒，广庭长筵，美酒佳肴，觥筹交错，兴酣醉态，言笑不拘，堪称一代盛事。"仰看转斗枢"句后，诗人兴尽悲来，感慨欢娱短暂，人生无常。同时，对人生偶然相遇、又倏然分开的遇合别离，深感玄妙难解，既对"人生四海间，相见皆友于"之兄弟友爱情满意足，又对各奔东西、天各一方深感哀伤悲凉。"忽然""旋复"两词精当表现此种人生境遇与情感体验之转折。收结处表达对史馆同仁的祝愿与期望，以"明年重见月，相忆当长吁"寄寓深深的人生感喟。

本诗真实再现天界寺宏大热烈的庆功场景，叙事及情感内容丰富，转折变化自然，语言平易浅切，既具较高史料价值，又蕴人生哲理，读来亲切自然，引人共鸣。

晓出趋朝

正冠出门早，杳杳[①]钟初歇。

嘶骑踏严霜[②]，惊鸦起残月。

逶迤度九陌，窈窕瞻双阙[③]。

长卿本疏慢[④]，深愧陪朝谒。

［注释］

①杳杳：隐约，依稀。

②严霜：见《孔雀东南飞》“寒风摧树木，严霜结庭兰”。

③逶迤：曲折行进貌。 九陌：本指长安城中的九条大道。 后泛指都城大道和繁华闹市。 窈窕：深远貌。 双阙：皇宫两边高台上的楼观。

④“长卿”句：典出《世说新语·品藻》，“王子猷、子敬兄弟共赏《高士传》人及赞。 子敬赏‘井丹高洁’，子猷云：‘未若长卿慢世。’”意谓对仕途疏远冷淡。

［评析］

诗人以晨起赴朝表现在京朝谒之苦。

诗歌突出朝谒之早、路途之长与性情之疏慢难适。 出门之时，钟声初歇，已见时间之早，而之前盥洗正冠尚需多时，足见其晨起更早。“杳杳”二字，表现万籁俱寂、钟声依稀的冷清氛围。 而马踏严霜、鸦惊残月更突出表现时间之早、天气之冷。 第三、四句中，“嘶骑”对“惊鸦”、“严霜”对“残月”，语意两两相对，形象十分鲜明。“逶迤”“窈窕”两个联绵词生动表现诗人骑马穿越空城大街、遥望宫殿双阙的困倦情状，传神若现。末句借典故流露心迹：我本司马长卿一样性情散漫之人，却应召入朝，愧陪朝谒，实属命运交错而人生无奈。

本诗虽篇幅短小，但诗人自塑形象栩栩如生，细节描写细腻生动，足见诗人感受敏锐与构思精巧。

梦 姊

我家白头姊，远在娄水[1]曲。
昨夜梦见之，千里地谁缩[2]。
不知别已久，尚作别时哭。
觉来旅斋空，风雪洒窗竹。
田家有弟妹，终岁喜相逐。
我非王事縻[3]，胡忍离骨肉！
城东先人庐，尚有书可读。
何当乞身还，亲为姊煮粥[4]。

［注释］

①娄水：即娄江，出太湖，穿苏州娄门向东，一路迤逦百余里，由刘家港（今太仓浏河）入海。太仓上溯至太湖胥口为娄江，自太仓以下又称浏河。高启二十七岁后寓居娄江多年，有诗集名《娄江吟稿》。

②“千里”句：典出《神仙传》，费长房有神术，能缩地脉，千里如在目前。

③王事：指朝廷公事。见《诗经·小雅·北山》：“四牡彭彭，王事傍傍。”縻：牵绊。

④乞身：古代以做官为委身事君，故称请求辞官为乞身。见苏轼《玉堂栽花周正孺有诗次韵》：“故山桃李半荒榛，粗报君恩便乞身。”“亲为”句：典出《新唐书·李勣》，李勣“性友爱，其姊病，尝自为粥而燎其须。姊戒止。答曰：‘姊多疾，而勣且老，虽欲数进粥，尚几何？’”

[评析]

本诗以写梦姊而哭，梦醒惆怅，表达诗人回归乡里、享受天伦的愿望。

高启在南京与同僚修史，与亲人的离别常带给他痛苦，他尤其想念娄江之姊。此诗描写梦前想念、梦中相逢、梦里哭泣，种种情景真实，令人深感姊弟情深。而梦醒后的空落、孤寂，风雪相伴洒落窗竹，令人无奈叹息。“觉来旅斋空，风雪洒窗竹”句，深合梦醒实情，且梦里梦外，窗内窗外，两相呼应，更给人以寂寞、空幻之感。

诗的后半部分以田家兄妹之乐，反衬姊弟骨肉分离之痛。高启修史南京虽“与有荣焉”，但其心中始终感受到来自故乡之召唤，他并非真正认同修史之荣耀。尾句归田耕读、亲为姊煮粥的愿景，散发浓郁的天伦亲情，读罢令人掩卷难忘。

至吴淞江

江净涵素空，高帆漾天风①。
澄波三百里②，归兴与无穷。
心期弄云月，迢递③辞金阙。
晚色海霞销，秋芳渚莲④歇。
久别钓鱼矶，今朝始拂衣⑤。
忘机⑥旧鸥鸟，相见莫惊飞。

［注释］

①涵素空：指水映天空。见温庭筠《春江花月夜》："千里涵空照水魂，万枝破鼻团香雪。"漾：飘动。见苏轼《好事近·献君猷》："明年春水漾桃花，柳岸隘舟楫。"

②"澄波"句：写太湖。太湖三万六千顷，周围八百里，清波浩瀚。见白居易《泛太湖书事，寄微之》："报君一事君应羡，五宿澄波皓月中。"

③迢递：遥远貌。

④渚莲：水边荷花。见赵嘏《长安晚秋》诗："紫艳半开篱菊静，红衣落尽渚莲愁。"

⑤拂衣：挥动衣服，形容激动。

⑥忘机：消除机巧之心，指甘于淡泊，与世无争。见王勃《江曲孤凫赋》："尔乃忘机绝虑，怀声弄影。"

[评析]

洪武三年（1370）七月，高启辞户部侍郎，获准后如释重负，旋即挂帆南下，挥笔写下《至吴淞江》，表现了重回田园、亲近自然的欢快心情。

本诗起笔境界恢宏，开局阔大：碧水掩映万里晴空，扬帆高挂随风飘扬，浩瀚太湖三百里，一任归兴于无穷。诗人胸襟开阔，精神骀荡，仿佛“天地与我并生，万物与我为一”。此处“高帆”“天风”“澄波”“无穷”等词，词义宏阔，境界高远。诗人想象回归大自然的情景：海霞渐退，荷花初歇，钓鱼矶上，拂衣戏水，鸥鸟不飞，“舟遥遥以轻扬，风飘飘而吹衣”（陶渊明《归去来兮辞》），诗歌画面生机盎然，意趣横生。

本诗境界恢宏大气，格调高昂，尤其后半部分以平淡自然之生活情趣展现怡然自得、与世无争的淡泊心态，读罢令人心境通透，精神超脱。

始归田园二首(其一)

辞秩还故里,永言遂遐心[1]。
岂欲事高骞,居崇自难任[2]。
清晨问田庐,荒蹊尚能寻。
秋虫语左右,翳翳[3]桑麻深。
别来几何时,旧竹已成林。
父老喜我归,携榼[4]来共斟。
闻知天子圣,欢然散颜襟。
相期毕租税,岁暮同讴吟。

[注释]

①秩：官职，俸禄。 永言：吟咏。 遐心：广阔的胸襟。

②高骞：高飞。 居崇：居高位。 此指高启以“年少未习理财，且不敢骤膺重任”辞去户部侍郎之擢。 文震孟《姑苏名贤小记》云：“国家官人，当视其才。 如高先生之才，宜为翰林，不宜为户部。 其以不习握算辞，可谓允矣。”感慨太祖用高启之不当。

③翳翳：茂密成荫。 见王安石《半山春晚即事》诗：“翳翳陂路静，交交园屋深。”

④榼(kē)：古代盛酒的器具。

[评析]

本诗表现诗人辞官归乡后对田园生活的喜爱及与邻里融洽相处的乐趣。

自京师至田园，由史官变农民，即便生活环境、身份巨变，诗人无悔抉择，并乐在其中，所谓“永言遂遐心”。此诗对田园风光的描摹形象真切，充溢着自然乐趣：茫茫田野，曲折小路，悦耳虫鸣，桑麻绿竹，处处是丰收在望的景象。诗人描写田野生活非常生动，有声有色。村中父老携榼共斟的热闹场面，也让诗人找到了归属之感。拉家常，话京师，说天子，无所不谈。尤其“欢然散颜襟”句，场面活泼欢乐，再现诗人与村人天性相近、相处融洽之感。

本诗描写美丽的田园风光，表现淳朴的农民形象，真实自然，充分展现诗人热爱田园、关心农民的赤诚情怀。

睡　觉[①]

炉熏霭宿润，秋满床屏里[②]。

曙色透窗来，幽人[③]眠未起。

风惊露树怯，日出烟禽喜。

却忆候东华[④]，朝衣寒似水。

[注释]

①觉(jué)：睡醒。

②熏：火烟，句意是火炉中的轻烟带着隔夜的湿气。 床屏：古人常在床前放置屏风，以作隔断。

③幽人：幽居之人。

④东华：宫门名，后泛指宫门。《宋史·地理志》载："宫城周回五里，南三门，中曰乾元，东曰左掖，西曰右掖，东西面门曰东华、西华。" 朝臣上朝，自东华门入。

[评析]

本诗写于高启辞官归乡之后。

高启本性慵懒散漫，爱好自由，与等级森严、纲纪严明的朝廷清规格格不入，故其诗中多有叙及踏严霜、顶残月、早起赴朝的痛苦经历。 他最大愿望莫过于眠足睡深、自然醒来，这首小诗即写诗人辞官归乡后一觉醒来的真实感受。 室内炉烟缭绕，秋意弥漫，日光透过窗户照在屋内。 室外秋风轻吹，树枝摆动，秋日轻淡，紫气笼罩。 诗句跟随诗人目光所及，自近而远，由内而外，展现初醒之后居室内外情景，富有层次，且意境朦胧。

置身于自在随意的生活日常中，诗人深感自足之际，忽忆京师早起候朝、朝衣冰凉的过往。这两句看似与前六句的内容、情调格格不入，置于结尾处亦显突兀。然而其莫名出现，恰表明仕宦京城并非全是荣耀，亦给诗人留下难以忘却的惨痛记忆，以至于这段记忆突然现于脑中。此处描写，妙在横断，有起伏不平之感。

本诗笔调平淡，境界迷离，真实展现了诗人归乡后的平和心态与生活日常。

效乐天

谁言我久贱，明时已叨禄[①]。
谁言我苦贫，空仓尚余粟。
辞阙是引退，还乡岂迁逐[②]？
旧宅一架书，荒园数丛菊。
俗缘任妻子，家事烦童仆。
性懒宜早闲，何须暮年促。
犹着朝士冠，新裁野人[③]服。
杯深午醉重，被暖朝眠熟。
旁人笑寂寞，寂寞吾所欲。
终老亦何求？但惧无此福。
功名如美味，染指已云足[④]。
何待厌饱余，肠胃生疢毒[⑤]。
请看留侯退，远胜主父族[⑥]。
我师老子言，知足故不辱[⑦]。

[注释]

①叨(tāo)禄：享受俸禄。

②迁逐：贬斥放逐。见《史记·淮阴侯列传》："诸侯之见项王迁逐义帝置江南，亦皆归逐其主而自王善地。"

③野人：农夫。

④“染指”句：典出《左传》，“楚人献鼋于郑灵公，子公之食指动，以示子家曰：‘他日我如此，必尝异味。’及入宰夫将解鼋，相视而笑。公问之，子家以告。及食大夫鼋，召子公而弗与也。子公怒，染指于鼎，尝之而出。”

⑤疢(chèn)毒：疾病。

⑥“请看”句：典出《史记·留侯世家》，载张良协助刘邦在楚汉战争中最终夺得天下，被封为留侯。但他不留恋权位，据说晚年跟随赤松子云游。“远胜”句：典出《史记·主父偃列传》，载主父偃为齐相，揭发齐王与其姐的奸事，致使齐王自杀。汉武帝大怒，以“主父偃受诸侯金”之名灭其全族。

⑦“我师”“知足”两句：见《老子》第四十四章，“知足不辱，知止不殆，可以长久”。

[评析]

本诗风格仿效白居易，襟怀飘逸，笔调轻快，语言浅切，表现诗人辞官归乡后乐观旷达、淡泊自足的生活态度。

首六句，诗人即以三句反问，表达曾受俸禄、衣食无忧的自足心情，同时肯定辞官归乡是明智选择。此六句蕴含“知足而退”的哲理。接着诗人描写闲居田园生活的日常：有书有酒，有园有菊，自由自在，自甘寂寞，仿佛寻到生命本真意义。其中“功名如美味，染指已云足”，比喻奇特警醒，给人当头棒喝、醍醐灌顶之感。对于古今士人而言，“功名”二字最难看透，而诗人以“美味”喻之，堪称新奇精警之语。后以肠胃厌饱生疾为喻，对比留侯张良、齐相主父偃结局，说明功名当以染指为足，浅尝即止，给人以深刻启示。结尾以老子名言“知足不辱”收结，点明题旨，同时与开头“知足而退”遥相呼应。

本诗内容通俗易懂，语言平易流畅，语气亲切自然，且一韵到底，飘逸自如。

送陈秀州

我行秀州[1]野，马首迷荆榛。
路逢病老翁，涕泣说苦辛。
前年乱兵来，杀戮存几人！
崎岖[2]垦旧田，欲活未死身。
官府事征索，书版[3]日下频。
点丁[4]不遗孤，输谷不待新。
屋中儿啼嗥，门外吏怒嗔。
岂无冻馁忧，天远不可陈[5]。
我初听此语，回思一颦呻[6]。
国家昔平治，九土[7]贡赋均。
中间致兹变，主吏失抚循[8]。
须知奋梃徒，原是负耒民[9]。
虐之乃为敌，爱之则相亲。
此邦固易治，风俗自古淳。
奈何不加怜，使作涸辙鳞[10]。
因留告老翁，无为重沾巾。
归当率子弟，努力耕作勤。
除书已报下，太守今甚仁[11]。

[注释]

①秀州：嘉兴，五代时称秀州。

②崎岖：困厄，历经险阻。见苏轼《书黄子思诗集后》：“唐末司空图，崎岖兵乱之间，而诗文高雅，犹有承平之遗风。”

③书版：按户籍征收赋税的文书。书，文书。版，名册，户籍。

④丁：泛指人口，家口。

⑤“天远”句：句意是民众疾苦无法上达朝廷。

⑥回思：回想。见苏轼《子由生日》：“回思十年事，无愧箧中笔。”颦呻：忧愁叹息。见黄庭坚《赠送张叔和》：“吏能束缚老奸手，要使鳏寡无颦呻。”

⑦九土：九州的土地。见《国语·鲁语上》：“共工氏之伯九有也，其子曰后土，能平九土。”韦昭注：“九土，九州之土也。”

⑧抚循：安抚体恤。

⑨奋梃（tǐng）：起事反抗。耒（lěi）：农具名。

⑩“奈何”“使作”两句：典出《庄子·外物》。“庄周家贫，故往贷粟于监河侯。监河侯曰：‘诺。我将得邑金，将贷子三百金，可乎？’庄周忿然作色曰：‘周昨来，有中道而呼者。周顾视车辙中，有鲋鱼焉。周问之曰：鲋鱼来，子何为者邪？对曰：我东海之波臣也。君岂有斗升之水而活我哉？周曰：诺。我且南游吴越之王，激西江之水而迎子，可乎？鲋鱼忿然作色曰：‘吾失我常与，我无所处。吾得斗升之水然活耳，君乃言此，曾不如早索我于枯鱼之肆。’”

⑪除书：拜官授职的文书。见韦应物《始治尚书郎别善福精舍》：“除书忽到门，冠带便拘束。”太守：官名。秦置郡守，汉景帝时改名太守，为一郡最高的行政长官。隋初以州刺史为郡长官。宋以后改郡为府或州，太守已非正式官名，只用作知府、知州的别称。明清时专指知府。

[评析]

此诗作于高启南游吴越途经嘉兴之时，表现对元末官吏暴政的强烈愤慨和对穷苦百姓的深切同情。

从整体构思看，诗人自路遇患病老翁写起，借其之口诉说官府凶恶、生活艰辛，不仅令诗歌内容真实可信，而且语言形象生动。“崎岖垦旧田，欲活未死身”两句深刻展现百姓生活的艰辛。其中“未死身”，指生不如死、欲死不能的生活窘况，令人悲悯。即便如此，官吏暴虐，计租不遗孤小，抢粮不分新旧，蚊蝇见血般贪婪暴敛。而诗中儿啼、吏嗔场面更增强了官吏抢粮的画面感，使诗歌内容更为深刻真实。

诗人既同情患病老翁的遭遇，也对官府统治进行反思。其中“须知奋梃徒，原是负耒民”句，蕴含对官逼民反的忧虑，同时告诫统治者，如不善待百姓，与百姓为敌，则有板荡之险，所谓“虐之乃为敌，爱之则相亲”。诗人虽不居庙堂，但熟读经史，对历史上的兴衰治乱规律了然于胸，故发出此逆耳忠言。

本诗深刻反映元末社会动荡的苦难，对统治者进行劝诫，对贫困百姓寄寓深切同情，并借鉴杜甫《石壕吏》写法，内容真实生动，情感真挚，堪称反映元末时事的诗史之作。

送伯兄西行

落日万人哭，征行出阇闉①。
道路②亦悲哀，而况骨肉亲！
我生鲜兄弟，提挈③惟二人。
何辞一室欢，去作万里身？
北风吹衣寒，方舟涉河津④。
出处有常役，欲从愿无因。
岂不知当还，忧思自难伸。
惟期善保爱，驰缄慰悁勤⑤。

[注释]

①阇（dū）：城门上的台。闉（yīn）：古代城门外瓮城的城门。

②道路：此处指路上的人。见《史记·郦生陆贾列传》：“道路皆言君谗，欲杀之。”

③提挈：扶持，帮助。

④方舟：两船相并。河津：河边渡口。

⑤驰缄：驰书。缄，信函。悁：忧愁。见傅毅《七激》：“可以解烦悁，悦心意。”

[评析]

本诗写于至正二十六年（1366）前后。张士诚在同朱元璋作战中屡遭败绩，丢城失地，被迫征戍民众。高启兄高咨也在被征之列。平江乱后，高启移居江上，得知高咨被谪寿州。

起句描写残阳落日万众痛哭的悲惨场面，堪比杜甫《兵车行》“哭声直上干云霄”。高启与伯兄骨肉亲情，相互依恃，现在却面临生离死别的悲剧。“何辞一室欢，去作万里身？”“一”“万”对比鲜明，语气沉痛，表现出对这一人生悲剧不能接受的强烈情感。接下来数句语气稍缓，对高咨多安慰劝勉，希望他保重自己，并寄信报平安，以慰忧怀思念之情。

本诗前半部分悲感强烈，后半多劝慰之语，末两句情感平和。感情诚挚动人，情感变化合情入理，线索分明，真实表达了送别家兄征戍的心理感受。

冬至夜感旧二首(其一)[1]

今夕亦常夕,悲感何用并[2]?
寒月初死魄[3],沉沉闭层城。
忆我为儿时,早起不待明。
踉跄[4]试新衣,上堂拜父兄。
于今几何年,节序嗟屡更。
中庭[5]风木号,哀多尚余声。
空复有两孩,灯前语纵横[6]。
挽须[7]向我笑,宁解识此情?

[注释]

①苏州有“冬至大如年”之风俗。在宋朝时苏州就有过冬至夜的习俗。家家祭拜祖先,小辈还要穿上新衣到长辈处拜谒,称“贺节”“贺冬”或“拜冬”。清人徐士鋐《吴中竹枝词》:“相传冬至大如年,贺节纷纷衣帽鲜。毕竟句吴风俗美,家家幼小拜尊前。”

②并:聚合。

③死魄:魄指月,月光。见朱淑真《夜留依绿亭》:“三更好月十分魄,万里无云一样天。”古人称月亮的有光部分为明,无光部分为魄。朔后月明渐增,月魄渐减,故谓之死魄。反之,望后月明渐减,月魄渐生,即谓之生魄。见《逸周书·世俘》:“越若来,二月既死魄。”

④踉跄:形容小孩子走路不稳的样子。

⑤中庭:庭院。见司马相如《上林赋》:“醴泉涌于清室,通川过于

中庭。”

⑥纵横：无所顾忌。

⑦捋须：捋胡须。见杜甫《北征》诗：“生还对童稚，似欲忘饥渴。问事竞挽须，谁能即嗔喝？”

[评析]

本诗表现诗人冬至夜因节序变更而生发的感伤之情。

依吴中旧俗，冬至如同春节大年，热闹喜庆。但开头四句，月光清冷，月魄渐减，城池寥落，字里行间流露出低沉落寞之情，为本诗营造凄凉孤寂的整体氛围。诗人接着写今昔对比，表现节序变更、岁月流逝引发的感伤。其中“踉跄试新衣，上堂拜父兄”，生动展现儿时着新衣、拜父兄的细节场面，读来宛然可见。“踉跄”一词，状写儿童步履不稳的神态，极富表现力。“于今几何年，节序嗟屡更”为诗人“悲感”之因。一则年华似水，往事如烟，儿时已十分遥远；二则正值岁暮，一年将尽而来日渐少，不由生发人生短暂之悲感。另有月光沉沉，寒风摧木，声声哀号，更令人深感悲切落寞。

遗憾的是，诗人虽满腹忧伤，却无人可诉。最后四句写膝下二女欢声笑语，追逐嬉戏，捋须取闹，无所顾忌，看似为全诗增添生动、欢快的场面描写，然而愈是热闹，愈衬出诗人内心的悲凉。故“宁解识此情”，反问之中蕴含不尽哀愁，有不尽之意于言外。

本诗情调低沉，语言朴实，注重场面描写与氛围营造，表现了诗人感伤哀愁的内心世界。

拟乐府诗

古别离[1]

他人岂不别？所别谅有由。
嗟君今何营？轻薄好远游。
遥遥京洛[2]车，泛泛江汉舟。
君身非贾胡，所至自辄留[3]。
徽音已冥邈，思怀尚绸缪[4]。
露滋红兰春，霜变绿桂秋[5]。
此时望归来，含情上高楼。
川途[6]本无限，君去焉得休！
愿令中断阻，化彼山与丘。

［注释］

①古别离：乐府旧题，属杂曲歌辞。《乐府遗声》云："别离曲有《古别离》。"

②京洛：洛阳的别称。因东周、东汉曾建都于此，故云"遥遥"。

③贾（gǔ）胡：西域商人。见《后汉书·马援传》："伏波类西域贾胡，到一处辄止。"伏波，汉将军名号。辄：就。

④徽音：佳音。见《文选·谢灵运〈登临海峤与从弟惠连〉》："傥遇浮丘公，长绝子徽音。"吕良注："徽，美也。言我倘遇此仙公，长绝子美音信。"冥邈：邈远，这里指杳无音讯。见赵元《读乐天无可奈何歌》："天意寓冥邈，人心徒揣摩。"绸缪（chóu móu）：犹缠绵也。出自《诗经·唐风·绸缪》："绸缪束薪，三星在天。"本指紧密缠缚，后引申为情意

殷切。吴质《答东阿王书》："发函伸纸，是何文采之巨丽，而慰喻之绸缪乎！"

⑤"露滋""霜变"两句：此两句是说时光流逝，青春易老，而游子归期未知。"露滋"句自江淹《别赋》"见红兰之受露，望青楸之离霜"化出。"霜变"句自白居易《东亭闲望》"绿桂为佳客，红蕉当美人"化出。

⑥川途：路途，也指水路。见谢灵运《九日从宋公戏马台集送孔令》："岂伊川途念，宿心愧将别。"刘长卿《赴江西湖上赠皇甫曾之宣州》："莫恨扁舟去，川途我更遥。"

[评析]

本诗以乐府旧题，写夫妻离别、男女相思之苦。

首四句写怨，对游子无关生计的远游表现出强烈不满。两问句貌似突兀，然而入笔擒题，正为下文伏笔。次四句描摹女子心态细腻而真实。"遥遥""泛泛"，对工巧妙，不仅展现繁华都城熙来攘往、大江水面千帆竞发的景象，同时借喻女子思绪纷繁如辇、心情茫然似水。后写游子音讯渺茫，女子思念无尽，岁月匆匆，红颜渐老，无奈而痛苦。女子登高远望，寄托思念之情，望断天涯，怨念愈深。末两句写女子怨极而怒，但又无奈，故而起誓，有《上邪》"山无陵……天地合，乃敢与君绝"之致。

本诗描摹女子语气、神态、心理，笔触细致入微，形象跃然纸上，令人如闻其声，如睹其状，如见其心。其中女子情感变化线索分明，曲折有致，巧妙构成本诗脉络。同时，本诗因事生情，融情于景，将景象、动作描写与人物心理巧妙绾结，合情入理且自然流畅，情致丰富又缱绻缠绵，让读者在有限的文字内充分感受古今别离之殇。

吴趋行[1]

仆本吴乡士，请歌吴趋行。
吴中实豪都，胜丽古所名。
五湖汹巨泽，八门洞高城[2]。
飞观被山起，游舰沸川横。
土物既繁雄[3]，民风亦和平。
泰伯德让在，言游文学成[4]。
长沙启伯基，异梦表休祯[5]。
旧阀凡几家，奕代产才英[6]。
遭时各建事，徇义或胜声[7]。
财赋甲南州，词华并西京[8]。
兹邦信多美，粗举难备称。
愿君听此曲，此曲匪夸盈[9]。

[注释]

①吴趋行：属杂曲歌辞。《乐府遗声》云："歌舞曲。"本诗原注："古乐府有《吴趋行》，吴人歌其土风也。"据《姑苏志》："吴趋坊在皋桥南。"吴趋，犹吴门，指吴地。门外为趋。

②五湖：说法不一。一专指太湖，一指太湖及附近四湖，还有苏州南部湖泽、江南五大湖之说。《吴郡图经续记》载：《图经》以贡湖、游湖、胥湖、梅梁湖、金鼎湖为五湖。汹：水波腾涌之貌。八门：《姑苏志》载阖闾有国，伍员创筑大城，为门八。"东曰娄，曰匠；西曰阊，曰胥；南曰

盘，曰蛇；北曰齐，曰平。时周敬王六年也。自后历代皆仍其旧”。洞：通达。

③繁雄：繁华。见白居易《初到郡斋寄钱湖州李苏州》：“雪溪殊冷僻，茂苑太繁雄。”

④泰伯：相传泰伯为吴地开国之君，一作太伯。《史记·周本纪》载：“古公有长子曰太伯，次曰虞仲。太姜生少子季历，季历娶太任，皆贤妇人，生昌，有圣瑞。古公曰：‘我世当有兴者，其在昌乎？’长子太伯、虞仲知古公欲立季历以传昌，乃二人亡如荆蛮，文身断发，以让季历。”《史记·吴太伯世家》亦载：“太伯仲雍二人乃奔荆蛮，文身断发，示不可用，以避季历。太伯之奔荆蛮，自号句吴。荆蛮义之，从而归之千余家，立为吴太伯。”《论语》中，孔子称赞泰伯：“泰伯，其可谓至德也已矣！三以天下让，民无得而称焉。”言游：即言偃，字子游，吴地常熟人。孔子学生，擅长文学。

⑤长沙：指孙坚。孙坚由议郎升任长沙太守，兴义兵讨伐董卓。袁绍封其为破虏将军，豫州刺史，后谥号武烈。异梦：《吴书》载孙坚母亲怀孕时，曾梦见肠子绕吴阊门。孙坚容貌不凡，性阔达、好奇节。休祯：吉祥的征兆。

⑥旧阀：即阀阅。指世家门第、名门巨室。奕代：世代、累世。

⑦建事：建立事业或功业。见《国语·晋语》：“夫爵以建事，禄以食爵，德以赋之，功庸以称之。”徇：谋求，营求。胜声：美好的名声。

⑧南州：泛指南方地区。魏晋以降，天下财赋多出自江南，尤其以吴中为最。词华：指有文学才能之士。西京：指汉唐时的长安（今陕西西安）。陆机《吴趋行》云：“属城咸有士，吴邑最为多。”

⑨匪：同“非”。夸盈：夸张，炫耀。

［评析］

吴中得天独厚，自古繁华，西晋陆机曾作《吴趋行》歌咏之。

高启泽被吴中江山之助，自然难辞桑梓情笃。故开头首句，不辞不让，点明题意。接下来八句写吴中之奇、之美：城池雄豪，山水胜丽，飞观游舰，物华俗美。诗人尤善于摄取自然风物的形神特征，“汹”“洞”“飞观”“被山”“沸川”等词气势磅礴，动人心旌。“土物既繁雄，民风亦和平”可视为前后内容转捩之枢纽。“和平”二字既含民风好和平之意，又寓意人文化成，故有德让天下之泰伯，文学见长之子游，兵讨董卓之孙坚。世家巨室、名门府第，或乘势而上、建功立业，或崇尚仁义礼教、蜚声远播。故吴中钟灵毓秀，人才辈出，甲于南州，并驰西京。

诗人如数家珍，如叙家常，以简约之笔概写吴中，层层展开，举凡吴中自然风物、历史人文、财赋词华一目了然，自豪自得之情溢于言表。诗人极善于摄取自然风物的形神，生气勃勃而有凛凛声威，令读者如临其境，叹为观止。

短歌行[①]

置酒高台，乐极哀来。

人生处世，能几何哉[②]？

日西月东，百龄易终。

可嗟仲尼，不见周公[③]！

鼓丝拊石[④]，以永今日。

欢以别亏，忧因会释[⑤]。

燕鸿载鸣，兰无故荣[⑥]。

子如不乐，白发其盈[⑦]。

执子之手，以酌我酒[⑧]。

式咏短歌，爰祝长寿。

［注释］

①短歌行：乐府旧题，属相和歌辞平调曲。曹操有“对酒当歌，人生几何？”陆机有“置酒高堂，悲歌临觞”，皆言当及时为乐。

②“置酒”“乐极”“人生”“能几”四句：出自李益《来从窦车骑行》“置酒高台上，薄暮秋风至”与陆机《短歌行》“置酒高堂，悲歌临觞。人生几何，逝如朝霜”。

③“可嗟”“不见”两句：《论语·述而》载，“子曰：‘甚矣吾衰也！久矣吾不复梦见周公！’”这是孔子预感生命将尽的话。周公是孔子心目中最敬服的古代圣人之一。

④鼓丝：弹奏弦乐。丝：八音之一，指琴、瑟、琵琶等弦乐器。拊

石：敲击石磬。见《尚书·益稷》：“予击石拊石，百兽率舞。”石，乐器名，指石磬。此两句讲人生短暂，当鼓弹奏乐，以消磨长日。

⑤“欢以”“忧因”两句：欢乐因别离而损减，忧愁因聚会而消释。

⑥“燕鸿”“兰无”两句：人之聚散，如燕鸿之有来去；人有衰老，如兰草无恒久繁茂。燕鸿：燕子与鸿雁，均为候鸟。载鸣：飞鸣，载为发语词，无义。见《诗经·小雅·小宛》：“题彼脊令，载飞载鸣。我日斯迈，而月斯征。”故：长久。

⑦“白发”句：盈：满。此句谓忧愁会令人满头白发。

⑧“执子”“以酌”两句：化出自《诗经·邶风·击鼓》“死生契阔，与子成说。执子之手，与子偕老”。

[评析]

《短歌行》为乐府旧题，常用以抒发人生苦短当及时行乐之叹。

与曹操《短歌行》相近，本诗以对酒起兴、乐极哀来，叹时光易逝，悲人生苦短。“日西”以下四句感慨人生短暂，即便圣人也无可奈何，引出人生“鼓丝拊石”及时行乐之感想。全诗或用对比昭示人生哲理，如“欢以别亏，忧因会释”“子如不乐，白发其盈”，或用类比隐喻生活道理，如“日西月东，百龄易终”“燕鸿载鸣，兰无故荣”，反复辩说人生当及时行乐之理。

全诗情感跌宕起伏，既见诗人对人生的爱恋，又见人生苦短的遗憾，更见当及时行乐的淡定从容。全诗古朴雄健，风骨健举。王夫之《明诗评选》评此诗曰：“气势在曹瞒之右，沉勇亦不下之。唐以来不见乐府久矣，千年而得季迪，孰谓乐亡哉！”可谓确论。

游侠篇

游侠向何处？荡荡[①]长安城。

城中暮尘起，杀人无主名[②]。

所杀岂私仇？激烈[③]为不平。

新削安陵刀[④]，光夺众目明。

不畏赤棒吏，里间自横行[⑤]。

灌夫托为友，袁盎事以兄[⑥]。

负气不负势[⑦]，倾身复倾情。

笑顾少年辈，琐琐[⑧]真可轻。

[注释]

①荡荡：广大、雄壮。见《尚书·洪范》："无偏无党，王道荡荡。"

②无主名：不知道杀人者或为首者的姓名。化用《汉书·游侠传》："（原）涉刺客如云，杀人皆不知主名，可为寒心。"

③激烈：激昂慷慨。

④安陵：一作鄢陵，此处用来交换"唐雎不辱使命"典故。《战国策·魏国策》载：秦王以五百里地交换安陵，安陵君不答应，秦王不悦。安陵君遂派唐雎出使秦国以求缓和。秦王曰："公亦尝闻天子之怒乎？"唐雎对曰："臣未尝闻也。"秦王曰："天子之怒，伏尸百万，流血千里。"唐雎曰："大王尝闻布衣之怒乎？""若士必怒，伏尸二人，流血五步，天下缟素，今日是也。"秦王当即气馁，长跪谢罪曰："先生坐！何至于此！寡人谕矣：夫韩、魏灭亡，而安陵以五十里之地存者，徒以有先生也。"另说

安陵刀指安陵名刀。

⑤赤棒：赤色的棒，古代大官出行时前导仪仗中的兵器之一。《北齐书·琅琊王传》载："魏氏旧制，中丞出，清道，与皇太子分路行，王公皆遥住车，去牛，顿轭于地，以待中丞过，其或迟违，则赤棒棒之。"横行：纵横驰骋。

⑥灌夫：西汉名将。据《史记·魏其武安侯列传》载灌夫为人刚直，"好任侠，已然诺，诸所与交通无非豪杰大猾"。袁盎：西汉名臣。据《史记·袁盎传》载："袁盎病免家居，与闾里浮沉相随行，斗鸡走狗，洛阳剧孟，尝过袁盎，盎善待之。"

⑦负势：倚仗权势。

⑧琐琐：卑微渺小。意谓同游侠相比，那些游手好闲的乡里少年辈太微不足道了。

[评析]

游侠常为唐代诗人歌咏对象。如卢照邻《结客少年场行》有"长安重游侠，洛阳富才雄"；李白《侠客行》有"十步杀一人，千里不留行"；白居易亦有《少年行》"新丰美酒斗十千，咸阳游侠多少年"。高启此篇表现其对游侠的歌咏、追慕。

首四句诗人营造长安城内暮色苍茫、沙尘初起、游侠杀人无主名的恐慌氛围，令人胆战心惊，不寒而栗。接着描写游侠行止，令人对游侠群体有深入、具体认识。游侠杀人不为私仇，不存私心，而是主持正义，斩杀邪恶，其侠肝义胆磊落光明，千古而下，让人敬仰。"负气不负势，倾身复倾情"，这两句堪称点睛之笔，道出了不畏富贵、不阿权势、行侠仗义的游侠精神。至此游侠形象由模糊而具体，由可怕可怖至可亲可敬，形象逐渐高大，令人仰视。

吴地自古盛行游侠之风。高启曾作《吴钩行》："吴钩若霜雪，吴人重游侠。樽前含笑看，上有仇家血。"此篇描写长安游侠，亦足见诗人的游侠理想。

本诗语言质朴本色，明白如话。尤其起始二问，自问自答，设问合理，让人感觉亲切自然。本诗用词用字亦颇讲究，表现力强，如以“荡荡”写长安雄壮，以“琐琐”状乡里少年，指称恰切。“负气不负势，倾身复倾情”写游侠精神，气、势对比，身、情并现，尽展游侠身负正气、行侠仗义的慷慨情怀。

王明君[①]

都门尘拂春风面，临别看花泪如霰[②]。
君王惆怅惜蛾眉，不似前时画中见[③]。
白发呼韩感汉恩，宁胡谩号阏氏尊[④]。
毡裘肉食本异俗，不如但嫁巫山村[⑤]。
黄沙白雪无城阙，手冷鹍弦夜弹歌[⑥]。
相随万里到穹庐，只有长门旧时月[⑦]。
妾语还凭归使传[⑧]，妾身没虏不须怜。
愿君莫杀毛延寿，留画商岩梦里贤[⑨]。

［注释］

①王明君：即王昭君。晋石崇作《王明君辞（并序）》，以避晋文帝司马昭讳，故改名王明君，后世沿用之。

②“都门”“临别”两句：这两句写昭君辞别汉宫时春风拂面、泪眼看花的凄惨场景。春风面：自杜甫《咏怀古迹五首》之三化出：“画图省识春风面，环佩空归月下魂。”泪如霰：自江淹《杂体诗·李都尉陵从军》化出：“日暮浮云滋，握手泪如霰。”

③“君王”“不似”两句：葛洪《西京杂记》载：“元帝后宫既多，不得常见，乃使画工图其形，案图召幸。诸宫人皆赂画工，多者十万，少者亦不减五万。独王嫱（昭君）自恃容貌不肯与，工人乃丑图之，遂不得见。后匈奴入朝，求美人为阏氏。于是上案图，以昭君行。及去，召见，貌为后宫第一，善应对，举止闲雅。帝悔之，而名籍已定。方重信于外

国，故不复更人。”

④白发呼韩：呼韩邪单于较昭君年长，昭君出塞后第三年，呼韩邪单于去世。据《汉书·元帝纪》《汉书·匈奴传》：竟宁元年（前33），呼韩邪再次入朝，“自言愿婿汉氏以自亲，元帝以后宫良家子王嫱字昭君赐单于。单于欢喜，上书愿保塞上谷以西至敦煌”。并保证边塞再无兵革之事。昭君号为“宁胡阏氏”。谩号：欺诳。

⑤巫山村：关于王昭君的故里有巫山、兴山、荆门、秭归诸说。

⑥“黄沙”句：匈奴逐水草而居，无固定住所，故云。鹍（kūn）弦：指用鹍鸡筋做的琵琶弦。鹍鸡，古代指像鹤的一种鸟。见苏轼《古缠头曲》：“鹍弦铁拨世无有，乐府旧工惟尚叟。”

⑦“只有”句：化用李白《长门怨二首》其一，“月光欲到长门殿，别作深宫一段愁”。长门：指汉武帝皇后陈阿娇失宠后居住的长门宫。

⑧“妾语”句：参考岑参《逢入京使》，“马上相逢无纸笔，凭君传语报平安”。

⑨毛延寿：西汉画工。据葛洪《西京杂记》载画工贿图事发后，汉元帝大怒，“乃穷案其事，画工皆弃市，籍其家，资皆巨万。画工有杜陵毛延寿，为人形，丑好老少，必得其真。安陵陈敞，新丰刘白、龚宽，并工为牛马飞鸟众势，人形好丑，不逮延寿。下杜阳望，亦善画，尤善布色。樊育亦善布色。同日弃市。京师画工，于是差稀。”商岩：傅说最初在傅岩筑土造墙。武丁求贤臣，梦得圣人，醒来后将梦中的圣人画下来，派人寻找，最终找到傅说，推他作臣相。后傅说被商王武丁举以为相。后人遂以商岩比喻在野贤士。

［评析］

《王明君》为乐府旧题，属相和歌辞之清商曲。昭君和亲故事被历代诗人竞相歌咏，数量达七百多首，且著名诗人如李白、杜甫、白居易等都曾留有相关诗作。

开头六句分别刻画王昭君、汉元帝和呼韩邪单于三者形象。在同一个暖风春日，面对汉匈和亲，三人各怀心事，悲乐不一。王昭君愁眼看花，泪如飞霰，面对生死离别而黯然神伤。汉元帝目睹昭君真容，怜香惜玉却又无可奈何。而此时呼韩邪单于则如获至宝，心怀感激。此处诗人一笔写三人，艺术构思相当巧妙。接下来六句写昭君在匈奴的处境与心境，且每两句先言处境，次写心境。如先写毡裘肉食的异俗处境，再写不如出嫁巫山村的感慨；先写黄沙漫漫尽毡房的恶劣处境，再写弹弦而歌的忧伤；先写远别家国的孤独处境，再写空对长门冷月的凄凉。末四句，诗人借昭君口吻，传话汉帝，劝其勿杀毛延寿，以图毛延寿给其画梦中贤人。此句新意突现，非常具有讽刺意味。王安石《明妃曲》曾以“意态由来画不成”之新见，感慨毛延寿被杀，令后世读者叹赏，而高启以毛延寿可画图荐贤，讽刺元帝昏庸误国，令人警醒，识见似更高一筹。

该诗每四句一换韵，韵脚灵活变化，读来流畅自如而韵味悠长。

行路难[1]（其一）

君不见，盘中鲤，暂失风涛登俎几[2]。君不见，枝上蜩[3]，才出粪壤凌云霄。推移变化讵[4]可测？勿谓明日同今朝。出乘高车入大马，半是当年徒步者[5]。范叔曾逃客溺余，卫青亦在人笞下[6]。悠悠行路莫相欺，为雌为雄[7]未可知。

［注释］

①行路难：乐府旧题，言世路艰难及离别悲伤之意，多以“君不见”开篇。

②俎（zǔ）几：切肉用的砧板。

③蜩（tiáo）：蝉。见欧阳修《蝉赋》：“出自粪壤，凌风高飞。”

④讵：表示反诘。

⑤徒步者：平民的代称。古代平民出行无车，故云。见《汉书·公孙弘传》：“（公孙弘）起徒步，数年至宰相，封侯。”

⑥范叔：即范雎。《史记·范雎列传》载，范雎跟随魏中大夫须贾来到齐国，齐襄王听说雎善于辞令，赐雎金十斤及牛酒，须贾诬告范雎，让齐王大怒，令人鞭笞范雎。雎装死，被置于厕中，被宾客溺，后逃出，并入秦为相。卫青：《史记·卫将军骠骑列传》载，卫青父郑季为吏，在平阳侯曹寿家做事，与侯妾卫媪私通，生下卫青。“青同母兄卫长子，而姊卫子夫自平阳公主家得幸天子，故冒姓卫氏。”卫青少归其父，“使牧羊，先母之子皆奴畜之，不以为兄弟数。卫青尝从人至甘泉居室，有一钳徒相青曰：‘贵人也，官至封侯。’青笑曰：‘人奴之生，得毋笞骂即足矣，安得封侯事乎？’”及“元朔元年（前128）春，卫夫人有男，立为皇后。其秋，

青为车骑大将军。”

⑦为雌为雄：比喻胜负、强弱、高下。

[评析]

本诗看似浅易通俗，实则蕴含深刻人生哲理。

起笔即以“君不见”开篇，以生活中常见的“盘中鲤”与“枝上蜩”为喻，揭示人生推移变化的道理：一切均在变易之中，其方向与结果难以预测。继而诗人以范雎、卫青先辱后荣、前卑后尊的人生经历，揭示人事变迁难以预料。诗人告诫得势者与势利之人：漫漫人生路，勿欺侮、轻视位卑者，人生前途命运变幻起伏，实难预知。诗人同情弱者，博爱凡众，胸怀宽广，展现“仁者”的高尚境界。

全诗语气亲切，意味深长，给人以处世启迪。

陇头水[①]

人间何处无流水？偏到陇头愁入耳[②]。

夜杂羌歌明月中，秋惊汉梦空山里[③]。

陇坂[④]崎岖九回折，声随到处长呜咽。

欲照愁颜畏水浑，前辈曾洗金创血[⑤]。

回头千里是长安，征人泪枯流不干[⑥]。

［注释］

①陇头水：乐府旧题，汉鼓角横吹曲，常用以表现征人别离。陇头，指陇山。《三秦记》云："陇西关，其坂九回，不知高几许，欲上者七日乃越，高处可容百余家，下处数十万户。其上有清水四注下，所谓陇头水也。"俗歌云："陇头流水，鸣声幽咽，遥望秦川，肝肠断绝。"后人也常以陇山借指边塞。南朝宋代陆凯《赠范晔诗》："折花逢驿使，寄与陇头人。"

②"人间"句：陇山顶流水四注倾下，水声呜咽。愁入耳：唐代多有对陇水的描写。见于濆《陇头吟》："借问陇头水，终年恨何事？"李益《从军有苦乐行》："仆本居陇上，陇水断人肠。"岑参《初过陇山途中，呈宇文判官》："陇水不可听，呜咽令人愁。"

③羌：古代民族名。主要分布地相当于今甘肃、青海、四川一带。秋惊：见陆游《感秋》诗"秋惊蠹叶凋残绿，病著衰颜失旧红"。

④陇坂：陇山山坡。

⑤愁颜：唐代雍陶诗《卢岳闲居十韵》有"望云开病眼，临涧洗愁颜"句。金创：金属利器对人体造成的创伤。见白居易《缚戎人》："身

被金创面多瘠，扶病徒行日一驿。”

⑥“回头”句：见元代张昱《五王行春图》，“褒斜西幸雨淋铃，回首长安几千里”。“征人”句：见于濆《陇头吟》：“深疑呜咽声，中有征人泪。”罗隐《陇头水》：“借问陇头水，年年恨何事？全疑呜咽声，中有征人泪。”

[评析]

《陇头水》为乐府旧题。前代诗人徐陵、于濆、杨师道、罗隐、陆游等多有同题诗作。

本诗以反问起笔，醒人耳目。次句“偏”字亦突出陇头水流的绝特。世上川流万千，无处无之，但因何唯陇头水令人忧愁？诗人不急着作答，而是蓄势铺垫，勾勒出一幅陇山、陇水画面：清冷月夜，悠扬羌歌，萧瑟秋色，荒寂空山，崎岖山路，曲折水流。万籁俱寂中，陇水呜咽，如怨如慕，令人愁颤。此处“声随到处长呜咽”句，既巧妙赋予画面动感，又将笔墨集中于诗中灵魂“陇水”。而“欲照愁颜畏水浑”句极为巧妙，既承接前句，又开启下文。“前辈曾洗金创血”句，概括无数征战将士血肉模糊、尸首漂河、河水尽染的悲惨场面，也为本诗增添了悲壮之意。末两句回归征人别离主题。“回头千里是长安”与高适《燕歌行》“征人蓟北空回首”有异曲同工之妙。

全诗内容营构富有层次。从氛围营造到陇水流转，从水声呜咽到血腥战争，从陇水凄凉到征人回望，境界阔大，合情入理，推进自然，表现出诗人深刻的艺术匠心与高超的艺术技巧。

空侯引[①]

浊流赴海东若倾，津卒刺船朝不行[②]。

公乎提壶径欲渡，大声呼公公不顾。

饥鲸馋蛟肆啖[③]吞，竟以深渊作高坟。

贪生畏死谁不有？公独不然果狂叟。

二十五弦[④]弹且歌，公兮渡河将奈何！公兮渡河将奈何！

[注释]

①空侯引：也作《箜篌引》，属相和歌辞，又入《琴操》，一名《公无渡河》。依旧说，“朝鲜津卒霍里子高妻丽玉所作也。子高晨起撑船，有一白首狂夫，披发提壶，乱流而渡，其妻随呼止之不及，遂溺死。于是其妻援箜篌而鼓之，作歌曰：‘公无渡河，公竟渡河，渡河而死，当奈公何？’声甚凄怆，曲终，亦投河而死。子高还，以其声语丽玉，丽玉伤之，乃引箜篌写其声，闻者莫不堕泪饮泣，名曰《箜篌引》”。箜篌：中国古代传统弹拨乐器。

②津卒：看守渡口的隶卒。刺船：撑船。

③啖(dàn)：吃。

④二十五弦：古代由二十五根弦组成的一种瑟，原为五十弦。《史记·封禅书》载：“太帝使素女鼓五十弦瑟，悲，帝禁不止，故破其瑟为二十五弦。”

[评析]

本诗以“公无渡河”传说为据，塑造一个无惧生死、执意渡河、丧身浊流的白发狂叟的形象，以寄寓对人生遭遇的悲叹。

诗歌起笔即以水势滔天、东流若倾、舟船停摆的情形，为白发狂叟之“狂”做铺垫。“公乎提壶径欲渡，大声呼公公不顾”，展现一个执拗坚决、勇往直前的狂者形象，字里行间足见其无惧风浪、视死如归的悲情与坚决：毫不在意风高浪急，毫不在乎妻子呐喊，毫不顾惜生死存亡。其表情坚决、强硬，举动执拗、凛然，毫无停顿，更无退缩。其内心波澜奔放之情宛然如见。尾二句语调悲愤无奈，对狂叟的人生遭遇表示扼腕痛悼之意。

梁启超《中国韵文里头所表现的情感》称《公无渡河》有“奔迸的表情法”，即用极简单的语句，把极真的情感尽力表达出来。本诗中，无论是起句描写险恶环境，抑或是句中叹惜狂叟葬身深渊，甚或赞叹狂叟不惧生死，情感激荡，惊愕痛悼之情都溢于言表。诗人想象丰富奇特，语言奇崛夸张，浩浩荡荡，气势充沛，既有自问自答，又有反复咏叹，尽现“奔迸的表情法”。

将进酒[①]

君不见，陈孟公[②]，一生爱酒称豪雄。君不见，扬子云，三世执戟徒工文[③]。得失如今两何有？劝君相逢且相寿。试看六印尽垂腰[④]，何似一卮长在手。莫惜黄金醉青春[⑤]，几人不饮身亦贫！酒中有趣[⑥]世不识，但好富贵忘其真。便须吐车茵，莫畏丞相嗔[⑦]。桃花满溪口，笑杀醒游人[⑧]。丝绳玉缸[⑨]酿初熟，摇荡春光若波绿。前无御史可尽欢，倒着锦袍舞鹳鹆[⑩]。爱妾已去曲池平[⑪]，此时欲饮焉能倾。地下应无酒垆[⑫]处，何苦寂寞孤平生！一杯一曲，我歌君续。明月自来，不须秉烛[⑬]。五岳既远，三山[⑭]亦空。欲求神仙，在杯酒中。

[注释]

①将(qiāng)进酒：乐府旧题，意即劝酒歌。多以饮酒放歌为内容。将，请。

②陈孟公：指西汉陈遵，字孟公。《汉书·陈遵传》载陈遵嗜酒，常聚众大饮，饮时“关门取客车辖投井中”，即便有急事，宾客也无法离开。

③扬子云：指西汉扬雄，字子云。《汉书·扬雄传》载扬雄“奏《羽猎赋》，除为郎给事黄门，与王莽、刘歆并。哀帝之初，又与董贤同官。当成、哀、平间，莽、贤皆为三公，权倾人主，所荐莫不拔擢，而雄三世不徙官。”执戟：秦汉时的宫廷侍卫官，因值勤时手持戟，故名。

④“试看”句：苏秦游说天下，得佩六国相印。《史记·苏秦列传》载苏秦曰：“且使我有洛阳负郭田二顷，吾岂能佩六国相印乎！”

⑤醉青春：见白居易《病中答招饮者》，“顾我镜中悲白发，尽君花下

醉青春”。

⑥酒中有趣：典出《晋书·孟嘉传》，孟嘉为桓温参军，好酣饮。桓温问他：“酒有何好，而卿嗜之？”孟嘉答曰：“公未得酒中趣耳！”

⑦“便须”“莫畏”两句：这两句典出《汉书·丙吉传》。丙吉驾驭车马的役吏嗜酒，醉后呕吐到丙吉车上。“西曹主吏白欲斥之。吉曰：‘以醉饱之失去士，使此人将复何所容？西曹地（弟）忍之，此不过污丞相车茵耳。’”车茵：车上垫的席子。

⑧“桃花”“笑杀”两句：化出自李白《当涂赵炎少府粉图山水歌》“若待功成拂衣去，武陵桃花笑杀人”。

⑨丝绳玉缸：化出自辛延年《羽林郎》“就我求清酒，丝绳提玉壶”、岑参《韦员外家花树歌》“朝回花底恒会客，花扑玉缸春酒香”。

⑩“前无”句：典出《史记·滑稽列传》。“淳于髡曰：‘赐酒大王之前，执法在旁，御史在后，髡恐惧俯伏而饮，不过一斗径醉矣。’”“倒着”句：典出《晋书·谢尚传》。谢尚有胜会，王导谓之曰：“闻君能作鸲鹆舞，一坐倾想。”谢尚便着衣帻而舞，旁若无人。王昌龄有诗《春宫曲》：“平阳歌舞新承宠，帘外春寒赐锦袍。”鸜鹆（qúyù）：八哥的别名鸲鹆。

⑪“爱妾”句：典出《晋书·石崇传》。石崇有妓绿珠，美而艳，善吹笛，孙秀使人求之。崇不给，说：“绿珠吾所爱，不可得也。”孙秀怒，矫诏收崇，石崇谓绿珠曰：“我今为尔得罪。”绿珠泣曰：“当效死于官前。”自投楼下而死。

⑫酒垆：酒店。见《晋书·王戎传》，载“（王戎）尝经黄公酒垆下过，顾谓后车客曰：‘吾昔与嵇叔夜、阮嗣宗酣畅于此，竹林之游亦预其末。自嵇、阮云亡，吾便为时之所羁绁。今日视之虽近，邈若山河！’”

⑬秉烛：取自《古诗十九首》“昼短苦夜长，何不秉烛游？”

⑭三山：指中国古代神话与道教传说中的三座神山，方丈、蓬莱、瀛洲。《拾遗记》载：“三壶则海中三山也。一曰方壶，则方丈也。二曰蓬壶，则蓬莱也。三曰瀛壶，则瀛洲也。形如壶器。”

［评析］

《将进酒》为乐府旧题，常劝人鄙弃功名富贵，及时饮酒行乐。这一旧题因李白《将进酒》广为传颂，而高启此诗则鲜为人知。

本诗最大的特点是用典，借典寓意，以典达情。首先诗人连用陈遵、扬雄、苏秦、孟嘉等人典故，极言世间功名得失、贫富尊卑之不足道，而酒中自有日月乾坤，人生真谛，足慰寂寞平生。继而诗人以诙谐轻松的笔调，写醉吏不因污车见责，并辅以李太白笔下之武陵桃花、辛延年诗之丝绳清酒，使诗歌趣味盎然而富有变化，境界别开生面。而淳于髡、谢尚、绿珠等典，或滑稽可笑，或令人悲愤无奈，个中况味引人深思。由绿珠堕楼而亡，诗人巧妙过渡至“地下应无酒垆处”，劝人欢歌纵酒，以度寂寞平生，呼应主题。最后诗人以四字联句，表达杯酒寻欢、快意当下的人生追求。

本诗用典多而不繁，实而不板，洋洋洒洒，每一个典故皆妥帖恰当。诗歌语言如行云流水，流畅自如，句式长短自由变换，有韵味，有顿挫，一气呵成。尤其四字联句，一变长句节奏，顿挫自然，语气亲切，明白如话。

本诗既有李白之豪情狂放，又有其诗之飘逸洒脱，“置之青莲集中，虽明眼者亦难别择”（赵翼《瓯北诗话》卷八）。

长相思[①]

长相思，思何长！愁如天丝远悠扬，摇风曳日不可量[②]。未能绊去足，唯解结离肠[③]。关山碧云看欲暮，空帏坐掩荃兰香[④]。长相思，思何长！

[注释]

①长相思：乐府旧题，主要写相思哀怨之情。见《古诗十九首·孟冬寒气至》：“客从远方来，遗我一书札。上言长相思，下言久离别。”

②天丝：蜘蛛等昆虫所吐的飘荡在空中的游丝。见王建《春词》：“红烟满户日照梁，天丝软弱虫飞扬。”一说仙女纺织用的丝线。见王建《七夕曲》：“河边独自看星宿，夜织天丝难接续。”摇风曳日：见温庭筠《梦江南》词：“山月不知心里事，水风空落眼前花。摇曳碧云斜。”

③绊去足：化用柳宗元《酬娄秀才将之淮南见赠之什》“开颜时不再，绊足去何因？”结离肠：化用韦庄《应天长》“别来半岁音书绝，一寸离肠千万结。”

④“关山”“空帏”两句：句意是关山遥远，相见无期，正好独坐空帏，与香草为伴。荃兰：荃、兰为香草名。见司马相如《长门赋》：“席荃兰而茝香。”

[评析]

相思之情难以名状。故诗人起句便感慨：“长相思，思何长！”无影无踪、无形无容的思绪到底长什么样？接下来的比喻非常精巧：“愁如天丝远悠扬。”以悠扬遥远的天丝比喻相思之长，令人耳目一新，堪媲美李白《长相思》“美人如花隔云端”。“摇风曳日”更与相思之情飘忽不定的情态相吻合，令人叹为观止。相思之情本沉重而令人烦躁，然而此两句以奇异想象纾解相思之人心头的郁积愁情，让人内心稍感平适。然而，举目遥望，关山远隔；空帏独坐，相思又生。挥之不去的相思之情又令人心生悲苦，不禁再次感叹：“长相思，思何长！”

本诗首尾呼应，反复歌咏，强化相思别离之苦，同时又给人沉痛深切的情感体验。

征妇怨

良人不愿封侯印，虎符远发当番阵[①]。
几夜春闺恶梦多，竟得将军军覆信。
身没犹存旧战衣，东家火伴[②]为收归。
妾生不识边庭路，寻骨何由到武威[③]？
纸幡剪得招魂去，只向当时送行处。

［注释］

①良人：古时女子对丈夫的称呼。 封侯：泛指显赫功名。 见王昌龄《闺怨》："闺中少妇不曾愁，春日凝妆上翠楼。 忽见陌头杨柳色，悔教夫婿觅封侯。"虎符：古代帝王授予臣下兵权和调发军队的信物，为虎形，故云。 调发军队时，朝廷使臣须持符验对，符合，才能发兵。《后汉书·杜诗传》载："旧制发兵，皆以虎符……符策合会，取为大信。"番阵：少数民族的军队。

②火伴：北魏时，军中以十人为火，共灶炊食，故称同火者为火伴。后泛指同伴。 如《木兰诗》："出门见火伴，火伴始惊惶。"

③寻骨：意自杜甫《兵车行》"君不见，青海头，古来白骨无人收"。另见张籍《征妇怨》："万里无人收白骨，家家城下招魂葬。"武威：地名，在今甘肃武威市。 汉武帝元狩二年（前 121），霍去病击败匈奴，为彰显大汉帝国的武功军威，西汉政府在原匈奴休屠王地设武威郡。

[评析]

征妇闺怨是古代诗歌的常见题材。 唐诗中较有名的如王昌龄《闺怨》、金昌绪《春怨》、张籍《征妇怨》、戴叔伦《闺怨》等数十篇。 高启这首《征妇怨》虽为旧题，但在写法上独具匠心，颇多为人称道之处。

首二句表明良人征战是为时势所迫，言外之意，这位征妇与王昌龄《闺怨》中那位“教夫婿觅封侯”的闺中少妇完全不同。 因为良人被迫远征，故征妇虽有思念，但更多的是担惊受怕，常做噩梦。 诗歌塑造了不同于一般征妇的女性形象。 如金昌绪《春怨》：“打起黄莺儿，莫教枝上啼。啼时惊妾梦，不得到辽西。”戴叔伦《闺怨》：“不识玉门关外路，梦中昨夜到边城。”这些描写因思念而成梦，梦境中有甜美欢会，无限温存，有依依惜别的留恋。 而高启笔下的这位征妇，因为一直心存担忧，又无人可诉，故常做良人战亡的噩梦。 得知良人去世消息，她悲叹“妾生不识边庭路，寻骨何由到武威”？ 她所能做的只有去送别处挂幡招魂。 从这一动作细节可见征妇内心凄凉、悲哀深重。

本诗刻画征妇形象，成功避开此类诗歌中的俗套，故艺术构思新颖精巧。 王夫之《明诗评选》赞此诗曰：“此则唐、宋人能之，妙在不作啼眉涕鼻态。 通首皆比，是以高唐、宋人一等。”

悲　歌[1]

征途险巇[2]，人乏马饥。

富老不如贫少，美游不如恶归[3]。

浮云随风，零乱四野。

仰天悲歌，泣数行下[4]。

［注释］

①悲歌：乐府旧题，属杂曲歌辞。古辞首句云："悲歌可以当泣，远望可以当归。"多写旅途漂泊之苦、客居思乡之悲。后世文人多效仿而为感物忧思之诗。

②险巇（xī）：险阻崎岖，常用以比喻世路艰难。见刘峻《广绝交论》："世路险巇，一至于此。"

③"富老""美游"两句：句意是年轻居家，虽贫而美；年老羁宦，虽富而恶。高启另有《羁旅行》诗："人生出门即苦辛，何况长为万里身！远游纵得功名好，不如贫贱乡中老。"

④"仰天""泣数"两句：指人生失意，慷慨悲凉。见《史记·项羽本纪》"项王乃悲歌慷慨……泣数行下"。

［评析］

本诗表现对人生艰辛的失意无奈与慷慨悲歌。

首两句直言人生路途险恶、时世艰辛，致人疲惫不堪。开门见山，直截了当。接着描写对人生阅历的痛苦回首与对人生哲理的痛彻感悟。经历人生的跌宕起伏，看透世间的世态炎凉，遍尝人间的酸甜苦辣，诗人心中充满太多悲凉与无奈，其中悲苦不堪言、不能言、无以与言。 诗人由此感悟：年轻时贫居乡梓故里、享受天伦之乐，远比宦游四方、辗转漂泊更能获得内心情感的满足，更能接近俗世人生的真谛。 两“不如”对比见意，显而易见。

由此诗人产生“前不见古人，后不见来者”的孤独感。 长久以来郁积胸中的委屈、愤懑、悔恨、无奈、愧疚等迸发，仰天悲叹，长歌当哭，涕泗横流。 其声之悲，其音之哀，在风起四野、云走无心的天地间回响不绝。 结尾以“泣数行下”收束，与陈子昂《登幽州台歌》“念天地之悠悠，独怆然而涕下”凄凉境界接近，堪为旷世相契之隔代知己。

本诗虽未交代具体写作时间与背景，但从诗句中所蕴含的人生体验与哲理来看，似非早期之作。 钱钟联先生《明清诗精选》认为：“高启于壮年擢户部侍郎时，辞官不久，放还。 正与诗句抒发的情绪合拍。”可参酌。

野田行

白杨树下谁家坟①？火烧野草碑无文。
路旁尚卧双石马，行人指是故将军②。
当时发卒开阴宅，千车送葬城东陌③。
子孙今去野人④来，高处牧羊低种麦。
平生意气安在哉？棘丛暮雨棠梨开⑤。
百年富贵何足恃，雍门之琴良可哀⑥！

[注释]

①“白杨”句：古人多有写白杨依傍坟冢的诗句，如白居易《览卢子蒙侍御旧诗，多与微之唱和，感今伤昔，因赠子蒙，题于卷后》：“闻道咸阳坟上树，已抽三丈白杨枝。”李益《野田行》：“日没出古城，野田何茫茫。寒狐啸孤冢，鬼火烧白杨。”李廌《相逢行》：“君不见白杨依依北邙墓，断碣灭裂碍行路。”

②石马：石雕的马。古时多置于帝王及贵官墓前。见薛逢《醉春风》：“君看野外孤坟下，石羊石马是谁家？”梅尧臣亦有《梦过三陵》：“梦过汉陵间，秋风石马闲。当年侍臣泪，泣尽向三山。”故将军：典出《史记·李将军列传》。载李广曾晚上带随从外出饮酒，归来时遇霸陵亭尉。醉酒的霸陵尉呵斥李广。随从说：“故李将军。”霸陵尉说：“今将军尚不得夜行，何乃故也！”遂将李广留置在霸陵亭。

③阴宅：坟墓。千车送葬：见《史记·游侠列传》，“剧孟母死，自远方送丧盖千乘”。

④野人：农夫，村野之人。

⑤棠梨开：见唐刘驾《姑苏台》（一作《吴中怀古》）“霸迹一朝尽，草中棠梨开”。

⑥百年富贵：寓意功名空幻。敦煌曲子词有“一朝冷落卧黄沙，百年富贵知何在？”雍门之琴：典出桓谭《新论》：“雍门周以琴见孟尝君。孟尝君曰：‘先生鼓琴，亦能令文悲乎？’……周引琴而鼓之，徐动宫徵，拂角羽。孟尝君涕泗增哀，下而就之。”雍门，齐都城城门。

［评析］

本诗借残败、破落的故将军墓抒发功名空幻、世事沧桑之感慨。

全诗以今昔对比方式展开。故将军生前显贵，意气风发，光宗耀祖，不可一世。有生之日，发动人马大建阴宅。下葬之时，千车相接，浩浩荡荡，余威犹在。死后，子孙立高碑，建墓园，人生似乎圆满。不料若干年后，墓园荒芜，野草丛生，碑碣上龙蛇不辨，墓地周围牧羊种麦，处处是衰败荒凉景象。甚至无人知其名，晓其功。故将军生前身后的鲜明对比，令人生发功名空幻、世事沧桑的感慨。此对比含义丰富，寓意鲜明，令人警醒，诗人故有“百年富贵何足恃，雍门之琴良可哀”之痛。

诗中大量运用自然意象：白杨、墓地、野草、碑碣、石马、牧羊、麦田、棘丛、暮雨、棠梨等。这些意象荒凉残败、冷清孤寂，有较强的烘托主题作用。

筑城词[1]

去年筑城卒，霜压城下骨。

今年筑城人，汗洒城下尘。

大家举杵莫住手，城高不用官军守[2]。

[注释]

①筑城词：乐府杂曲歌辞，多写筑城劳役哀怨。古歌曰："生男慎勿举，生女哺用脯。不见长城下，尸骸相支拄。"陆游有《古筑城曲》："惟有筑城词，哀怨如当日。"筑，指筑土，用木杵捣土使之坚实。见《诗经·大雅·绵》："筑之登登，削屡冯冯。"

②杵：筑土用的棒槌。见张籍《筑城词》："筑城处，千人万人齐把杵。""城高"句：见陆龟蒙《筑城词二首》"莫叹将军逼，将军要却敌。城高功亦高，尔命何劳惜"。此处诗人反用其意，即城高就不用官兵把守了。

[评析]

本诗约作于元至正十九年（1359）。至正十八年（1358）张士诚占领杭州后，发动浙西郡民建筑杭州城。高启借乐府旧题，写诗纪事。

本诗着力表现筑城带给民众的伤亡与灾难。去年筑城卒，已为墙下累累白骨；今年的筑城人，仍在风霜雨雪中挥汗如雨、垒墙筑城。筑城徭役劳民伤财，耽误农事，甚至造成死亡。百姓怨声载道，苦不堪言。然而无辜百姓无法主宰个人命运，历史的悲剧仍在重演。在今昔对比中，诗人寄寓对百姓的深切怜悯与同情，同时，讽刺统治者筑城的愚蠢与懦弱。 城高就可以不用官军把守，言外之意是城高并不能真正保证城池安全与政权稳定。 寓意深刻，讽刺辛辣。

湖州歌[1]送陈太守

草茫茫，水汩汩[2]。上田芜，下田没[3]。中田有麦牛尾稀，种成未足输官物[4]。侯来桑下摇玉珂[5]，听侬试唱湖州歌。湖州歌，悄终阕，几家愁苦荒村月[6]！

[注释]

①湖州歌：湖州的乐府民歌。宋汪元量《水云集》有《湖州歌》九十八首。

②汩汩：水急流的样子。见韩愈《流水》“汩汩几时休，从春复到秋”。

③上田：土质上等的田地。下田：下等的田地。《吕氏春秋·上农》载：“上田，夫食九人；下田，夫食五人。可以益，不可以损。”

④输：交纳。官物：官家的物品、财产等公物，这里指公粮、租税。

⑤玉珂：珂色白如玉，相击有声，常作马勒的饰物。

⑥终阕：曲终。荒村月：自储嗣宗《经故人旧居》“宿草风悲夜，荒村月吊人”句化出。

[评析]

本诗以民歌形式，写湖州风土人情、民生疾苦，寄寓对百姓的深切同情，以及对自己爱莫能助的感慨。

农田高处草盛苗芜，低处遭遇大水，茫茫无际，唯有中间的稀疏麦苗。这就是百姓靠天吃饭的悲惨命运！然而，百姓所关心的不是全家口粮，而是能否缴足官府租税，更为可怜可叹！ 自古百姓善良隐忍，面朝黄土，锄禾日下，却仍不免“四海无闲田，农夫犹饿死”的悲惨命运。 结尾诗人以悲悯之情，描写受灾村落的惨淡情形：“几家愁苦荒村月！”此句蕴含诗人强烈的慨叹与深切的悲情，真挚感人，催人泣下。

闻角[①]吟

惊起黄榆塞下鸿，一声呜轧戍楼空[②]。
此时吹动关山意，十万征人归梦中。
玉帐弯弓夜初起，月白不知霜似水[③]。
余声散作满天愁，风吹不入单于垒[④]。

[注释]

①角：古乐器名。古时鸣角以示晨昏，军中多用作军号。

②黄榆塞：黄榆多产于我国东北、华北和西北边境，故借指边塞。见于渍《戍客南归》诗："北别黄榆塞，南归白云乡。"呜轧（wū yà）：吹角声。见杜牧《题齐安城楼》："呜轧江楼角一声，微阳潋潋落寒汀。"

③玉帐：主帅所居的帐幕，取如玉之坚的意思，有时借指主帅。见辛弃疾《浪淘沙·赋虞美人草》："不肯过江东。玉帐匆匆。至今草木忆英雄。"霜似水：见张祜《雁门太守行》"城头月没霜如水，趚趚踏沙人似鬼"。程垓《渔家傲·彭门道中早起》"野店无人霜似水，清灯照影寒侵被"。

④垒：军营。见陆机《辩亡论上》："（刘备）结垒千里，志报关羽之败，图收湘西之地。"

[评析]

本诗描写戍边将士梦中思归之情。

诗人非常善于营造凄清、寂寥的边塞气氛。呜轧凄凉的角声，日暮归巢的飞鸿，孤独矗立的戍楼，一下把人带到了人烟稀少、浩瀚荒凉的遥远边塞。 呜呜角声中，十万征人怀着强烈的思归之情进入梦乡。 而此时的帐外，月色分明，霜冷似水。 诗人巧妙地把环境、画面与人物心理融为一体。

“余声散作满天愁，风吹不入单于垒”两句似神来之笔，想象奇特，把悲凉凄切的角吟之声、将士空落而无所寄托的愁情与寥廓的边塞大地相联系，给人无穷无尽的悲剧况味，其意境与李益《夜上受降城闻笛》“不知何处吹芦管，一夜征人尽望乡”颇为相近。

诗人以角声为线索，借角声巧妙串联起诗句。 角声惊起塞下飞鸿，角声引起思乡之情，角声散作满天愁思。 诸句紧紧扣住诗题中“角吟”二字，把诗中意象、艺术画面、将士愁情巧妙地融合为完整的艺术整体，意境浑成而味之不尽。

牧牛词

尔牛角弯环,我牛尾秃速[①]。
共拈短笛与长鞭,南陇东冈去相逐。
日斜草远牛行迟,牛劳牛饥惟我知。
牛上唱歌牛下坐,夜归还向牛边卧。
长年牧牛百不忧,但恐输租[②]卖我牛。

[注释]

①弯环：弯曲如环。 秃速：形容牛尾巴毛稀疏。

②输租：缴纳租税。

[评析]

本诗以轻松欢快的口吻，描写了牧童无忧无虑的生活，画面活泼，意境优美，独最后一句“但恐输租卖我牛”，语意突转，给人沉重压抑之感。

此诗重在表现人、牛之间相依为命、彼此无间的亲密关系。 牧童每日与牛做伴，牛背吹笛唱歌，牛下闲坐休憩，晚上牛旁卧睡，这是多么令人向往的陪伴与信赖！ 牧童把全部的欢乐系于牧牛，长年无忧无虑，表现了儿童天真无邪的童真童趣，的确令人向往。 但最后一句“但恐输租卖我牛”，表现了原来天真活泼的儿童心底一直存在隐忧。 这一句看似平淡，却又像是对官府租税制度的不满，是对复杂成人世界的控诉，仔细品味，大有深意。 本诗除第三、四句外，每句都有“牛”字，音调谐和，朗朗上口，颇具民歌风味。

养蚕词

东家西家罢来往，晴日深窗风雨响①。
二眠②蚕起食叶多，陌头桑树空枝柯。
新妇守箔③女执筐，头发不梳一月忙。
三姑④祭后今年好，满簇如云茧成早。
檐前缫车⑤急作丝，又是夏税相催时。

[注释]

①罢来往：依吴地旧俗，养蚕期间，为防止蚕病传播，亲朋好友不相来往。见范成大《田园诗》："三旬蚕忌闭门中，邻曲都无步往踪。"风雨响：形容蚕食桑叶的声音。见陆游《村居初夏》："压车麦穗黄云卷，食叶蚕声白雨来。"

②二眠：蚕的一生要经过几次蜕皮，蜕皮时不吃不动的状态叫眠，依次称初眠、二眠、三眠、大眠。二眠以后食叶增多，俗云"蚕吃老食"。陆游《赴成都泛舟》有"心如老骥常千里，身似春蚕已再眠"。

③箔(bó)：养蚕用的竹席。

④三姑：传说中的管蚕女神。清人翟灏《通俗编·禽鱼》载："《月令广义》：'凡四孟年，大姑把蚕；四仲年，二姑把蚕；四季年，三姑把蚕。'"元代诗人马臻的诗《村中书事》二首其一："村妇相逢还笑问，把蚕今岁是三姑？"

⑤缫(sāo)车：抽茧出丝的工具。见王建《田家行》："五月虽热麦风清，檐头索索缫车鸣。"苏轼《浣溪沙》亦有"簌簌衣巾落枣花，村南村北响缫车"。

[评析]

本诗写江南养蚕的风土民情，平易自然，充满农家趣味。 最后一句，讽喻含蓄，令人深思。

诗歌对养蚕生活的描写，真实自然，充满乡土气息。 蚕食桑叶的风雨作响，二眠蚕食多，祭祀蚕神茧成早等，表现出诗人对养蚕生活的熟稔。而对蚕农繁忙生活的描写，如邻里之间断绝来往，新妇一月不梳头、缲车急作丝等，又表现出诗人对蚕农的同情与尊重。 最后一句“又是夏税相催时”，则表现出对蚕农的怜悯与担忧。 原来蚕农不辞劳苦、起早贪黑的背后，既充满对丰收的喜悦，又心存对官府催税的隐忧。 高启关切现实、同情百姓的为民情怀，既是对汉魏乐府优良传统的继承，也是他长期居住在农村，对蚕农生活耳闻目睹、感同身受的必然表现。

本诗音调铿锵，节奏急促，表现蚕农忙碌生活，情景如见。

采茶词

雷过溪山碧云暖，幽丛半吐枪旗短[①]。
银钗女儿相应歌，筐中摘得谁最多。
归来清香犹在手，高品先将呈太守。
竹炉新焙未得尝，笼盛贩与湖南商。
山家不解种禾黍，衣食年年在春雨。

[注释]

①碧云暖：据宋人宋子安《东溪试茶录》记载，“民间常以惊蛰为候”，“以春阴为采茶得时”。枪旗：即旗枪，指茶树初萌时的嫩芽。茶芽未展为枪，展开为旗。叶梦得《避暑录话》载：“盖茶味虽均，其精者在嫩芽，取其初萌如雀舌者，谓之枪，稍敷而为叶者谓之旗。”

[评析]

本诗歌咏茶农茶事。

首四句写采茶女茶园采茶的生活情景，真实自然。惊蛰过后，云暖风和，正是茶树雀舌初吐、枪旗半展的采茶时节。一望无际的茶园中，采茶女一边唱着山歌，一边比摘茶叶，歌声起伏，场面欢快，充满生活情趣。这些描写非常有画面感，字里行间也表现了诗人对茶农生活的体察。次四句写劳碌一季的茶农为生计，将刚采摘的好茶献给太守，新烘焙的茶叶卖与茶贩。这与前四句的辛苦劳作形成了鲜明的对比，令人读来颇多感慨。最后两句对茶农不种禾黍、卖茶买粮、靠天吃饭的命运寄寓了深切同情。

卖花词

绿盆小树枝枝好，花比人家别开早。
陌头担得春风行，美人出帘闻叫声。
移去莫愁花不活，卖与还传种花诀。
余香满路日暮归，犹有蜂蝶相随飞。
买花朱门几回改，不如担上花长在①。

[注释]

①花长在：自钱起诗《故王维右丞堂前芍药花开，凄然感怀》“主人不在花长在，更胜青松守岁寒”。

[评析]

本诗轻松惬意，语调欢快，表现了卖花郎担花走巷、蜂蝶随飞、花香满路、怡然自得的卖花生活。

本诗注重以细节表现卖花郎生活。如陌头担花，沿街叫卖，美人出帘，授种花诀等，非常生活化，充满乐趣。最后两句则寓意深刻，把普通平凡的卖花郎与朱门大户人家作对比，以表现百姓生活虽普通但长久、朱门权贵虽荣耀却短暂的深刻现实。

本诗内容浅易，语言生动，押韵灵活，多韵脚与欢快内容相得益彰，表现了诗人睿智、深刻的人生见识与惬意、轻松的生活情趣。

送客曲[①]

送客车在门，劝客杯在手。明日长安花，今夜宜城酒[②]。愿客饮此勿复辞，我无黄金为客寿[③]。人生无处无弟兄，乡里刺促[④]谁知名？卖书买得百金剑，有身须向关山行。马四蹄，车两毂，行人欲发休踟蹰，嘐嘐鸡鸣赤日旭[⑤]。

[注释]

①送客曲：乐府旧题，属杂曲歌辞。

②宜城酒：宜城所产美酒。据《方舆胜览》，宜城市东一里有金沙泉，造酒极美，世谓宜城春，又名竹叶酒。见温庭筠《常林欢歌》："宜城酒熟花覆桥，沙晴绿鸭鸣咬咬。"

③黄金为客寿：典出《史记·鲁仲连邹阳列传》。战国时期，鲁仲连为赵国解除秦兵之围，平原君以千金为鲁仲连祝寿。见曹植《箜篌引》："主称千金寿，宾奉万年酬。"

④刺促：忙碌的样子。见李贺《浩歌》："看见秋眉换新绿，二十男儿那刺促。"

⑤踟蹰（chíchú）：徘徊不前的样子。见《诗经·邶风·静女》："爱而不见，搔首踟蹰。"嘐嘐（jiāojiāo）：鸡鸣声。见柳宗元《游朝阳岩遂登西亭二十韵》："晨鸡不余欺，风雨闻嘐嘐。"

[评析]

本诗写送客远行。

车马在外，杯酒在手，离情别意萦绕心头，千言万语欲说还休。这是人生中经常经历的别离场景。此时此刻，能够缓解悲意、催人上路的，大概“唯有杜康”了。前人以酒送行的离别诗为后人提供了借鉴，如“劝君更尽一杯酒，西出阳关无故人”（王维《送元二使安西》），“金陵子弟来相送，欲行不行各尽觞”（李白《金陵酒肆留别》），“今日暂同芳菊酒，明朝应作断蓬飞”（王之涣《九日送别》）。

把酒言欢，义结金兰，固然是人生乐事。但是，“乡里刺促谁知名？”所谓英雄怕埋没，壮士求功名。诗歌自然过渡到卖书得剑、身向关山的志向描写：“马四蹄，车两毂，行人欲发休踟蹰，喔喔鸡鸣赤日旭。”此数句节奏急促，意谓时不我待，当停杯投箸，即赴长安。结尾一扫离别伤感、举杯缠绵的低沉氛围，格调昂扬，催人奋进。

本诗情感起伏多变而脉络清晰，转折自然而不留痕迹。

忆远曲[①]

扬子津[②]头风色起,郎帆一开三百里。

江桥水栅多酒垆,女儿解歌《山鹧鸪》[③]。

武昌西上巴陵[④]道,闻郎处处经过好。

樱桃熟时郎不归[⑤],客中谁为缝春衣?

陌头空问琵琶卜[⑥],欲归不归在郎足。

郎心重利轻风波[⑦],在家日少行路多。

妾今能使乌头白[⑧],不能使郎休作客。

[注释]

①忆远曲:本题《乐府诗集》,属新乐府辞。

②扬子津:长江古渡口,在仪真(今江苏仪征)境内。长江自仪真以下至入海口部分称扬子江。

③水栅:用竹、木等做成的堵截水流之物。见张籍《江南行》:"娼楼两岸临水栅,夜唱《竹枝》留北客。"酒垆:安放酒瓮的土台,这里指酒店。解歌:善歌。《山鹧鸪》:唐代乐坊曲,这里代指艳曲。见许浑《听歌〈鹧鸪辞〉》:"南国多情多艳词,《鹧鸪》清怨绕梁飞。"鹧鸪,鸟名,俗仿其鸣声曰"行不得也哥哥"。这两句写女子担心丈夫眠花宿柳。

④巴陵:今湖南岳阳,在武昌西,故云"西上"。

⑤"樱桃"句:指樱桃熟时,正是春尽时节。范成大《晚春田园杂兴》有"牡丹破萼樱桃熟,未许飞花减却春"。

⑥陌头:路边。琵琶卜:用琵琶占卜。据《太平广记》:"淮南好神鬼,多邪俗,病即祀之,无医人……(洪州)土人何婆善琵琶卜……"

⑦“郎心”句：化用白居易《琵琶行》“商人重利轻别离”。

⑧乌头白：比喻不可能之事。《燕丹子》载：“燕丹子质于秦，秦王遇之无礼，不得意欲归。秦王不听，谬言曰：‘令乌头白，马生角，乃可。’丹仰天叹。果乌白头，马生角。秦王不得已而遣之。”

[评析]

本诗表现年轻商人妇对远行丈夫的思念与担忧。

首句落笔不凡，境界阔大，尤其一“起”字，意谓大风突把船吹至三百里外。此处描写略显夸张，实则表现了商人妇对丈夫突然离去产生的巨大心理落差与情感冲击。或许两人正在渡口执手话别，情思缱绻之际，离别时刻突然到来，让她难以接受分离的现实。

“天长路远魂飞苦，梦魂不到关山难。长相思，摧心肝。”（李白《长相思》）相思之余，思妇猜疑百端，坐立不安。或担心丈夫能否经受妖冶女子的诱惑，或牵挂丈夫是否平安顺利到达。此处对思妇心理活动的描写活灵活现，栩栩如生。在日日夜夜的思念、担忧与等待中，思妇甚至请人占卜算卦，求问归期。“欲归不归在郎足”活泼亲昵，语含轻嗔，对思妇心态的刻画生动自然，如画如见。然而，尾二句“妾今能使乌头白，不能使郎休作客”，蕴含不尽之意，给人深切悲凉的人生况味。

本诗描写思妇心理真实自然，细腻生动，同时婉转起伏，富于变化。全篇用典使事，如盐入水，语言亲昵，有民歌风味。

后　记

高启是中国文学史上的一流作家，但是他的文学史地位与其成就极不相称。这在很大程度上归因于“文学史的权力”，即各类文学史著作对其文学成就重视不够，评价不公。这是笔者研读中国文学史时的最大感受，也可以说是撰著本书的动机所在。

然而，真正走近高启其人，走进其诗歌艺术殿堂，虽“与有荣焉”，却也倍感艰辛。目前学术界关于高启的研究，仍比较薄弱，包括其生平行迹、交游、著述、诗学理论，等等，都有很多需要厘清的问题。因此，要评注一首诗，往往牵涉大量的史实考索，需要穿越历史的迷雾，尽可能重回历史现场，撰著此书耗时两年的艰辛。本书撰著过程中，高启等人的身影不时闪现于脑际，一张张鲜活面孔，一场场诗酒雅集，连带着历史的血雨腥风、个人的悲欢离合，仿佛穿越历史时空，呈现于案上桌前，让人如感“山阴道上行”的同时，又难免产生深沉的历史感喟与生命幻灭感——为年仅三十九岁被腰斩于南京的高启，为与“初唐四杰”一样浪漫而悲惨的“吴中四杰”，为在历史风尘中一个个远去的背影。因此，撰著本书在一定程度上又是一场深刻的人生体验与一次难得的历史穿越。

本书以金檀辑注，徐澄宇、沈北宗校点的《高青丘集》为底本，并参考了钱伯城《中国历代著名文学家评传·高启》、陈建华《中国古典文学丛考·高启诗文系年补正》、贾继用《吴中四杰年谱》、杜贵晨《明诗选》、陈沚斋《高启诗选》、李圣华《高启诗选》等相关论著，限于体例，不能在书中一一注出，在此一并表示感谢。同时由于著者水平所限，书中不足之处，亦请读者批评指正。

在我调入浙江越秀外国语学院工作前，本书曾得到山东财经大学学术专著出版基金资助，在此谨致谢意。

刘召明

2020年11月于浙江绍兴